邮筒 姑娘

西 维 —— 著

上海文艺出版社

目 录

第一章
住所
1

第二章
食物
35

第三章
昌平路 288 号
73

第四章
母亲的思考
109

第五章
陌生小径
151

第六章
告别
199

第七章
小径分岔的花园
239

第八章
陈列柜
271

第九章
女同学
301

第十章
夕阳之下
351

第 一 章

住 所

傍晚时分，金色的夕阳斜斜地照在煤炉子上，刘老伯给阿莉讲了个故事。

"邮筒姑娘呀，她会从投信口探出脑袋问你讨要信件，你要是看到她，会发现，她很瘦，因为饿坏了，瘦得像一张饼。不过，一般人常常看不到。"

刘老伯脸上没有那副和孩子们讲故事时略带夸张的慈祥表情，倒像是回忆什么令人难忘的忧伤往事。他一边说，一边用火柴点着一小块废旧自行车内胎，将它塞进炉子里已经架好的柴火堆里。

"瘦得像一张饼，哈哈，阿伯，哪有人会瘦得像一张饼呢。"阿莉打趣道。

"是一张饼！你只是没见过。"他有点生气，不说了，专心侍弄他的煤炉子。

孩子们就快放学了，等煤炉子烧旺，烧一壶晚上要用的热水，再把一口大铝锅架上，孩子们就会围在炉子边，等着那锅青菜肉丝面出锅。

一人两筷子，哧溜哧溜吃完面，小家伙们就钻进炊烟飘荡的暮色中，各回各家了。在院子里时，他们热闹得像一群刚出壳的小鸡。待暮色渐沉，小鸡回笼，院子就寂静无比了。

算起来，这还是阿莉第一次听别人谈起她——邮筒姑娘，这故事和所有的道听途说一样不可信。

吃完晚饭，刘老伯就回自己屋看电视去了。这是个有点脾气的倔老头儿，有时候不讨人喜欢，但在几天前，他收留了阿莉。

那时候，阿莉饥肠辘辘，循着香味来到院子里，站在西北角离柴房不远处的一个烧得正旺的炉子边，顺手把一只差点掉进炉子里的小蛾子给抓住。她拍了拍手心沾上的粉灰，和拿着盐罐子从屋里走出来的刘老伯打了个招呼。

之后，她吃了一碗面，住进了刘老伯那些空房间中的一间。他信了她的话，以为她是找不到工作，刚刚去附近一家工厂面试又被拒了的刚毕业的大学生。

住到刘老伯家之后,阿莉便时不时乘上一辆开到市区的公交车,去找工作。这也挺好,她本来没想过工作的事,有事可做总比无所事事混吃等死要好得多吧。

她觉得刘老伯应该向她收点租金。除了孩子们,他可不是对谁都那么大方。他家中几乎没什么客人,脾气又怪。不去村里的老年活动室,不去桥头整日搭在那里的棋盘边凑热闹,也不去找哪个在河埠头洗菜的老太太搭讪。他把时间花在那几垄地里,种点毛豆花生,青菜土豆。剩下的时间,他到各处去收集柴火。不过,塑料瓶硬纸板箱之类的他倒是从不拿回家。至于他到底多大岁数,阿莉也不清楚。

"你大概七十五吧?"阿莉问。

"你说多少就多少。"他用一种不肯定不否定、不生气不高兴的语气回答她。说这话的时候他还在分神,好像阿莉提醒了他一件特别重要的事情似的。

"我可对你的秘密没兴趣呀。"——按照她以前的脾气,她就直接这么说了。可今非昔比,不是吗?

不仅刘老伯老了，她也老了，不仅是老了，还即将迈入坟墓。最后一个邮筒消失的时候，她就没了，或许还撑不到那个时候。做人嘛，也不一定能熬到最后一条经脉枯竭才闭眼吧。

阿莉不记得曾经见过刘老伯。真要说见过，那他就是她见过的无数没留下印象的陌生人中的一个。

在刘老伯还是小年轻的时候，她的日子还真是风生水起活色生香啊。她喜欢住在闹市区十字街口的墨绿色大邮筒里。她的住所总是和沿街的店铺、靓丽的橱窗一道，进入某张有特殊意义的照片，在某本影集里得到保存。那些墨绿色的邮筒常常被撑得多一封信都放不下。她每天都过得心满意足，每天都能从那众多的信件中发现有趣的事情。而那些五花八门透着玫瑰与蜜汁味的情书也着实好好地滋养了她的皮肤，粉粉嫩嫩、吹弹可破。要是她愿意，她还可以趁着夜色，到江边的公园或是咖啡馆去邂逅一位漂亮的情人。那时，她在不同的城市拥有不同的住所，有闹市公寓也有乡间别墅。有男人们送的，也有投资所得购买的。她心血来潮，还会把钥匙扔给街头某个无家可归的人让他去住几天。她不可能整日整夜地待在那些房子里。她总是适时结束一段关系，然后消失得无影无踪。某些深陷爱情的男人，会把写满思念话语的信件扔进某个她正在小憩的邮筒，刚好落在她的手臂上。她让它去往那个已经没有收信人的地址，转上一圈，再重新盖几个邮戳，原路返回。当她厌烦了喧嚣与繁华，就喜欢去某个闭塞的地方，比如海岛，或是海边小镇，躲在邮筒里听优美的潮声。

这天，她拿着一封写给自己的信，问刘老伯，镇子上的邮局在哪里。刘老伯奇怪地看了她一眼，和她说了个地址，又说，那地方现在是邮政储蓄所，还能不能寄信，他不清楚。

"你们年轻人又时兴起这个了？我都多少年没寄这玩意儿了。"他说。

阿莉笑笑，伸了伸舌头。

一个钟头之后，阿莉回来，刘老伯端坐在堂屋里抽烟斗。

"寄了吗？"

"没有。您说对了，成邮政储蓄银行了。"她耸了耸肩,"只能寄钱,不能寄信。"

刘老伯点点头,吧嗒吧嗒地继续抽着烟,没再说话。

下午,生炉子煮面、等着那些放学来的孩子时,他便和她讲起了邮筒姑娘的故事。

今非昔比啊!她坐在刘老伯的院子里哀叹。看着老伯的母鸡领着小鸡群从她的面前气势威武地走来走去。

不管怎样,如今唯一能令她感到温馨的居所,恐怕就是这幢墙粉都掉得斑斑驳驳的旧屋子了。她受够了之前那些颠沛流离的日子,常常是某一次外出游荡回来,便发现她的那个绿色小房子被整个挪走了,地面上空空荡荡,铆钉被拔去,凸起的粗纹螺钉被大锤子敲得贴在了水泥地上。

连一只母鸡都比不过,她感慨着"今非昔比",朝着从柴房里出来的刘老伯撇撇嘴。

"姑娘,不管你家以前多有钱,现在也不能再像大小姐一样啊,实际一点。找个踏踏实实的工作做吧!"

他还为她操心呢,语气上有那么点父辈的恨铁不成钢的意味。被收留的那天，她和刘老伯坦言"身世"：她家原来很有钱，可是父亲生意失败自杀，母亲改嫁，她穷得差点连高中都没读完，幸好遇上一个像刘老伯这样的好人，在她接到大学录取通知书后资助了她。多年来，她一直擅长说这样的谎、演这样的戏。尽管剧情很狗血，刘老伯居然相信了。她本来想编得更加完整更加生动，用丰满的细节让整个故事栩栩如生。可刘老伯听了几句就信了，她花时间想的那些细节都没能派上用场。怎么能这么好骗，她气得不想再和他多说了，却被对方看成女孩儿的羞涩与矜持，和对陌生环境的不习惯。头几天，刘老伯每天早晨给她煮一个自家母鸡生的蛋，再倒一碟美味鲜酱油，让她蘸着吃。

　　她不该和刘老伯说谎。不过，她第一次和人打交道，就是从编故事开始。首先是她的名字，她给自己取过无数个名字，从那些信封上选她喜欢的，取之不尽用之不竭，有时候用官家小姐的名字，有时候用乡下姑娘的，为了配合名字她还得给自己编造一个个令人信服的身世。邮筒里应有尽有，千百个身世千百个身份，她信手拈来，用她聪明的脑袋瓜子尽情加以灵活组合。

有一段时间,她去女子大学上了几年学,轻而易举地就拿了两个专业的学士学位。古典文学和经济学。这俩专业是她搓了一堆小纸团抓阄抓出来的。她在学校的表现令全校师生都诧异和敬佩,只有她自己知道她是投机取巧了。她的岁数比他们都大不是吗?在这个世界上待这么久,学起什么来不是轻而易举啊。况且,邮筒里还真是应有尽有。当一个年轻的记者慕名前来采访,问她,有什么秘诀要告诉读者吗?她回答:邮筒是个百宝箱。那么您的座右铭呢?生命是绿色的。她又说。采访结束后那个年轻的男人请她去喝咖啡,之后又请她看电影。她知道他在追求她。问及原因,他说,她是他见过的最具幽默感的才女,长得又美。一点不像他认识的那些书呆子。

这真好笑。她去学校上学就像去玩,读书没什么挑战性,久了也没什么乐趣。她的问题就在这:干什么都不长久。她从没有想过去干什么工作。干不到两个月就得厌烦。因此,她大部分时间都在玩,用五花八门的身份去认识五花八门的人。

所以说，挥霍是每一个物种的天性。生命用挥霍的方式展示它的热情。

她很有投资头脑，用那些五花八门的所得，经由她广博的人脉去投资，大部分都挺顺利。所以，她拥有了那些尽可以去挥霍的资产。于她来说，投资是打发时间的一种方式，既然没有固定的职业，总得做点什么。在书信密集邮筒林立的时代，那些身外之物常常令她感到充实，甚至有那么点骄傲。可如今，书信不再，已成摆设的邮筒一个个消失，那些花费心思置办的产业就像是空荡荡的巢穴，黯淡无光，让她感受到了这世间最大的虚无。她总算能体会那些富翁生命即将走到尽头，形容枯槁，又没有一个能给予温暖的亲人，对一切都无能为力的感受了。

现如今，无处可去，寄居在刘老伯家，曾经风光无限而今竟沦落至此，不免令人唏嘘。

不过，也没人会唏嘘。谁知道她的故事？就算她告诉别人别人也不信。她的假身份，她编的那些故事，人们倒是信以为真，可她要说几句真话，别人却当她是编故事。

很多年前,她在某个郊区的酒馆遇到一个作家。酒喝得差不多的时候,作家扯着她的手开始互诉衷肠。她将手从他的手底轻轻滑出,手心朝上,举过他的眉心,再朝着那只留在桌上的尴尬右手反扣而下,用食指和中指的指肚轻轻碰了碰对方食指和中指凸起的关节,随即将手收回到自己的酒杯前。她笑盈盈地说:"给你说个秘密呀,刚才我说自己无父无母,是个孤儿,那是因为我是邮筒里长出来的,邮筒,你知道吗?就是你给女孩子寄情书、给出版社投稿件的那玩意儿。"听到这,作家就笑了。他点点头。带着微微的醉意颇具耐心地听她把那个自说自话的故事讲完。她说了大概二十分钟,足够作为一部长篇小说的梗概了。

"嗯,谢谢你给我讲了这么好的一个素材,看来美澜你真是很在意我们之间的情谊呢!"作家说,"很晚了,我送你回家吧。"

一个在酒馆门口守候多时的车夫把他们送到了她在城西的一处居所。道别时,他趁机吻了吻她的脸颊,她没有拒绝,因为这时候的这个男人,和所有爱情故事里的经典情人形象十分吻合。天气很冷，他的长围巾搭在脖子上，随着风飘来飘去。在他轻轻抱住她的时候，她问："你会写那个故事的是吧？"

"会，我一定写，你会是我第一个读者。"他激动地带着这个承诺离去。她觉得他这个承诺至少要比他对爱情的承诺可靠得多。不多久，这位作家又找了个姑娘。看那邮筒里隔日一封的情书就知道了。小说嘛，他说他在写，又说写完了可是还得改。不过，在他所有寄给出版社、杂志社的稿件中，都没有写这故事的，连皮毛也没有。

她对那个作家简直是失望透了。她觉得他只不过是运气好而已。在那个年代，有人给他出书，又恰好有人愿意看。他那并不出众的文采，那些无病呻吟的文字，骗人眼泪的故事，就是一般般不是吗？况且他还是个懦夫。战争开始后，他就去求一个通过曲里拐弯的渠道结识的权贵，寻求他的庇护。费尽了口舌，他如愿得到了一张去往国外的船票。就一张。他给他的情人寄了一封信，说上天待他不薄，没有让一个有前途的作家毁在炮弹之下，为了那些能够传世的作品，他必须活着。他的确是活着了。他写那场战争的作品也留了下来。到如今他的作品也总是出现在一些文学必读经典的名单里。不过，他的情人最终没能收到那封信。那个装了信的邮筒很快就被一枚空投炸弹给炸飞了，连同一只瘸了腿、因饥饿和伤病而奄奄一息的流浪狗。

倘若她不是对什么事、什么人都只有短期的热度，她自己也可以去写一本书。可她终究连一个字也没写出来。她想过的事情倒是挺多：成为作家，给自己写本书；成为一名生物学家，研究自己是个什么样的物种，和她一直扮演的这个世界上最强大的物种有什么区别和关联；成为一名物理学家，研究一下自己是怎么产生的，又会用一种什么方式离开这个世界，也就是消失、灭亡、死。她去某位正处于事业上升期的物理学助理教授的实验室玩，也向他请教过类似的问题。他没像那个一门心思只想着和她谈情说爱的作家一样对待她的这类话题，而是非常认真地说他个人相信这类事物的存在。某种能量场。如果足够强大的话，有转化成物质的可能。大概就是这意思。她听得兴奋又入迷，差点就去当了他的学生。最后，她还是做了他的女朋友，谈了两个月的恋爱。那期间,她又觉得物理学研究简直枯燥透了,很快丧失了热情。那时候她叫 Andrea,身份是一个有留学背景的商人的女儿。

住在刘老伯家期间,阿莉总会想起以前的事情,既像是昨日,又十分久远。她成了个无所事事总是回忆过往的老人家了,尽管她仍有一张年轻的脸。她本可以再用这张脸去和男人们厮混,但从某一刻起,她突然就没了兴趣。她的身体失去了点什么——生命力,像株无精打采即将要旱死的植物,还怎么散发着香气去吸引昆虫呢?她失去了旺盛的精力,没有了超凡的自信,她现在一点不觉得那些男人可怜,她倒是觉得自己挺可怜的,稀里糊涂地就要从这个世界上消失。到时候是变成一团雾气在太阳底下蒸发,还是变成一个石块,又或者是一具会随着时间发臭腐烂的尸体——要是这样她得躺到一个花园里去死,菜地也行,给泥土增加点养分。

"阿莉,想什么呢?你的面凉了。天冷,你快点吃。"刘老伯在她吃饭分心时数落她。

"啊。我在想我死的时候要躺在一个园子里,给那些花花草草增点肥。哈哈。"阿莉捧起面碗，哧溜哧溜地扒拉那碗即将凉透的面条。

"你这脑瓜子，不想点好的。这么年轻，说这个。什么死不死的，呸呸！我都还没死呢。"

"您哪会死，您长命百岁啊。好人都长命百岁的不是？"阿莉已经很习惯和他开玩笑了。

"你们这些小孩子，往后还有一大段的日子要过呢。等挨到我这把年纪，就不那么随随便便地去说那个字了。要忌口，有些话不要随便讲。"

可阿莉决定任性一回，继续这个话题。说起来，他们从没什么共同的话题，也很少能真正聊到一块儿去。大部分时候只能谈谈院子里的鸡、地里的菜，还有村里的孩子们。刘老伯对自己的过往守口如瓶，极少谈及他的过去。恐怕就是因为这个怪脾气，才交不到什么朋友。

"那，您怕死吗？"阿莉问。

"阎王爷要来收我了，我就跟着他去。怕不怕都得去。"刘老伯把灶台前的零散柴火都收拢到一块儿，靠墙脚放好，拍拍手，端了把没靠背的木椅子坐到了阿莉的斜对面，似乎不是为了和阿莉闲聊，而只是为了盯着她把剩下的面条吃完。

灶膛已经冷了。今天他没生煤炉子,在这口土灶上烧了晚饭。他煮了一大锅蚕豆,准备明天趁着太阳好铺散在竹匾里晒干,给那些孩子们做零食。蚕豆煮好他又煮了一大碗萝卜烧肉,之后,就是那锅青菜面条。今天是周六,孩子们不上学,院子里没有放学后的热闹。

"哦。您就没有放不下的?你儿子、孙子。"阿莉朝堂屋里望了一眼,客堂里那旧得不像样的镜框里,有个穿水兵服的小男孩,刘老伯卧室桌子上台板下也压着张照片,上面有个穿着毛绒绒小熊装的小男孩。

"他们也顾不上我。我想那么多作甚?"刘老伯表情严肃,语气倒像是个孩子。

阿莉冲着那张刻意板起的严肃的脸笑了笑,将碗收起,泡在了厨房窗口的水池子里。

"是你不愿意和他们一块儿住嘛……"阿莉走到了厨房门口,抬起头看了看被屋檐遮住了一半的天空,本应该出现的十五圆月被云层给遮住了,屋檐一角露出的不规则灰暗云块让人感到一种昏昏欲睡的倦怠。远处传来了一阵狗吠和几个人急促的脚步声。

她想出去走走,一只脚迈出门槛后,又回了头。

"我去散会儿步。您别偷偷把我的碗洗了啊,留给我哦!"她朝着刘老伯做了个鬼脸。

刘老伯低着头在点他的烟草,没看她。等他抬起头,阿莉早已经冲到黑漆漆的院子外了。

这时候,村子里最热闹的地方就是村口的小卖部,这是每日信息汇集的场所,挤满了吃完晚饭过来闲聊、拎市面的人。阿莉从小卖部门口的人群前经过,沿着村道继续朝东走,五香瓜子和榴莲糖的气味与清凉的晚风一道挠着她光滑的鼻梁。有人注意到了她,大部分人则沉浸在饭后的话语消遣中。他们闲聊的话题,无非就是谁家的媳妇和婆婆吵架,谁家的男人睡了谁家的女人,又或者谁家的孩子读书读到国外去了。这些话题许多年来几乎没有什么变化。离开人群,阿莉一直走到没有路灯照耀的地方,往南沿着田埂路拐了个弯,听着耳边时断时续的秋虫的叫声来到了一条小河边。河边,是菜地。她踏着菜地松软的泥土伸手探寻,很快拔起了一根肥硕多汁的白萝卜。

她在黑漆漆的河边啃完了萝卜,坐在了一团露水还没来得及洇湿的杂草上。到了该回去的时候她才恋恋不舍地朝着灯光的方向走去。

被路灯照耀的身体在砂石路面上投下的影子仍旧修长匀称,她心知,能这样自在游荡的日子已经不多了。每每想到此,她就心痛不已。在她即将发出一个自怨自艾的哀叹声时,有个身影快步穿过身后的那条窄巷。她在夜露、青草和从村民的屋子里溢出残羹冷炙混杂的气息中辨认出了一个男人的气味,并怀着一种警觉的好奇心追随着它。穿过窄巷,绕过两面院墙后,她看到那个影子进到了一座院子的西北角,手摸索到一个方匣子处,接着是金属发出的细微摩擦声。随即,那个黑影蹲在一株柚子树的阴影里等待。她也陪着他一起等待。片刻后,他拉开没有上锁的前门溜进卧房去摸了一个女人的脸。阿莉用最快的速度推上电闸,接着把卧房外电灯的开关弄得啪嗒啪嗒响,那间隔三段长三段短,于是,三长三短的灯光畅通无阻地漏进了那间没关门的卧房——不关门大概是为了方便逃跑。那个男人惊惶逃出,在翻墙的时候还摔了一跤。

阿莉开心又兴奋。除了谈情说爱,把人吓一跳也是让她心情变好的方法之一。

月亮出来了。明亮的大圆盘静静地悬在头顶的苍穹。她扔下惊恐之中瑟瑟发抖哭泣不已的女人,拖着月光下淡淡的影子越过月季花丛,跟上了那个男人,来到了村北的一座亮着灯的房子里。

男人进了大门后就径直走进了堂屋。阿莉在院子里待了会儿,看了看他家的鸡舍——里面养了两只鸭,都已经睡着了。阿莉又看了看他院子里种的植物,长及小腿的土豆丛和长在瓦盆里的万年青,还有墙角的一丛鸡冠花。南边有一丛叫不出名字的藤蔓植物占据了一大面院墙,黑魆魆的一大片。

看够了这些植物她才用了她的老伎俩——现在她心力不足,不能常用——缩成信件一般半透明的薄片,从西边洞开的窗户挤进去。她悄无声息地躲在角落观察,见男人在厨房里抽烟。不是什么好烟,味道呛人。抽完烟他找了一口不锈钢双耳锅,放了半锅水,在煤气灶上放好,打了火。接着他从地上的塑料框子里选了两株青菜。他将五六株青菜全都看过之后最终选了两株，洗净，切好，从冰箱拿出两个鸡蛋，打在碗里。他做这些的时候手仍旧有些发抖。

他煮好了一碗青菜鸡蛋面。在起锅前，尝了一小口，对自己未完全失去水准的表现还算满意。接着，他将面条端到了二楼西南边的一个房间门口，敲了门进去。

隐隐约约地能听见那里传来的对话。父子之间最平凡最琐碎的那种。

男人很快下了楼，坐在了客厅的木沙发上，打开了电视机，将声音调到一个不影响楼上孩子学习的音量。他点起了烟，却没有看电视，而是盯着那个浸泡着几个烟蒂的茶杯发呆。

阿莉犹如夜蛾一般，又从西边那个洞开的窗缝悄悄地离开了。

第二天是个雨天。雨不算大，但是也足够奏出一曲优美宜人的晨间睡眠曲。以前，阿莉最喜欢在这样的雨天睡觉，绵绵密密淅淅沥沥，嗅着湿润的带着泥土芬芳的雨水味，她伸了一个又一个的懒腰之后，继续她幽深的睡眠。

她在刘老伯烧早饭的时候起床，到厨房去和刘老伯打了声招呼，他甚至都没抬头看她。虽然他的耳朵有时候不好使，但阿莉认为他不是没听见，是还在生她的气：这么个不听劝阻不知好歹的小妮子，他一定是哪根筋搭错了才收留她的。到如今也没找到一份正经的工作，白吃白喝白住，还让他操心。

昨晚她回来的时候他还没睡，连瞌睡都没打。往常他一边看着电视一边打着瞌睡，总是她悄悄地到了他的床边，将枕头旁的遥控器拿起来，关了电视。房间瞬间变得黑暗的那一刻，他或许还睁开了眼睛，乖乖地由她帮他脱了外套，钻进被窝儿。等她迈出门槛，合上房门时，那头就已经响起呼噜呼噜的鼾声了。而昨晚，她回来时，他正盯着一个他明显不爱看的节目——唱歌选秀，一个小女孩咬着嘴唇听着一个头发染白了一绺的中年男评委严肃地批评她表演的某个瑕疵。她到他房门口道晚安时心里居然有了一点紧张，她可从没怕过谁呢。她站在门口，咬着嘴唇，听完了他那一顿劈头盖脸的数落，又灰溜溜地从他的房里撤出来。

看来，她得去找个工作来交差了，按时把薪水领回来。在这幢房子里，她得学着像一个普通的姑娘那样生活。这样也挺好，有人管着她，一个不同于以往的管家啊，女仆啊，露水情人之类的人，而是一位长辈。

他今天没什么事，最多穿着雨衣到菜地去拔几棵菜。她本来可以陪着他在家聊聊天的，最近他的话比以前多了起来，会和她说说他年轻时的事。她还问起他那过世的妻子，他说她是个好女人，把他照顾得很好，除了过于宠溺他们的独生子，其他都无可挑剔。阿莉问她是不是他这辈子最喜欢的人。他说不是，最喜欢的姑娘嫁到了隔壁村，死后就埋在两村之间的那块墓地。他有时也去看她一眼。

刘老伯的番薯粥熬好的时候，她也已经洗漱完毕，换上了一套干练的衣服。她端起正在松木饭桌上冒着热气的番薯粥，鼓起腮帮子轻轻地吹着。

"我今天要去面试啦！"她说。

他的头始终埋在番薯粥白蒙蒙的雾气里，过了片刻，才抬起头，看了她一眼，点了点头，端着粥慢腾腾地走到桌边坐下。

不知道是过于专注还是分了神，粥挂了一滴到他黑白相间的胡子楂上也浑然不觉。

喝完粥，阿莉穿过院子，朝着大门走去。到门口，她回了头，他正在堂屋深处的阴影里看她。她向他挥了挥手。

番薯粥将阿莉的肚子搅得胀鼓鼓的，让她打了一个又一个饱嗝。出了村子，她沿着往城区的马路毫无目的地走了一段，闻了一阵子汽车尾气刺鼻的气味。她望了望道路两侧已经结了穗的稻田，和零星几个在菜地里忙碌的农人，一个久违的念头又悄悄地爬上了她的心头——她会不会就这么离开然后再也不回来，就像之前的无数次那样。离开这个村子，离开刘老伯，换一个新的地方，新的环境，新的名字。这念头曾多次点燃了她内心的热情，让她一次又一次踌躇满志地去寻找新生活。

她头一回为这个想法而感到忧虑。她不知道该往哪里去。随随便便跳上一辆车？去城里，或是别的地方。再去找那些她不知找了多少次的，只不过是换了一张脸换了一件衣服换了一个职业的男人，再去哪所学校混个轻而易举的学位？又或者是去找个工作做做，就像，她刚刚答应刘老伯的那样。他昨晚像训斥他的亲儿子那样训斥了她。他每一个衰老的毛孔每一根血管都被那些话撑得胀鼓鼓的。他最后停下来的时候，有那么一点挫败感，那么一点羞愧。她能想象他当年和他的儿子说类似的话时的表情。无法抑制的情绪将那些话带到峰顶，然后砸下来，与一个年轻的身体碰撞。他似乎是赢了，他的孩子离开了他，离开了安乐窝，去了一个十万八千里外的城市讨生活。他的孩子不仅讨到了生活，也讨到了老婆。阿莉看到了老人家压在他卧室桌子台板下的那些照片。婚纱照，孩子满月照，周岁照，红领巾照。

他觉得，她也会那样离开他。

她慢慢地往回走，沿着出来的路走回去，过了村委会，过了一座架在灰绿色水面上爬满藤本植物的石桥，路过那晚被人骚扰的独居女人的院子——女人正在雨棚下晾衣服。阿莉又回到了那个她熟悉的院落。院子的铁门上了锁，刘老伯大概是出去了。她便离开了那房子，坐上了一辆开往城区的公交车。

公交车经过镇子街道的时候,她看见了刘老伯,他还戴了顶滑稽的绒线帽。车子靠站后她下了车,在一个充值送豪礼的巨型手机广告牌的遮挡下,看向对面快递转运站里刘老伯一字一句地复述着一个听来有点拗口的地址。收快递的小姑娘费了点工夫才填好了快递单,将那些笋干、豆角干、萝卜干之类的东西装进一个结实的纸箱。箱子好贵,刘老伯念叨。

不过,他从快递站出来时心情似乎不错,路过食杂店的时候还买了一包他常抽的那个牌子的香烟,又在一家超市买了几盒牛奶。买牛奶的时候他似乎与人有点争执,收银员找不开他给的一百元,但他买完香烟的零钱又只够买一盒牛奶,他说一盒不够,起码三盒。

牛奶是买给阿莉的。刘老伯自己从来喝不惯那奶腥味。他执意要买三盒。

"找不开钱开什么店呢!"刘老伯的声音很大,也很不客气,甚至很不讲理。刚才的好心情完全没了影。

"大爷,我也没办法,现在都手机扫码,谁还用现金啊。您年纪大了也不能不讲理，我一个打工的，老板不给我零钱，我有什么办法。"年轻的店员姑娘也毫不客气。

周围的人来劝架，年轻的、年纪大的各执一词。

路边卖自产蔬菜的老妇人上来拉开刘老伯，叹了叹气："老哥唉，咱老了就该认命，你看我菜篮子上挂的那个码，我儿子的。我也弄不会那些。弄不会，菜都卖不出去啊。那咋办呢？儿子给搞了个码挂那儿，收钱时方便了。可是啊，我也见不着钱啊。钱在我儿子那。我得去问他要啊！"

老妇人摇摇头，拍了拍刘老伯的手背，不再说了。

刘老伯愣了一会儿，放下两盒牛奶，把刚才买烟剩下的钱给了收银的那位姑娘。很快，人群就散去了。街市依旧热闹，就像什么事情都没有发生。

最后，他撑起了雨伞，急急地走向马路对面的公交站，上了一辆回村的公交。车子开动时，他一个趔趄，长柄雨伞差点被他给扔出去。身旁的年轻人一把拽住了他的胳膊，稳住了他的步子。他有点不好意思，不住地点着头，嘴巴动着。他茫然地望向窗外，并没有发现人群中的阿莉。

阿莉熟门熟路地钻进了一辆开往城区的蓝色宝马轿车的后备厢，在一个豪华果篮飘出的香甜气味中晃晃悠悠地来到了市区某家医院的停车场。车停稳后，男人按开了后备厢的按钮。她伸了个懒腰，在男人取出果篮和礼品盒之前偷偷地溜了出来。百无聊赖的她尾随男人到了十一楼的某间豪华病房。她认出了躺在病床上的那个六十岁出头的男人。那曾经也是个帅小伙儿，写得一手好字。那些字写在一张张白底红格的稿纸上，寄往远方的恋人。这种热辣辣的情意大概持续了三四年。阿莉曾经为他们之间的爱情大发感慨，着实感动了一番。可惜，姑娘后来没能来到他的城市，她身不由己，在她的家乡嫁了人，他的最后一封信写满了带着心痛的祝福。后来，他大概再也没有写过什么情书，阿莉渐渐地就把他给忘了。看来，他那副聪明的脑子和执着的精神并没有亏待他，多年下来，功成名就，他现在躺在病床上，周围堆满了那些有求于他的人送来的花里胡哨的礼品，走廊里放了一长溜的鲜花。来看他的那个男人走后，他给一个叫莹莹的女孩发信息，用一种嗔怪的语气说她近来都没来看他。莹莹说，她最近都在相亲。"没办法，年纪大了，我妈着急。"她发来个语音。"找到合适的，我就嫁，不等你了。"又是一条语音。他放下手机，沉默了一会儿后，给妻子打了一个电话，让她把书房靠西第二排书架右数第三本书给他带过来。"很久没看书了，看看吧。"挂了电话后，他自言自语地念叨着。之后，他闭上眼睛想要睡一会儿，却一直翻来覆去，找不到舒服的睡姿。

阿莉没耐心看下去了。她离开了住院部，来到了门诊，到了人群川流不息的走廊。那时，墙边就多了个做等待状、低头看着手机的女孩——手机是她刚刚从那个蓝色宝马轿车后备厢搞来的。在后备厢待着无聊的时她顺便玩了一会儿，看了里面的一些照片。照片里有几个风格不同但都很漂亮的姑娘，有几张照片是不同的女孩在同一个地方拍的，郊区的某个仿古景点。

阿莉掂了掂那只轻薄的黑色手机，她以前是有多讨厌这玩意儿，将她此时此刻的处境都怪罪于它。

她把那薄薄的黑色小方块放进了衣兜，它簌地就滑了进去。安安静静，像个懂事的小孩。她要把一个捡来的孩子变成她自己的，去手机店给它换张卡。

然后，去和刘老伯告个别，说她已经找到工作了，在市区。为了上班方便，打算在市区租房子住。他会恭喜她的。他恭喜她的时候，她就告诉他她会常常来看他。

曾经有那么一刻，她差点以为她也会需要那样的生活：有一个老人像家长一样管着自己，又不失关心，平淡知足不寂寞。他也需要她。大概是这样。但实际上，她只会把好好的日子给搅乱了。她真的会把他当成长辈吗？他光着屁股和一群同样光着屁股的小孩跳进村头的小河时，她不知在哪儿和哪个男人一起喝着冰镇饮料谈情说爱呢。她倒是有可能在路过镇上某个供销社时心里一热买一打棒冰分给那些晒得黑不溜秋盯着她碎花连衣裙看的孩子们。

早年有段时间，她总是到乡下来。在那之前，她只爱在城市里待着。城里的各种热闹场所，僻静清幽闹中取静的所在，图书馆、剧院、公园、落满法国梧桐叶的道路。那些地方角角落落里都会有邮筒，各式各样的邮筒，里面塞满了各式各样的信件，散发着清新扑鼻令人心满意足的气味。

她去乡下拜访一位作家。他每天在猪圈喂猪，剁猪草剁得双手起泡。他给她的回信写得艰难，信纸上沾了血渍。她带着药品和补品去看他。从他开始往邮筒里寄稿纸投稿时她就注意到他的文字了。可惜，他出了名没多久后就被赶到猪圈喂猪了。

"被赶到这里每天和猪在一起也不失为一件幸事。它们多淳朴单纯又善良啊。"他在信里曾说。

她看了他养得胖胖的猪。在他的指引下认识了猪场周围野地里的猪草。荠菜、马兰头、草籽头之类的，还有一种叫凤眼蓝的植物，第一眼见到时她的确被它的美惊到。穗状花序，蓝紫色星星一般，一簇簇铺就在水塘里，圆形的浓绿的叶片，微微有点风就摇曳生姿。"这是外国植物，引进到这里来是给它们做饲料的。"他用那只包扎着纱布的手指了指猪圈的方向。

到后来，这些水生植物被人叫成水葫芦，水葫芦成片成片在大大小小的水域肆虐的时候，她仍旧忘不了第一眼望见时的惊艳。

蓝紫色的眼睛，明黄色的瞳仁。

"带着某种灼人的热烈。却是蓝色的。比红、橙更甚。"他这么说。这个时候他开始像位作家，身上那种被养猪场的生活蒙住的灰扑扑的东西终于露了个小口。他每天捞起这些蓝眼睛和它们碧绿的身体，用一把巨大的铡刀将之铡碎。

"你也有一双这样的眼睛。"他眯起他有点水肿几乎看不见眼球的双眼，尽他最大的努力笑了一笑，和她说。

没错。丹凤眼。曾经流行的古典美人的眼睛，标准的那种。她买了一盒又一盒的脂粉来让它们变得更漂亮点。

"噢，谢谢。"她说。

为了表示谢意——更多的是同情——她提出帮他铡猪草，他的手还缠着旧布条，却拒绝她替他换药，说他自己来，手烂了，吓人，别弄脏了她。那铡刀她没弄几下，手臂就酸得抬不起来了。她便痛恨那些猪的巨大胃口。

"即使从早弄到晚，它们也吃不饱。"他倒是有点同情它们。

三个月之后，她接到了他离世的消息。有人通知她去取遗物,有几本书是留给她的,遗书里是这么写的。她去看他时,他大概就不想活了吧。这么想的时候,她流了几行眼泪。

十多年后,那片被凤眼蓝占据的水塘被填平了——那时这种叫"水葫芦"的生物已经遍布大小河流——养猪场被拆了后盖了个厂房,生产猪饲料。蓝眼睛不再成为猪的食物。那本来也没什么营养,低蛋白。无人看管、自此再没人看上的它们终于野成了气候,肆无忌惮、不依不饶、不休不止地繁殖,在这片异域他乡的广袤水域,日渐强大。

相比较这些充满野性又十分强大的物种,她的那些邮筒算得了什么呢!经历了不到一百年的繁荣便没落。

"有邮筒没邮筒的地方都有水葫芦呐。"也不知作家死前下了什么咒,她无奈地想。

刘老伯的村子就在猪饲料厂往西三千米。饲料厂早就倒闭,那地方现在是机械厂,做汽车配件。村子里有几个年轻人在那工作。那天她就是尾随一个穿蓝色工装,留小平头的年轻人乘着公交车到了刘老伯的村子。因为那年轻人的身影,和死去的作家有几分相像。

要是作家没死,他们还会保持联络吗?说不准。十年,二十年,一个个的十年过去,无数人埋进生活的褶皱之中。她能记得起多少个?

她用手捏了捏颈部的皮肤,紧致之中略带绵软松弛,依然带着点弹性。

一只雄性黄毛土狗看了她一眼,扭头小跑而去。她站在路边看着黄狗消失的背影,发出大限已到的感叹。

之后,她看到那个大开的院门,闻到了青菜面的香味。那时,她感到了饿。

第 二 章

食 物

夏天住的那个公寓阿莉没有再回去。她在这个城市还有另一处住所，是城西一处独门独户的院落。城西的房子倒是挺值钱的，要是她愿意，她尽可以做一个最能赚钱的女房东。实际上，她的那些房子大多空置，只有些蜘蛛、蟑螂、老鼠，蝴蝶的幼虫以及流浪猫之类的免费租客在里面扎窝。这些房产都是当年她谈情说爱的证据，在哪个城市有一个爱人，在那里就可能会有一处房产，算得上是爱情的附属品。要是不喜欢，她也会卖了换另一套。她不是存心要炒房子，不过，多年下来，她的的确确让自己的置业总量翻了几倍。后来，她觉得这是件很没意思的事情。她要这么多空房子干什么呢？她又住不了。让她魂牵梦萦的安乐窝永远都是喂饱了信件的邮筒嘛——在纸堆里睡觉既暖和又从不会做噩梦。

实际上,她老了,不想折腾了,打算在这个城市住到她不得不离开的那天,体验一种实实在在的存在感,而不是年轻时那种漫无目的的巡游。

还有,她得学会做饭。至少她还有健康的味蕾,能品出食物的味道,体验它们的香甜可口。食物,对于一个活着的人来说,是多么重要呢——这么多年来,她竟然都没有体会到这一点,或许是因为她从来没饿过。"好吃是好吃,不过也就那样啊"的论调她的每一任男友都熟悉得不得了。吃饭是约会的重要行程之一,她总是摆出一副浅尝辄止的态度。让他们觉得她是出于矜持和保持身材的需要。实际上,她不饿。在饱腹的时候,美食只是一种可有可无的点缀,同那些穿来插去的爱情一样。

离开刘老伯家,搬到城西的住所之后,她添置了一些厨房用品。诸如平底锅、电磁炉、烤箱、不锈钢炖锅、电高压锅、电饼铛之类的厨具,一套德国产的刀具,以及一大堆食材。新的燃气灶和抽油烟机也很快由送货公司送到,并安装完毕了。

阿莉看着厨房新添置的那些闪闪发光的家伙，内心突然产生了一股特别的情绪，她似乎才找到了存在的意义，好比面对着一大片开垦好的良田，而种子正在身后的大袋子里。被麻绳扎紧了的口袋，倒在一片碧草葱茏的小土坡上。要是她打开口袋，把那些种子播撒出去，似乎不需要太久的时间，她就可以躺在这土坡上观赏夕阳下一片金黄的浪潮。

她上前拎了一把那口沉甸甸的18-10不锈钢中式炒锅，脑子里闪过厨师颠锅的画面，右手下意识地上下活动起来。手腕很快就酸了，她买的锅太重了。这是那家店里最好的德国炒锅，一个月也卖不掉几口。卖锅子的少妇对她的眼光赞不绝口，说："这锅子导热快，不粘锅，少油烟，而且材料精良，是最好的不锈钢，没有任何有害物质，您肯定知道，不是随随便便什么不锈钢都能做炒锅的，很多里面有不少的有害金属杂质，这可是医用不锈钢，耐蚀耐用美观大方。绝对是您这样有生活品位的人士厨房里必不可少的呀！"

她买了那个锅子，又买了另一口红色珐琅汤锅。

离店的时候少妇从收银台边的透明塑料架子上

取了张名片给她。可以关注我们,"小艾厨房"。她姓李,李小嗳。

"这个嗳不是那个艾啊。"阿莉说。

"哦。名字里的那个嗳不好记。"她说,"记得关注我们哦,有上新和折扣信息,还有创意菜谱、饮食搭配厨房技巧。"

收款机正吐着收款票据。小小的方方的一张,李小嗳既随意又小心地快速撕下,递到她的手上。

那天晚上,阿莉将屋子里所有的灯都打开。餐厅,客厅,所有的灯管灯泡一片闪亮。她用那口红色珐琅汤锅做了生平第一道菜,番茄鱼——就来自"小艾厨房"的推荐菜谱。

买菜回来的路上,阿莉叫了一辆车,有了那只手机,叫车的确方便多了,她不用再像软体动物一样随便溜进哪个人的后备厢。看来对有用的东西,的确不用结那么深的仇。她掏出李小嗳的名片扫了一个码。从番茄鱼,啤酒虾,培根土豆烘蛋,腊肉海带鱼丸汤之中她选了番茄鱼。她的购物袋里有三个粉色的大番茄和一小盒圣女果,以及一条杀好的黑鱼。

带着那一大堆食物打开大门进入小院子时，阿莉心中扬起一阵满足感。那扇灰绿色的铁门在她身后重重地关上后，她心中的满足却好似流沙一绺一绺地逃走。等她穿过院内短短的小径到达那扇暗红带木格子的屋子大门时，胃部因突然来袭的惆怅而变得不适，即使做完那道番茄鱼，也不能马上变得好起来。食物能让人饱腹，可她的饥饿并非来自腹中，而是来自她身体里那个时而暖融融时而冷冰冰的地方，来自那根牵动她全身的细小而又隐秘的血管，她无法控制却又不得不仰仗的所在。

阿莉依靠着对她手里那些食材的幻想，将那阵汹涌来袭的饥饿感往后击退了一点点。这个会变成什么，那个会变成什么，她嘴里念着，把食材从袋子里取出放入玻璃保鲜盒，将奶酪放进小号盒子，牛肉放入中号盒子，芹菜和洋葱放入大号盒子，将芹菜的绿色头发盘在紫色洋葱的周围。

"你们先好好地在冰箱里待着，在你们变坏之前，我会尽快把你们捞出来，一定的。"她像在对一堆孩子讲话。胃中的那阵不适稍稍减弱了。大概是因为她满怀柔情解救了那个双开门的巨大的食材储物柜。而之前她的那些衣柜,可从没享受过这样的柔情,充斥着大量的死气沉沉的锦衣华服,直到被虫子占了窝,千疮百孔地被遗弃。

想到这,她的眼角突然溢出几滴眼泪,有些咸苦的味道。她掏出衣兜里的那只黑手机,翻了个号码,拨了出去。

"嗯,晚上来吃饭吧。我买了菜,很多很多,你想尝尝我的手艺吗?"她语气欢快地说。

"好呀,我很荣幸。没想到你还会做菜。"对方有些意外,他应该正在上班。

"阿仓!"她听见了有人叫他。他在和她说话的间隙回复了一句。

"现在会做菜的女孩可不多啊。"他接着说。

"那你过来吧。昌平路288号。"她告诉了他她家的地址,那是一幢沿街的房子。一条僻静的小街道,没什么商店,除了一家烟酒店,一家摄影工作室和一家蛋糕店。沿街的行道树长了近四十年,盛夏时分,巨大的树冠给整片街区带来清凉。

"好的。我结束工作马上就赶去。"

他很高兴。阿莉希望他只把这个邀约当成一次普通的朋友聚会。她不想再交什么男朋友了。

并非说他不好。他是个不错的年轻人，面容清秀，身材修长，文质彬彬又不乏热情。此外，他做了许多人不一定会做的事，帮助了她。

她从蓝色宝马轿车后备厢顺来手机的那天，阿仓恰好在二楼的眼科看眼睛，他在自助付费机排队付款时，阿莉正低头帮一个小男孩捡一只被当成皮球的橙子。弯腰低头，手触碰到光滑的橙皮的那一刻，她突然感到一阵晕乎乎，满眼满脑子都是橙子，巨大的橙子围满了她的周身。之后，她倒在了医院冷冰冰的地板上，引起了一阵惊呼。

后来，是阿仓叫来了护士，将阿莉送到了急诊科，还帮她付了诊疗费。他一直守在一边，直到医生告诉他，没什么大问题，只是营养不良造成的低血糖，晕了而已。"输点液，去给她买点吃的来。"急诊科医生的嘱咐他。这似乎让他松了口气，阿莉醒来时，他的眼神正在阿莉的苍白小脸以及悬于头顶上方的营养液之间切换。

"嗯，女孩子喜欢瘦点也正常，我们公司就有不少女孩子总吃那么一点，有些甚至不吃饭，只泡点汤汤水水。一遇上什么寒潮流感之类的，她们就容易生病。所以……呃……所以，还是……"

"好好吃饭。我会的。"阿莉微笑着接了他的话。她真是要好好感谢这位善良的年轻人。

她这是第二回莫名其妙地晕倒在外面了。第一回是大半夜，在一家关门的商场门口的花坛边，她倒在了一堆菊科植物里，那些压倒了的花在她醒来的时候依然在晨光和露水中绽放。

"这是先天的毛病，我一出生就这样，即使成年了，依然要因营养不良而受罪，随时随地地晕倒在任何一个我不想晕倒的地方。"阿莉像聊起儿时小意外一般聊着自己的先天病症，平静得令这位新朋友诧异。

昌平路288号，这幢房子已经有些年岁了。工人们在建造它的时候，阿莉每晚散步都会经过，有时停下来看看。那里原先是一块长满杂草的废弃花园，花园的红砖围墙被炮弹打碎了一大半，没倒下的那一半也被染上了黑漆漆灰扑扑的颜色，雨水也冲刷不掉。花园的东边是一幢房子，西边也是一幢房子，两幢房子都遭受了不同程度的破坏。东边的屋顶被炸去了一角，西边的那幢靠东侧的屋角掉了下来，靠南侧的墙壁上有一个大坑。这两幢房子连带花园，以及院子最后面的一排平房曾是一位顾姓商人的。战争爆发后不久，他遗弃了他的宅子安顿了他的两个姨太太，带着老婆和几个孩子逃往了国外。阿莉还记得当时，一个梳着最时髦的发型的年轻太太抱着即将离开的孩子在大门口痛哭。她说两个孩子至少留一个给她吧，怎么能让她同时失去两个呢？她跪在车前求他们，顾老爷待在车子里根本没出来。而那个小男孩挣脱顾太太的怀抱打开车门跑了出来，顾太太也只好跟着出来，她刚够着孩子的胳膊，小男孩又像小泥鳅似的一下子蹿到了她亲生母亲的怀里。车里面的那个更小的则隔着玻璃号啕大哭。他太小，没办法打开车门，只能用小手挠着玻璃，不停地哭。这么几个人哭着，连阿莉也要哭了。她就站在街角的一侧，望着他们。她觉得这个时候应该起个风下个雨，才配得上这种生离死别的场景。可那天天气出奇地好，天上没有一丝杂云，阳光毫无遮挡地洒落在这片暂时平静的土地上，照得头顶的树叶亮闪闪地晃眼睛。

西边那幢屋子被拆掉之前，阿莉见过一次那个失去孩子的女人。那已经是很多年之后了，在另一个城市的另一条街上，那女人已经完全没有了当年姨太太的身形，人到中年发了福，头发也白了不少，雪片一样薄薄的一层紧贴在头皮上。她在一家饭店做服务员，看起来好像在那个地方待了好长一段时间，因为手脚麻利态度又好，得到了老主顾的尊重。有人时不时和她拉拉家常。她有一个做机修工的儿子，在一家大厂子里上班。

你以前在C市住过吗？她给阿莉端上了一盘拔丝地瓜时，阿莉问她。

"没有啊。没有。"她愣了一愣，接着呵呵呵地笑了笑。

"我在朋友家的照片里看到过一个人，特别像你。"

"这世上长得像的人可不少。"

"那照片就在客厅墙壁上挂着，每次去我都能看见，看了好多次了。是全家福。三个女人一个男人，还有三个孩子。"阿莉说。她把糖丝拉得长长的，细细的银丝很快凝固，一碰就断。

"鱼香肉丝哎！"

"我等会儿再和你说。那边菜好了。"女人朝传菜口望了一眼便走了，之后就没再来过，剩下的几个菜是另一位稍年轻的服务员上的。不过，阿莉结完账走出饭店时，那身后若有似无的目光让她觉得，她绝对没认错人。

西边那幢屋子被拆掉时，花园上建起的那幢新房子（昌平路288号）已经换了两任主人了。住过人，做过办公室，还空关过一段时间。东边的那幢房子运气好一些，得到了修复，建上了围墙，那些从旧屋子上打下的碎砖块堆在新围墙外的一小块空地上。几年后，碎砖块之间长满了茂盛的杂草和生命力顽强的藤本植物，成了流浪动物的乐园。昌平路的这一片，除了这块地，其余的地方渐渐恢复了往日的繁华，商铺一家接着一家开了业。餐馆，照相馆，五金店，服装店，邮局。邮局靠近昌平路288号，门口有一个巨大的绿色邮筒。有段时间，邮筒每天都被喂得饱饱的。那些信纸堆里又重新有了不少洋溢着青春和浪漫气息的热情言语，多了不少对明天的梦想和冲动。有人在那个邮筒里扔了一封信，建议对那片空地做个改造。那封信足足写了十二页。第二年，那片空地和邻近的平房被利用上了，建了个米白色平顶的市场，除了蔬菜鱼肉，这市场什么都卖过。后来，市场因一场意外的大火引发了全城关注的消防问题后搬迁了。再后来，这地方建了一幢二十五层高的青灰色公寓楼。

邮局所在的那幢楼不久后也拆掉了，同样建起了公寓楼。那时期，各式各样的公寓楼如雨后春笋一般在Ｃ市一幢接着一幢地冒出来。昌平路288号东边的那幢楼则被认定为文物保护建筑，而幸免于被拆。二级保护建筑的铭牌像护身符一般地留住了它，以及楼里盛装着的过往岁月。邮筒也在，像个冬眠的动物一般守在街道的一侧。

顾家人都逃光了之后，阿莉曾经独自进到东边那幢楼里，那曾是顾家的两位姨太太和她的孩子们的住所。房间里都被翻得乱糟糟的，依稀还能看出之前齐整考究的模样。那副全家福仍旧在墙上挂着。一个男人三个女人三个孩子。除了它，整幢房子里也没什么值得她再看一眼的东西。她便顺手将它取了下来。后来辗转多地,最后留在了一座她用来存放东西但是从来不住的公寓楼里。

再度搬回昌平路288号,她想起这一切。她那年久失修的记忆库里,实在有太多没有来得及去打开的房间了。买下昌平路288号是一时兴起。那幢房子的老板破产后,房子被拍卖,她以不高的价格拍下。从法院取回钥匙再度来到这幢楼。冰箱里还有一些碳酸饮料和干瘪了的橙子。院子里种在花盆里的植物不少已经干得快死掉了。主卧的床上堆了一些还没来得及叠的衣服。那些杂七杂八的东西,阿莉叫来了一位收废品的女人帮忙清理掉了。

阿莉请阿仓吃了她生平第一回生火做的饭菜后,大约过了三周,这个城市身陷一场大雪。

一开始只是零星的雪花,中间还停了一阵子,下了点雨,在凌晨某个时分雨又变成了雪,之后就不可收拾地下了五天五夜,时急时缓。屋外一片白茫茫的异境。房屋、道路、公园……目之所及之处全都被厚雪覆盖,这让阿莉想起她在北方待过的那些时日，从窗口望去大致就是这种景象。不过，阿莉去过的北方城市，不论雪下成什么样，道路还是通畅的。可在这座南方都市，厚厚的雪块将路都给堵死了。一些不那么结实的广告牌横七竖八地翻倒在雪中，动弹不得。远远看去，就是一位穿着露肩晚礼服的女明星裙摆朝上头部斜插入雪中，或是不知名的广告男模折成了两半，以飞鸟翱翔的姿势凌驾于白雪之上的怪异情形。各种颜色的车辆也像冬眠的乌龟一样把头深埋于雪中。有时候，上面会压上一棵承受不了白雪负重而折腰的行道树。

雪停之后是无比清透明媚与美丽的晴天。没有灰尘，没有霾，没有喧闹的人群和车流。阳光穿越宁静的空气洒在一望无际的皑皑白雪之上。那个早晨，阿莉费了点力气才把被厚雪缠结住的窗子打开，窗户和攀附着的冰雪摩擦、断裂发出响亮的咔咔声。冰冷的空气和冰冷的阳光进到屋子里。

她很快就关上窗户，免得冷气把屋内好不容易聚集的热气冲去。关上窗子，她去隔壁的房间看了看雪儿，一位出生才两天的女婴。她的爸爸已经起床了，在厨房用酒精炉子给他们烧早饭。她闻到了胡萝卜牛肉粥的香味。

做胡萝卜牛肉粥的男人叫李明亮。这个来自小城镇的青年用自己的勤奋加一点点的运气，在这个城市立了足，买房买车娶妻生子。早餐后，他安顿好妻儿，便在外头踱步取暖。一边走，一边和披了厚实的羊绒大衣、裹了一条花哨得不得了的大披肩的阿莉说话。

"救护车说来不了的时候，我差不多快崩溃了。说老实话，那会儿感觉什么希望都没有了。我不是没想到要早点让琴琴去住院，可还有两周才到预产期啊，况且医院的床位又这么紧张，我托了我们公司副总的关系去找了医生，不好再提别的要求了。不是因为两周的床位费付不起。"李明亮和阿莉解释，"我不是在乎钱。我有小气的时候，琴琴有时候会埋怨我。救护车来不了的时候她也埋怨我了。我解释也没用，也没有解释的心思了。这时候……我是第一回抱着她哭啊。可琴琴还是个让我佩服的女人，她说社区卫生院就离我们的房子五六百米，那里没有产房，但有医生护士，她发烧在那挂过点滴。有医生在就比在这里干耗着强。"

阿莉认真听着，她换了个坐姿，将左腿架到了右腿上。什么东西掉落刮到了她的窗框上，发出尖锐的声音。大概是树枝。

"你觉得我傻吧，这种时候这么跑出来简直是找死。万一医生不在，万一路上就出事了……要不是遇到你……唉……但我没别的办法。羊水破了，要是不走……我不敢说孩子会像电影里演的那样自己从琴琴的肚子里钻出来，我只要拿一把酒精擦过的剪刀把脐带剪断就可以了。车子来不了我们抱在一起哭的时候，我只能这么期盼。我把我认识的神在心里都拜了一遍，要是他们谁能听见我的祈祷就好了。"

"大概他们真的听见了吧。"阿莉若有所思地说。她觉得经历了大起大落的李明亮现在的神经脆弱得像个孩子，会因一件小事兴奋也会因一件小事忧郁。

"啊。对，是你看到了我们。琴琴让我再往前走一点，去卫生院找人来帮忙。可我不敢扔下她一个人。我不敢……说实话，我从没这么胆小过，决定不了是一个人继续往前走，还是在雪地里陪着她。那时候，对面楼里零星亮起的灯光也突然灭了。停电了。我当时觉得什么希望都没有了。想往前走，却不敢走。直到，你打着手电朝我们照来的那束光。"

阿莉把他们带到了自己家里，启动了位于地下室的那台发电机，剩下的那点柴油还能维持一阵子。屋子亮起来之后她只身去了卫生院。卫生院的确是大门紧闭黑咕隆咚，一个人也没有，却有两个没关紧的窗缝。

阿莉故伎重施，像一张薄饼一样钻了进去，取好了消毒水纱布药棉剪刀卫生垫等东西，又从药房里翻了一堆注射药物捞了几袋葡萄糖氯化钠一次性输液器之类的。

她拎着这一大堆东西出现在李明亮和几乎已经疼得直不起身的琴琴面前时，说自己大学学的是临床，知道该怎么做——阿莉觉得自己扯谎与骗人的技术可称得上天下第一。

这个谎赢得了他们的信任。李明亮不再慌了，琴琴除了忍受不住疼痛时的呻吟，也极其配合地按着阿莉的要求在床边来回走动。那时候她的宫口开了差不多七八指。雪地里的那一阵子折腾，加速了孩子落地的过程。躺下，两腿分开，曲弓撑起，吸气，放松，缓缓吐气，用力。到第二产程的时候，琴琴几乎没有了力气，大概是之前雪地徒步及过度惊慌所致。屋内并非十分温暖，汗水也已经浇湿了她的衣裳。阿莉是第一次帮人家生孩子。当年在女子大学游荡的两年，她修了三个专业，古典文学，经济学还有护理学，护理学是去旁听着玩的，毕业答辩的那天，她去看了当时最红的女明星的电影首映。实习的时候，她在医院旁观了几次别人生孩子，当时她唯一庆幸的就是自己不用生孩子。

当阿莉以为琴琴差点要晕过去的时候，琴琴被一声巨响惊醒。大概是哪幢公寓楼顶上的巨幅广告牌倒了，可能又砸上了某棵行道树的树冠，或者压上了某个路灯杆，最后一起倒在了雪地里。

不久后，婴儿的啼哭声便和呼啸的风雪声融在了一起。那音量简直大得惊人，可仅仅只过了一会儿，她就不声不响了，紧闭着眼睛，任由阿莉擦拭她那柔软的身体。孩子父亲有些呆呆傻傻的，在一旁看着。他不知道是该去安慰妻子，还是要帮着阿莉收拾新生婴儿。他的眼睛在临时产床和脸盆上方来回切换，好一会儿才回过神来：一切终于结束了。

从那一刻起，这个男人就没停止过流泪，时不时地眼圈就红了。

要是没有这突如其来的暴风雪，他的孩子会顺利地在市里那家有名的医院有名的产科出生，他会在产房外拥抱他的孩子，和医生说谢谢，然后将准备好的一篮子水果提到护士台，请她们分享喜悦。之后，就是发微博，晒图片，打电话报喜，接受祝福。他永远都不会变成一个痛哭流涕的孩子、一个絮絮叨叨的大人。

大雪过后阿莉请阿仓来家里吃饭，来之前阿莉问他想吃什么。

"鱼、牛肉、凉菜——加了豆腐的炖鱼，红烧牛肉，和夫妻肺片那种拌法的辣嘴凉菜。"阿仓考虑了一下回答，"还有，椒盐蘑菇。"他用一种灵光乍现的语气说，但最后又改成了椒盐玉米。

"新鲜的蘑菇，这时哪能弄得到呢？"他不无遗憾地说。

那时，阿仓已经回到公司上班了。他在茶水间的窗口端着一杯刚冲泡好的速溶咖啡和阿莉说了一刻钟。那咖啡，据说是暴雪前同事去海南度蜜月时带回来的礼物，待在他的抽屉里，安然无恙地度过了雪灾。

最糟糕的事情正在慢慢地融化、消退。气温在回升，那些树要是没冻死，就会在即将到来的春天焕发生机。阿仓说，他们这幢办公楼每一层都亮起了灯，电网和通信全部恢复之后这楼除了一些外部设施有损坏，看不出和之前有什么不一样，同事们花了不多的时间聊了下雪灾期间的惨痛经历，便忙开了，还有大把大把积压着的活儿没干呢。实际上，他们在电网和通信恢复的那一刻就将牢骚全都发到网络社交平台上了。接到客户的慰问电话，也只在第一遍第二遍时有心情用些形容词描绘被困于暴雪的心境，到第三遍第四遍就变成："没事""挺好的""多谢关心"了。碰到有好奇的客人问道"听说你们那儿的白菜都卖到一百多块一斤"的时候，他们也只回一句"哦，没有吧"。

阿仓说，他们常点外送午餐的那家餐厅，牛肉土豆套餐的确是涨了三倍，一份一百二十八块，而且需要提前一天预订。一些小餐厅干脆停止了外送服务，理由是餐厅堂食生意火爆及外卖小哥工时费暴涨。

能及时把冻裂的水管修复的餐厅都正常营业了。不能及时修复家中冻裂水管而不得不到饭店吃饭的客人简直要把城中大小餐馆给挤破了。即使比平常的价格贵上许多倍，他们也要排队点上餐还要打包一份回去（许多餐厅临时规定食客只能打包带走一份食物）。对于饥饿的恐惧恐怕还要在这个城市的上空盘旋一阵子。他们后悔没在家里备些食物，爱吃零食不再被女孩们视为一个坏毛病，贪嘴的女孩依靠一橱柜的零食拯救了自己。屋子里连一包方便面都没有准备的单身青年，可是要化身乞丐裹着厚毛毯去敲开邻居的大门了——有吃的吗？我饿了两天了。

阿仓说，那天他那么做的时候真和乞丐没什么区别。他已经顾不得不好意思了，这么饿死了可真成了个笑话。住在他隔壁的女孩裹了两层毛毯，戴着厚厚绒线手套将一袋苏打饼干和一袋夹心蛋糕递给他，他都快要没力气去接那重约618克的救命稻草了。

那时还没停电，热心的女邻居请他进去坐了坐。他甚至不记得她在他隔壁住了半年，还是一年？他之前没太留意。她长得不难看，仔细看还挺好看的。"你是因为她算是救了你的命才觉得她好看吧。"阿莉笑话他。女邻居的那套公寓的格局和阿仓的差不多，一个房间，一个厨房和一个卫生间，厨房和卫生间中间有一小块空间，相当于半个厅。那女孩在那放了张绒布面的软沙发，勉强可以坐两个人，靠着沙发放了张小茶几，茶几上放着一个合上的银色笔记本。她请他看了部电影，用她的电茶炉烧了水冲了咖啡给他喝。喝完咖啡他有了点力气，说要去给她弄点雪。

"喝完半杯咖啡的时候我就有这想法了，脑子那时候不那么木讷了。"阿仓这么说的时候，还有点得意。

这种临时的灵感大概也能像他做网络设计时的工作灵感那样让他自豪。停水了，也可能停电。况且她储存的那些瓶装水已经结成冰，不方便使用。接下来的情况只会更糟。趁着还有力气，到室外去取水。从天空飘下的水是源源不断的，白花花亮晶晶的。不能用电梯，万一停电了，困在里面就是等死嘛。用咖啡加蛋糕恢复元气的阿仓那会儿表现得还真像个英雄。女邻居把一个水桶和一口大锅给他。他弄上来的第一桶雪，女邻居在里面舀了两碗煮了一锅方便面作为他们共同的晚餐。他们坐在小沙发上吃面时，阿仓说要是暴雪过去了他没死就一定要买个燃气灶和一个电磁炉，即使不做饭也要在家备着。

果然，当晚凌晨三四点断电了。多了一个同盟，他们俩都没有那么害怕。趁着手机还有信号，他们相互发了信息鼓励对方。他们提前将笔记本电脑和移动电源都充满了电。它们可以供养他们的手机。通过手机，他们可以及时了解暴雪和救援情况。

融雪的最初几天，阿莉可以从她家的窗口看到之前在溶洞景区看到的钟乳石景观。树，泊在路边的车子，裸露在外的输电线，高楼的墙面，成千上万条冰虫在阳光的照射之下比任何一个打满七彩霓虹灯光的溶洞都要壮观。大部分窗户因爬满了一条条冰虫而无法打开。阿莉将一扇用来通风的窗子周围的冰雪清理干净，之后每隔一个小时就去推开那扇窗，避免从屋顶流下的融化雪水在窗子上覆上一条条坚固的冰虫。

城南和城西的电网最先恢复。某个晚上，阿莉在窗口看到漆黑一片的东部上空一片璀璨。有人在放烟花，大概持续了七八分钟。那种花形巨大、能够蹿得极高的价格不菲的烟花，虽比不上庆典专用的礼花，也算是这些日子以来，夜晚能够看到的最美丽的景象了。不知道是什么人放的烟花，城区禁放烟花爆竹有些年了。看来，事情虽然仍旧糟糕，但总算快要过去了。

城南和城西限时供电时间是晚上五点到八点。烟花是八点十分燃放的，就在城南和城西的那片亮光暗下去之后。还没有钻进被窝儿的人在窗口欣赏东部上空的灿烂花海。

手机信号时好时坏。阿莉没有能够在此时分享心情的人。但此刻的她，并不孤单。李明亮将琴琴叫了出来，他们相互依偎着，看向远处灿烂的夜空。

站在窗边，阿莉趁着突然增强的手机信号给住城东的阿仓发了一条短信，让他看看他们那边的天空。他说他看到了,和邻居一起在看,整幢楼的人都在看。

阿莉脑中浮现出两人头靠头嵌在窗口看烟花的浓情画面。

阿仓到阿莉家吃饭的那天,阿莉家前方的那条路仍在除冰、清除折断的树枝空中坠落物。她站在自己窗口看向远处,阳光清透,空气中纤尘全无,视线不需要拐弯,便可以穿过马路,高楼与高楼的间隙,通往火车站的一个小型高架,一个覆满白色的公园,一个顶棚坍塌的菜市场,到达一片被白雪覆盖的农田上方的一座爬满冰虫的电塔,晶莹剔透,闪闪发光又摇摇欲坠。

负责清理阿莉屋前这一片区域的是一个新兵,十九岁,一脸稚气,脸庞因为卖力铲冰而微微发红。午饭时间,阿莉看他端着盒饭蹲在墙角吃,便请他进来用餐,他拒绝了,还颇为害羞地低下了头。阿莉只好从屋子里给他端了碗汤出来,看他一口气把那碗山药排骨汤喝完。

她在他身边留了会儿,和他聊了几句,知道他是随着队伍带着工具和补给沿着公路铲冰除雪，一直到了这座城市的中心。

她和他聊了聊他的任务，又聊了聊他的家人，得知他的家乡也遭遇了雪灾，而且，通信还没恢复，他甚至联系不上家人，不知道对方是否安好。说着说着，他的眼圈就变红了，阿莉打住了话题，及时递上去一张散发着薄荷香气的纸巾。

"晚上我请朋友吃饭，五点半你来这里，我请你喝碗汤。"阿莉拍拍他的肩膀，起身进了屋子。

如她所料，那孩子五点半没有到她这里来，六点也没有。她把汤预备在保温盒里，一直放到第二天。早晨八点，门铃响了。

门口有一只纸盒，纸盒里发出了一声软绵绵的叫声。盒子里是一只未成年的小猫，白色，后背和前腿上部有黄色花纹，瘦得要命。小猫亮晶晶的琥珀色眼睛很美，杏仁大小，眼珠子很大，深褐色，阿莉从中可以看见自己的影子。

冰碴儿从她屋子右方那棵在大雪中屹立不倒的香樟树上掉了下来，在清扫干净的路面上裂成碎片。她抬头看了看碧蓝明朗的天空，将盒子抱了回去。

那晚，阿仓带了一瓶包装略显陈旧的酒来赴宴。

和阿仓打过招呼后阿莉又回到了厨房。她看到李明亮脸上有点不自在，一种既不是客人又不是主人的尴尬。阿莉在厨房备餐的时候听他们对话，李明亮的回答简短、仓促，尽管彬彬有礼。这时候，随便在哪个地方碰到谁，都有共同的经历，随便和谁都可以有共同话题。李明亮却不愿意和阿仓过多地谈论自己，大概，他不想对第二个人提起他在雪中的遭遇了。他不得不替阿莉招呼这唯一的客人，问他喝茶还是喝咖啡，绿茶还是红茶。孩子的哭声从楼上一阵又一阵地传过来。

电视机开着。他们的话题慢慢地转移到了关于雪灾的报道上，三言两语地说着各自的看法。

阿莉将鱼汤端出来的时候，他们正在聊输电线融冰技术。椒盐蘑菇上桌的时候，他们在讨论融雪剂的危害。最后一道虾仁烧卖完成的时候，李明亮正谈起去年这时和妻子去北方看冰雕和雾凇。

"我去叫琴琴下来吃饭。"他中断聊天，站了起来，和阿莉说了声，又朝阿仓点点头就上楼去了。

琴琴没下来。她觉得她还是在房内用餐更合适。

这些天,琴琴基本都在房内用餐,餐桌上大部分时候只有李明亮和阿莉两个人。李明亮会帮阿莉收拾碗筷,甚至帮她洗碗。他一边做着家务,一边絮絮叨叨地说着话。阿莉觉得他大概是得了暴雪恐惧症。那晚的经历让他完全变了一个人。他以前或许从来不做这些事——收拾碗筷、洗碗。要是没有这场雪,他可能会在当了爸爸之后学着给孩子换个尿不湿喂个奶什么的,其余交给妻子和保姆。如今,他做这些事只是为了缓解他内心的焦虑,他说那些话也一样。他大段大段地说着,有时候是诉说一段经历,有时候是表达一种观点,举一两个事例,通过事例又再度表达自己的观点,强化、作证、正反推理。他像个充满疑虑不断翻找事物的缝隙寻找答案的人。他在征求她的意见,又不是在征求她的意见。所以,她不发表什么意见,就算发表了他也不会认真地听,他只是想说,谈论他自己,解释、诉说。

阿仓来做客的那天上午,李明亮去了公司,处理了一些工作,下午开完工程会议之后请假回了趟家,家里一团糟,空调和水管都坏了。他拿了一些换洗衣物和之前备好的婴儿用品就匆匆到了阿莉这里。工作的事，孩子的事，他几乎没心思管他们房子的事。他在路上不小心滑了一跤，裤子弄脏了。毛料西裤不宜机洗。

"干洗店，谁知道附近那家干洗店什么时候能开门呢？"

他和阿莉絮叨时，门铃响了。阿莉提醒他去开门，说有客人来了。他愣了愣，继而明白过来他应当做什么。他是个有相当职业素养的项目经理，可怎么就突然变得像个傻瓜了呢？阿莉在厨房忙着，那一大堆的食材，肯定不只是他们三个人享用的。茶、咖啡都放在了最显眼的位置。

"噢，客人。"他低语了一句，立即穿过庭院去开门。

他没太多在自己家里招待客人的经验。在他那套六十几平方米的公寓购入之前，他一直租房子，就是那种陈旧却便利的老小区。他不太请别人到家里做客，以当时那种情况，这样的聚会容易让人丧失斗志。能踏入这种老旧小区出租屋的朋友，聚在一起总是埋怨多过于期望。而那些努力驶向希望之处的优秀朋友，大概不屑于来到这种破破旧旧的房子，站在窗口看不到公园绿地，对面房子阳台上挂着的女人内裤或是花色土得要死的床单。他更愿意在酒吧或是咖啡馆会见这样的朋友。等他可以付清一套二手公寓的首付，在这个富人区拥有一间厨房和一个装了名牌卫浴产品的卫生间，他那几个定期在咖啡馆和酒吧会面的朋友早已经将房子换成了联排别墅或是豪华江景房了。他筹划过一次家宴，可就在准备打电话邀约的那个下午，他接到了琴琴的消息，他就要当爸爸了。

"所以，家宴什么的，还是算了吧。"他说。

"我是那些人当中第一个做父亲的。"他有点自豪，又很快陷入深深的迷惑，"这是个意外，意外的惊喜。连她来到这个世界的方式也是这么意外。还有大雪，都是意外。谁也料不到。"他的情绪甚至有些激动。

阿莉以一贯不点头也不摇头却表示继续倾听的表情看着他。

"如果不是琴琴的坚持，也许她就不会来了。知道琴琴怀孕的那天，我在吸烟区抽了半小时的烟。

我觉得她可能是需要安慰，也可能是开心、激动。这种事，简直没人可以商量。他们都会劝你去当父亲，可他们自己谁都没生孩子，连婚都不结。等我回到家，发现那些薯片泡面辣条之类的零食都被她整到一个大纸箱里了，她问我吃不吃，要是不吃，就打算扔掉了，免得她忍不住会想吃。现在回过头来想，我和那些人的区别就是，就是，我找到了……雪儿的妈妈。"

他像是发现了惊人的宇宙秘密一般，睁大了眼睛，声音却是平静的，既不兴奋，也不惆怅。

阿仓带来的那瓶酒剩了一半。李明亮滴酒未沾，喝的雪碧，说是喝了酒睡觉时整个房间都会是酒味，孩子会受不了的。

阿仓说这酒不错，而且有些年头了，是从回收烟酒的一个老伯那里买的。上午他喝着海南咖啡，想起那位同事曾在聚餐时说起过他那个做回收烟酒生意的二叔的诸多趣事。午饭后他便请同事带他去了他二叔家。他们绕进一个冰雪还未清理干净的滑溜溜的小巷子，从一架子的陈酿中挑中了这瓶酒。

"侄子拎着东西去看他,他可高兴了,说侄子是雪后第一个来看他的人。"阿仓说。

"这瓶酒本来应该更贵。你只出了一半不到的钱。"阿莉拎起酒瓶子看了一眼说。

"他二叔那个人平常据说挺抠门的。说给我打五折,我还以为他开玩笑。毕竟,我对酒不了解。想着雪后总得庆祝一下,再说,上你这来,空手也不行啊。"

阿莉往她的杯里倒了一两酒:"可惜我酒量不好,不然就陪你多喝点。"

"没事没事,尽兴就好,唉,这一个礼拜,感觉过了好几年,大家都不容易,都过去了。"

三人举起手中的杯子,碰了一碰。

"下次再去,他二叔可能不会再给我优惠了哟!"

"是呀,你下次再去找他买酒,他就会把这次亏下的全赚回来了。"

"没错!很快一切就都正常了。"阿仓大笑。

李明亮听着他们的谈话,却又像没在听。楼上每传来一声孩子的哭声,他都要回头朝楼梯的方向望一望。

阿仓总是想用一些话题把他吸引过来。他有时候会投入地配合，有时候又很沉默。

这场雪，打乱了他的节奏，扰乱了他的生活。他预订的月子中心的套餐因为暴雪泡汤了。月子中心拒绝再接受新客人，宁肯支付一些赔偿。要不就是等重新恢复了秩序再为他们办理入住，说不定那个时候一大半的时间就过去了。他之前预订的育儿保姆，原本要在孩子满月之后到位的，现在一切都不好说了。保姆说，家中遭灾，她也得回去。此外，他在公司负责的那个项目，因为暴雪而暂停。几乎没有一件事是顺利的。除了阿莉打算收留他们，帮忙照顾他们的宝宝。

"糟糕的不是暴雪，是暴雪之后。"阿莉说。

阿仓离开的时候，李明亮站在房子一楼客厅那扇暗红带木格子大门旁，目送阿莉将客人送到院门口。

围墙四周的灯都开着。还没来得及整理，堆满了冰雪的院子在灯下闪闪发亮。部分冰雪已经慢慢融化，露出了植物的枝干。

送走阿仓，阿莉走到院子最东边，低头剥开一株植物上覆盖着的雪块。雪块表层融化变硬，结成了冰，她觉得自己像是在捏碎一些石头。那石头里裹着保持着盛开模样的瑞香小小的紫色花瓣。

那株半人高的瑞香是春节之前她在花店买的，下雪时刚好是瑞香旺盛的花期。

"这花的香味特别浓。"阿莉手里握着两块裹了花瓣的冰块沿着小径往回走。

"这一院子的东西都白种了吧。"李明亮说。

"也有活下来的吧。等雪化完了，我可以再种，得好好地打理打理。你有空儿帮帮我。"她看了他一眼，他的表情有些严肃。

"我没干过这个，不保证能够干好。"他突然笑了，将环抱在前胸的双手插入上衣的侧边口袋内。

"谁都有第一回。"她将冰块换到了另一只手上，甩了甩之前那只被冰水沾湿的手，凑到鼻子前闻了闻它的气味。接着，是她那只握了冰块的手掌。

一些小小的紫色和白色相间的花朵从未完全融化的冰块中探出头来。湿漉漉的，像一只只刚从海里爬上岸的鱼。她让他看了一眼她手心的东西——被冰晶刺破细胞壁垒的花朵。

"好吧。要是你非得让我干。"他的语气装得有些随意,朝她笑了笑。

她也笑了笑。

她决定让他帮她翻一翻前院的花园。大部分花草都冻死了,她需要再种一批。她自己能干这活儿,也乐意干。可她这次要交给李明亮,她指导他去完成花园里的活儿。翻一翻泥土,弄些石头、砖块来重新砌一下花圃,重新规划一下这些区域,买些苗,弄些种子。她让他好好地松一松那些被雪水浇灌过的泥土,然后认真地撒上种子,种上幼苗,插入嫩枝。在他干这些事的时候,她可以去帮他照顾他的孩子,陪他的妻子聊聊天。

以后,琴琴还会带着孩子来这里,来看看她丈夫在这个春天耕种过的花园。

拂过她脸颊的风开始变得潮湿,带来了一种久违的黏糊糊的感受。

第 三 章

昌平路 288 号

初夏时节，一阵又一阵的雨水过后，花园焕然一新。

阿莉种了一批月季，她选择了一些浓香型的大花，比如粉扇、金凤凰、加百列大天使、皇家胭脂、伊芙系列等，她在南边的围墙下种了不少藤本月季，充满少女情怀的粉色龙沙宝石，明艳亮丽的玛格丽特王妃，热情似火的佛罗伦萨。或许明年就可以站在她的家门口拍一张足以放到HELLO社区炫耀的照片了。自从用起了手机，她似乎也变成了新人类，对线上生活痴迷不已，好像那比真实的生活更惟妙惟肖，就好比男人在戏台上模仿女人，那些著名的旦角让台下的女人相信，他们才是真正的女人。过去的世界已然消失，冥顽、焦躁都没有任何意义。许多在时代狂潮拍打之下，依旧能稳稳掌住舵的老人家（不包括她），早早地学会了使用电脑、智能手机，学会了网购，他们在那上面买东西，雇保姆，请护工和线上管家联络……这所有的一切，只为了在昨日与今天断裂时，不至于让自己掉进那个深不可测的裂缝里。

阿莉拍了几张西墙边的大花香水月季丛，放到HELLO社区。金凤凰、林肯先生、粉扇，这些黄色，黑红以及粉色的花朵健壮又美丽。当初，化身花匠的李明亮种完这些花后，手上贴满了创可贴。他没能够躲避那些刺，又固执得不肯戴园艺手套。

她每次把花园新开放的花朵传到HELLO社区时，阿仓都会点赞或是回复。她问他是否喜欢这些植物，他说挺好看的。阿莉说要送他几盆花时他又拒绝了。

"我不能先把花拿来放个几天，等它不行了再给你送回去。而且养花费时间嘛。"他说。

一周之后阿仓却主动打来电话，向她讨要植物。

阿莉有些诧异，随后她去了花鸟市场。她倒是挺好奇他怎么突然改变想法，打算给阿仓一个"惊喜"。她选了盆凤梨科花卉，一盆银皇后，一盆茉莉，一盆重瓣杜鹃，一盆水培绿萝，然后一股脑儿将这些植物都带到了阿仓的住处，把它们摆在了他那小小的一居室里。窗台上，书桌上，床头。

她想象着他看到它们时的惊讶模样——惊慌失措也不为过。

直到第二天下午，阿莉才接到阿仓的电话。他在公司的茶水间："昨天……我家里……好吧，不拐弯抹角了，昨天小雅回到家的时候，发现了好多花。呃……我们现在住一块儿了，昨天早晨我们去上班的时候花是不在的。她以为是我买的，中途从公司溜出来布置好给她这个惊喜。她很受用，打电话给我，说我用这种方式欢迎她还挺浪漫的。我也很奇怪，又不能告诉她那些花不是我买的。昨天我加班到晚上十点，后来又在办公室留了一会儿，想把这事想清楚。本来想给你打电话的，后来想太晚了就算了。我是问你要花了，但你就算答应了，也不可能把花摆到我家里来，你也没有我家的钥匙啊对不对？"

"是我摆的啊！就是我摆的。你怎么这么晚才打给我？"阿莉语气里充满埋怨，"买完花从花鸟市场出来，就直接到你家了。你看，花鸟市场在我家和你家的中间。既然老板答应送货上门，直接送上你家不是更好吗。"

"那你是怎么进去的啊！"

"你不是有把钥匙放在门口地垫下的习惯吗？"

"我没有告诉过你啊。"

"你说过。"

"是吗？"

"是。你不记得了。"

他低声咕哝了几句，随后似乎有点不好意思，说："哦。这样啊。那真是谢谢哦！你真是会制造惊喜。虽然我一开始还有点惊吓，不过小雅真的很高兴。她喜欢花，家里养了不少植物，不过上次大雪大部分都冻死了。我问你要花只是想给她个惊喜。对，我和小雅在一起了，就前两天。我本来打算到你这里来拿那些花时，再告诉你这事的。"

小雅就是阿仓的女邻居。前段时间，阿仓提起她时还用"女邻居"这个代号。现在，不是女邻居，而是女朋友了。

"这是件好事,有女朋友了,恭喜啊!"阿莉想她是不是该表现得更高兴更热情点。

"唉,你真这么想啊,那就好,还以为你会吃醋呢,哈哈哈!"对方大笑。

"啥呀!呸呸!我忙着呢,哪有空儿吃你的闲醋!"

"瞧你说的,开玩笑的。"

他打算做一番长谈吗?她不打算在这个时候和他长篇大论一番。她要出门,连衣服都换好了,出门的包就放在不远处的茶几上。

"我要出门了,有点事。改天再聊哦。"

"好吧。这两天我在赶项目……上午就想给你打这个电话的。拖延了。嗯,花的事谢谢。"

"客气啥,下回再聊。再见!"

挂了电话,阿莉走向了她的包,将它拐在胳膊上出了门,就像挽着她最好的朋友的手臂。

她冲着叫来的车子咧嘴一笑,就像多年前,她朝着那部接她去戏园子的通用公司生产的黑色老爷车咧嘴一笑那样,她拉开了副驾驶的车门,将那只穿着高跟鞋的纤细左脚轻轻探入车内。

阿莉依然会想起以前的日子。她开始习惯自己在两个世界穿插——过去和现在、回忆与现实。她定期带着病历卡去医院，让不同的医生给她开治疗营养不良的药。有时候她会吃，大部分时候不吃。

自上回在医院晕倒之后，她随时准备迎接下一次晕倒。一天清早，她的大花香水月季开得浓艳艳，她拿着花剪去剪下几枝装点居室。随着剪刀在花枝上的咔嚓一声，她耳边一阵蜂鸣，头有些晕，接着是一阵被蜜蜂蜇中的刺痛感。为了预防自己摔倒，她下意识地扯住了一枝月季的嫩枝，手掌被月季的刺扎了几道小伤口。刺扎入皮肤的疼痛却让她很快就清醒了过来，她没有晕倒，得以继续剪她的花，把那枝扎疼她的林肯先生收进了身边的小竹篮。

她多剪了几枝花，打算送给琴琴。有了孩子后，琴琴辞职在家，专心照顾宝宝。她们的住处离得近，琴琴推着孩子出去散步，路过阿莉的院子，也常会进来坐一坐，欣赏一下花园的美好景致。

那孩子长得非常漂亮。看着她一天天长大变样，阿莉也会想，有一个孩子也不错。她一边欣喜地感受着母性充盈身体的感觉,一边失望地告诉自己——她当然不会有一个自己的孩子啦!而雪儿,那个白嫩的小人儿,那个总是躺在婴儿床上呼呼大睡的小家伙,她以后会遇上一个男人,有自己的孩子,要是她愿意,还可以多生几个。阿莉看着那张比她院子里最美的月季还粉嫩的小脸,一厢情愿地编织着属于这个孩子的美好未来。微风习习,鸟语花香,星光璀璨,晨露幽幽,她差点要忘记女孩子成长的道路并非只有这些美好之物了。

阿莉隔三差五也会去拜访琴琴,天气好的话,她会陪着琴琴一起推着婴儿车去附近的公园。对于阿莉来说,这也是难得的闲暇时光。说闲暇不确切,充实才对,因为阿莉整日无所事事得令琴琴羡慕,羡慕她这么年轻就实现了财务自由,靠房屋出租和投资就可以过上自己想要的生活。而她和李明亮,却要在这个城市奋斗不知道多少年,奋斗到孩子长大,他们变老也不能松懈。她会感到焦虑,因为做了一名全职太太,离开职场太久,想要回去会非常难。但又没办法,这是她唯一的选择。她看着雪儿粉嫩的小脸,低头温柔地吻了雪儿饱满的额头,说,即使这样，她也不会为自己的选择后悔。

阿莉再一次感叹，母爱的伟大。

公园里，婴儿车边很快便会聚集起其他宝宝，妈妈，奶奶，外婆或是保姆们。阿莉慢慢开始喜欢听她们谈论孩子的事情。这是许多年前她不曾想过的，她为什么不在她还有一大把时间可以挥霍的时候遇上这么一个可人的小姑娘呢。那样的话，不论小姑娘的母亲同不同意，她都会说服对方让她做孩子的干妈。虽说，有一个看起来永远二十岁的干妈是件恐怖的事情。因此，她没法和谁保持十年以上的友谊。要是有，也只存在于鸿雁传书邮件往来之中。

随着能力的丧失，阿莉已经渐渐失去了了解周围的人的兴趣。有很长一段时间，她都像一个旁观者，一个处于故事之外的人，一个抱着垃圾零食观看一场乏味电影的观众。

阿莉乘坐的黑色奥迪轿车在即将过十字街口时停了下来，有个长红灯，司机低头看起了手机。她看了看右侧的楼房，记不太清是什么时候盖起来的，五六年前，还是更早？沿街的商店里的货品琳琅满目、五花八门。

左拐弯的那条街，许多年前也很是热闹。街上开了不少精品店。那会儿西式服装大行其道，街上开了许多洋装饰品店。她和不少店主是朋友。酒会、朋友介绍、下午茶聚会，只要常在某个圈子出入，总有机会认识这个圈里形形色色的人，就像同在一个花园采蜜的蜜蜂。当时的时髦女人，像挑剔自己丈夫身上的毛病那样挑剔衣物饰品的针脚，可以一眼看出哪件是正品，哪件是仿制的。不过，即使是仿品，也出自某个技艺高超的裁缝之手，比如今这条街上大部分商店里的东西要强得多。

"唉，你好像不太爱看手机嘛。一路上都没看过。"快到目的地时，司机终于同她说了一句话。

"哦，是吗?"阿莉嫣然一笑。

"是啊，像您这样的也比较少啦。看手机也不是好习惯，你看我们就改不了了，天天抱着它。孩子都有意见了，说我看见手机比看见他还亲。"他笑了笑。

"哈哈，手机是很重要。没有它，您也接不到单了。"

"是啊。没它可不行啊!"司机乐了，直夸阿莉会说话。

车子很快到达莱德斯广场。今天是个好天气。天空湛蓝，气温又不是那么高，绿化带里的三色堇和石竹的花瓣于风中微微摆动。

这里离李明亮的公司不远，她应邀来和他喝一杯咖啡。之后她打算到附近的商场去逛一圈，给雪儿买点东西。

李明亮帮她料理了那个院子，那些后来越开越妖娆明艳的月季在他的皮肤上扎了不少小眼儿。她要感谢他，虽说，他并没有真正爱上园艺。他这么做只是因为他觉得应该或是必须这么做。总得做点什么。在他们一家刚刚搬出昌平路288号的那段时间，他也会来继续帮她干完园子里剩下的活儿。

园子里的活儿忙完后，他就很少来昌平路288号，除非她请他们夫妻来用餐。即使如此，也总是琴琴带着孩子来赴约。明亮要加班，忙。琴琴是这么说的。

不能赴约，李明亮会表示歉意，另选一个空闲的时间请她来喝咖啡。通常是下午，他从不提前邀约。那种"你没空儿就算了"的语气充斥在向她发出的每一个邀请之中。

她对他没有什么期待，也不是太愿意听他讲那些故事，办公室政治，人与人之间的掠夺与欺诈。她至少还会来见他。要是连他都不肯见，她的生活还剩下什么呢？

刘老伯，李明亮，阿仓，还有她厨房的锅子们，她的大花香水月季，那个不知道姓名的孩子赠予她的猫，她HELLO社区的账号，她的ID名——凤眼姑娘。

哦，她只剩下这些了。

她转道去了卫生间，对着镜子，掏出口红往唇上涂了一层，抿了抿嘴。她盯着镜中嘴唇上因为口红而变得更加鲜艳的纹路看了看。

这就是她的生活。现如今，她生活的意义，她存在的必要。在她还很强大的时候，作为一个强大的物种那十足的优越感，让她从不用考虑她存在的意义，因为一切都理所当然。

在没有遇到他们之前，因为衰老的来临，她心生恐惧，想：她或许会疯掉。在营养不良症把她摧毁之前，她就会疯掉。到时候，她完全没有力气考虑到底是选择用一种什么样的方式结束生命——躺在花园里变成肥料，还是顺水漂流而去最终变成鱼儿们的食物。

阿莉出现在李明亮对面的卡座上时，他告诉她：他刚刚去车行预订了他的新车，就是上回她建议的那款。

"谢谢你呀，同事们都说我的选择很明智。"他说。

接着，他们谈起最近的一些见闻。他说得多，阿莉说得少，她一向是个好听众。他和她谈起那些他熟悉或是不熟悉的人，包括错愕与阴谋，愤怒与隐忍。他用一种轻描淡写的语气去说那些事，已经不再是雪灾时在昌平路288号的那个脆弱又神经质的他。她适时发表一些配合性的中肯评论。A、B、C、D，他习惯用代号称呼那些人。那其中大概也有他自己。

明明吃饱了，却依旧感到饥饿。这真是世界上最糟的体验。

阿莉的味觉依旧灵敏，做菜的热情一直高涨。

她有点后悔，为什么不在自己年轻的时候学会烹饪呢？那时候她对吃不怎么感兴趣，即使是顶级大厨做的菜，她也尝了几口就停下，现如今，她一边在厨房忙活，一边咽下不时分泌出的唾液。饭菜的香味刺激着她的鼻子，让她积蓄着力量。等她完成她的厨房艺术品，便定心坐在插了花、铺了漂亮桌布的餐桌边，一点一点将那些美味佳肴都送进她的肚子里。她喝汤的时候很有耐心，用瓷勺舀上四分之三，凑到嘴边小口小口地吹着气，先让混着香味的热气一点点地钻进她的鼻子里，再小口小口地喝完，发出有节奏的嘶嘶声。这段时间，她的味觉和嗅觉在一遍又一遍的训练下几乎达到了她一生的顶峰。即使是站在花园里那些香水月季旁，也可以经由从厨房飘来的香气中，判断出那锅鸡汤已经炖到了什么程度。她从不用手机闹铃和蛋形计时器来提醒自己。只要她不离开那香气所能弥漫的范围，汤就不会煮过头。

这倒是个令人惊奇的意外之喜。她搞不清楚原因。也许，她的身体里，一些功能衰退了，而另一些功能又复活了。

她做到这些的时候，雪儿已经能在她的花园里乱跑了。小姑娘总是想去碰那些几乎高过她小脑袋的大花月季，她最喜欢的是那丛明黄色的。琴琴不去干涉，在离她不近不远的地方看着，在她手指头被弄伤而大哭的时候把她抱过来。

"疼了，她才不会去碰那些花，"琴琴说，"比我说一百句还管用。他爸太宠孩子，一句重话也不会说。在家里，我成了唯一的坏人。唉！"

琴琴叹了叹气，随即又笑了："很多男人有了女儿后就变成女儿奴，对妻子和女友倒不见得有多好。"

阿莉也笑了，表示赞同。

"所以，我也要尽量少唠叨，免得产生强烈对比。明明照顾孩子吃喝拉撒的人都是我，到头来，孩子还和爸爸更亲，觉得爸爸更贴心，更温暖。那我可真是要伤心了呢！"

"是呀，没错。"

"所以像这种花园里的事，我就不说。她疼了，就不乱折腾了。就是你得损失几朵花哦。"

"没事。花多，随便她折腾。"阿莉温柔地看着身穿黄色衣裙，像只小蝴蝶一般在花园里穿梭的小不点儿。

"你这个干妈也挺宠她的。所以说嘛,我就是那个唯一的坏人。"琴琴自嘲一笑,端起茶杯啜了一口。

她最近有些焦虑。焦虑来自方方面面,孩子教育,做不完的家务,夫妻关系,未来的职业……一个女人只要在家里待得太久,都会如此。

但她依然是个伟大的女人,即使她正做着最平凡、最不起眼的事。阿莉依然这么认为,这种伟大并非来自他人的评判。

琴琴和阿莉提起李明亮的时候不多,一般在提到孩子的事时才会提起他。李明亮也是一样。他们之间的相处已经像一对结婚多年的老夫老妻了。

他们甚至很少一起出现在阿莉的家里,琴琴在的大部分时候,李明亮都不在。阿莉有时候会有种错觉,她认识的这两个人是毫无关系的两个人。

只有雪儿提醒她,他们几个人的关系最初是怎样。

李明亮倒是一直保持喝咖啡的习惯,他定期约见那些他认为也必要在咖啡馆里维持关系的人,包括阿莉。喝咖啡的时候,阿莉都会问起琴琴,他会说一说那些她早就已经知道的近况，比如：琴琴最近患了一次流感，琴琴带着孩子回了趟娘家，又或者她投了简历还去参加了两次面试。他说的这些与琴琴自己说的没什么大的出入，某些部分甚至更精确，却也很无趣。反倒是，在那些因为雪灾被她收留的日子里，他说起的那些人和事，即便喋喋不休，倒也是生机勃勃。尽管那时，他像是个中控器件出了故障的机器人。她还真没见过如此多愁善感的男人。大雪过后，他身体的某部分自愈了，重新成为一个正常、健全、普普通通的男人。

有时候，他似乎想挽回一些什么。他曾对她袒露过心扉——他应该为此后悔。男人都好面子。李明亮就是那种人。他得证明自己的价值，证实自己优于他人之处。他需要得到认可，让她觉得他不仅仅是雪灾时那个模样。

他偶尔会请她去很贵的餐馆吃午餐，吃饭时，他会和她说起他并不丰裕的童年。他出生于一个非常普通的工人家庭，十八岁之前，生活在一个经济并不十分发达的小县城。除了中学时到省里和市里参加过两次数学竞赛，他没什么机会离开那个小城，去看一看外面的世界。母亲下岗之前,曾在一次单位旅游时带他去了苏州,可他基本不记得了。母亲说他那次因为吃了不合适的东西而发了烧,后来上吐下泻,也有可能是水土不服。之后母亲就不再将那种难得的外出旅游机会与他共享了。旅游的机会本来就难得,带上他,还得看单位领导的脸色。后来的几次,即使没带他去,也给他带来不少的外地特产。都是吃的,每一样他都喜欢,那些美味的食物上带着陌生城市的气息。有时候,他会将糕点藏在写字台的抽屉里,直到它们长出斑斑点点的霉菌。

其实他的童年还是挺温馨的,但他依然迫切地想离开那个地方,最后成功了。

他们家亲戚大部分都在乡下。那些人时不时地带着一只鸡或是一袋刚收下来的新鲜玉米上他家,住上两天,或是请他的父母帮忙找个什么熟人办点事。他不喜欢那些亲戚。假期他也不想去乡下,只待在他那间小小的朝北的房间里,不停地算题。他没别的事可干。他不喜欢和那些爱玩的男孩为伍,跟着他们去过一次旱冰场和一次游戏机厅,他就再也不去了。他的父母很疼爱他,从不让他做家务。他吃完饭，母亲就会指着他的碗说，放着吧，之后他起身去自己的房间，要是碰到周末或假日，就坐到电视机前的那个老式布艺沙发上，看一会儿电视。他总是在房间里写作业时被叫出来吃饭，他的那碗饭，早就盛好放在餐桌靠窗的那个固定的位置，待他落座，他母亲一定会夹上一筷肉到他碗里。尽管那个盘子离他很近，离他的母亲却很远。

谈到这些事，他会叹气，却不让自己流露太多的情绪，就说，家人都是这样，这就是家乡，故土。

他有时候也会为阿莉夹菜。他只请她去中餐厅吃饭，从不去西餐厅。他喜欢上了喝咖啡可还没能喜欢西餐，虽然他吃起西餐来也有模有样。在阿莉的家里，他将刀叉用得很熟练。他一定用心学过。他就是那种会偷偷用心学做一件事的人。

他的身体里有一部分，在大雪那几天里苏醒，而他所习以为常的另一部分，因为那场大雪而沉睡。之后，醒来的那部分又沉睡，沉睡的那部分重新醒来。然而，它们一直都在他的身体里，从来都没有改变过。

阿仓是个好小伙儿。认识他的人常常这么说，因为他有一颗金子一般的心。

金子般的心，这是阿仓自夸的话。他对自己的优点毫不避讳，对缺点也一样。

阿莉有时候会回忆他们初次认识时的细节。不论是初次认识时的那个他，还是变成朋友之后的那个他，几乎没有什么区别。热情，却不喜欢交际——不是不擅长——他是不想浪费时间。他的工作不需要交际，只需要没日没夜地和各种代码打交道。闲下来，他会用那个在社交论坛上的知名ID"宇宙线人"东游西逛。他在那里有一票朋友，他们时不时一块儿玩个游戏，攻城，打怪，夺宝什么的。他说他热爱生活，现实和虚拟的都爱。因为它们都能给他灵感，而灵感能让他兴奋，所以他不吃不喝地工作也不觉得有多苦，还能赚到钱。他的户头上的数字这几年都在上涨。他喜欢和别人谈钱，倒不是因为他有多爱钱。他的人格独立，首先就是从经济独立开始的。人格独立，思想才能自由驰骋。这是他的观点。

"我一毕业就拒绝了家里的资助。他们说我倔，自己找罪受。可后来他们都不这么说了。我每年往他们户头上汇钱的时候他们心里一定乐得要命。"他对此还挺自豪，"所以每次我汇完钱都要打电话告诉他们，汇钱了，汇了多少。他们年纪大了，手机里的账户额度变更提醒从来都不看。他们会到老同事老朋友那嘚瑟，说儿子又给他们汇钱了。你瞧，他们还真虚荣啊！"

阿仓有一个和睦的家庭。他常常和阿莉谈起他的父母，他小时候的趣事，说那个小镇给了他一个难忘的童年。

到了寒暑假，他的假期都是在村子里过的。他最爱去外公外婆家，胜过去镇上的爷爷奶奶家。

他和外公的关系很好。而外婆，总是管东管西，不让他爬树，不让他下河摸鱼，也不让他总待在太阳底下晒，说皮肤晒得和黑炭似的多难看，可他又不是女孩子。他就总是躲着外婆，不让她逮住。外公是他的同盟，他们老两口儿一辈子都好像站在敌对阵营。

因此，阿莉觉得要是有什么人能陪着她一起去乡下见刘老伯，非阿仓莫属了。

"去啊。我陪你去呗!"

当她找了个机会和他提起这事,他倒是一口就答应了。

雪灾之后,村子里发生了一些变化。有几位老人先后在半年内去世,不少女人的肚子也渐渐鼓了起来。

"走的人多了,来的也多了。也好的。"刘老伯这么说。

那场雪似乎并没有吓到他。他看起来不算太糟,身体还很硬朗,只是话变多了,一直念叨着接下来要做的修复工作,被雪压塌的棚子,弄坏的鸡舍,还有变形了的大门,林林总总。又得花些钱。要花钱,他有点不高兴,可不弄又不行。他年纪大了,原本年轻时轻而易举可以自己搞定的事,现在还得请人来做。那些比他年轻的后生,做的活儿大多数时候都不能让他满意。他挑挑人家毛病,人家不乐意,要么撂挑子不干了,要么就找个借口拖延,他最后还得多付人家工钱。

"年纪大了,指望不上自己,更指望不上别人。"

他说着，点上了一支烟。

烟是阿莉带给他的。大雪封村的日子里，他早把家里能抽的烟都抽完了。

阿莉在他这住下的那段日子，他烟已经抽得很少了。那场雪把整个村子都盖住的时候，他烧了存在后园和柴房里的大部分木柴，也点完了他收在抽屉里和柜子里的所有香烟和烟丝。那玩意儿大概能让他面对死亡的时候不那么胆怯。他想过自己可能会被冻死，同时也想着其他老人，比如那个不久前还因为一点小事和他吵嘴的村子东边的李老头儿，那个老是咳嗽的李老头儿，估计是挨不过这场雪了。他还想起了别的一些人。

"要是他们没能挨过这场雪，"他和阿莉说的时候叹了叹气，"就当是命吧。"

谈起这些老人，刘老伯头一回用了一种不带嫌弃、充满同情的语气，好像忘却了之前所有大大小小的摩擦、怄气与不快。刘老伯说他们活着也不是特别顺意，还不如他。他虽然是一个人，但是没人给他气受。孩子虽然离得远，一两年也回来一次，偶尔也会打个电话。他就是孤单了点，但那些和小辈们每天鸡毛蒜皮黏在一块儿的就不孤单吗？不孤单他们就在家待着而不是出来找伴玩啦。

"没退休金，没钱，日子又过得不如意的，即使熬得过这场雪，也不知能熬多久哇！"刘老伯感慨着。

雪灾时，阿莉随着一辆电力维修的工程车偷偷潜回这房子。刘老伯穿着厚棉衣坐在床沿抽烟。屋脚放了一盆火。柴火已经烧完了，还剩下些红呼呼的炭火，在暗处闪着光。那天他睡觉的时间比阿莉在的日子要晚许多。电力还未完全恢复正常，晚上八点之后整个村子都是一片漆黑。他无法在电视机的声音里入睡。也许，他担心自己一睡不醒，而冰冷的身体不知道几天后才能被人发现。所以他宁肯坐在床沿抽烟，也不肯入睡。烟丝一点点地燃尽，那一袋烟抽完后他就无烟可抽了。烟丝一明一暗的微弱火光之下，他的表情充满茫然，无所寄托。

如今，刘老伯是一副坦然平静的模样，一如从前。

"你儿子联系你了吗？"阿莉问他。

"打过一个电话。我说没事。他说给我汇了点钱。很好啦，有这份心就行了。"

"村里的孩子们呢？"

"听说有两个住院了。其他的没听说，没听说就应该还是好好的吧！我也没去打听，这个年纪，怕听到孩子们有什么不好的。"他说。

"过些天，把这院子修整好，他们又可以来玩了。吃您煮的青菜面。"阿莉宽慰了他两句。

阿莉在刘老伯家待了一整天，下厨给他做了两顿饭。刘老伯惊讶于阿莉突飞猛进的厨艺。阿莉解释说她工作之余报了厨艺班，靠做饭打发业余时间，既充实了自己又增加了技能。

"练好了手艺也容易把自己嫁掉。"阿莉开着玩笑。

刘老伯听了后频频点头，说，他早看出来她是个好姑娘，果然没看走眼。

他很高兴，高兴得很。他带阿莉去看看雪后复苏的菜地，回来的路上，总是不忘和路上遇见的熟人介绍阿莉，即使是不那么熟的，他也乐意主动开口，活像一个自豪的老父亲。

临走的时候，他把她送到村口，和她说，交了男朋友，一定要带来给他看啊！

阿莉从没想过要有一个父亲。不过，要是能有一个至亲的人，她倒是会想要有一个父亲。普通点就行，就像刘老伯这样的也不错。

阿仓答应了她那件事之后，她惊讶地发现自己比想象中还要重视。

这一回，她想起了阿仓的女朋友小雅。有段时间他总和阿莉提起她，小雅小雅，小雅这样小雅那样。

想起小雅她就轻轻地叹气，她只见过小雅一次，阿仓带着她，请了阿莉还有李明亮一家吃饭，在小雅喜欢的一家粤菜馆。小雅喜欢蜜汁叉烧和牛油菠萝包。

但小雅没来过阿莉家。阿仓说，小雅不太愿意跟着他去参加朋友间的应酬。她喜欢宅在家里，看剧，看书，玩一些难度不高但有意思的小游戏。阿仓还专门给她做过一款游戏。献给小雅的游戏也得到了很多女生的喜欢。HELLO社区小雅也常去，因为那款社交软件就是他开发的。他有一个神一般的账号。阿莉会去阿仓去过的地方走一圈，留下一些足迹，或者点几个赞，打赏几个金币。阿仓有很多金币，他总是很慷慨。有时候小雅也会，她也曾为阿莉的香水月季撒过金币。所以阿莉在阿仓来访的时候，会剪一捧大花浓香月季，让阿仓带去给小雅。小雅喜欢花。她知道的。花枝包装之前，阿莉会小心用花剪去除枝干上的尖刺。

以前，她极少去考虑过这些，也从不为之费心。曾经，她毫不怀疑、自信满满地认为，她的记忆就是事实。陈列于她脑中的事件一件件井然有序，不需要打扫也不会蒙尘，假如她有需要，那宽大的银幕就会给她好好地播放其中一段。她很少回顾往事，前方不断有新风景出现，回忆只不过是偶尔才有的消遣。

时过境迁，不知不觉之中，记忆库已经被挤满。新加进来的，总是戴着一副优越感十足的面孔把原有的旧物件打乱。因为挤压而产生的碎片变成了灰尘，无孔不入，覆上了每一个美好的片段。那时，她才发现她是真得和作家学者们学一学，如何管理自己的记忆。把它们都变成一本本厚厚的书，为它们建一个雅致又整洁的书房，在书房里放上植物和石头，还有字画。

可应该从哪里开始打理呢？人们总是对婴儿时期没有任何记忆，她也已经不记得她是从哪里来的了。记忆的模糊之处有个片段，某个早晨，第一缕晨曦从邮筒扁扁的投递口探入，她打着哈欠睁开了双眼。她刚刚来到这个世界时便觉得早就已经是其中的一员了。她听到了鸟叫，它就立在旁边的行道树上，叫声很清脆。那声音仿佛来自昨天。没错，昨天，每一个普普通通的起点中的一个。她的头发下压着一封一位姑娘写给驻防的恋人的书信。她告诉她，他再不回信，她就要依着父母的意愿嫁人了。哦，她只要他回信，看到他写的一个字她就会继续等待。收到一个字，就说明他还活着。活着，她就有希望。

阿莉差点被感动了。随后她又读了另一封信。她用食指划过牛皮信封已经干透了的封口，就又得到了另一个故事。甜蜜的，苦涩的，辛辣的，各种味道的故事。她没什么人可以分享，躲在给邮筒遮阴的大树之上的鸟儿对这些故事不感兴趣。它们的目光锐利，能看清树干上一只小虫的蠕动，故事到精彩部分时，它们总是突然就伸展了翅膀，迅速地从她的眼前消失。它们对此毫不在意。

她和对此毫不在意的鸟儿分享她的故事。完全没有负担，故事就是故事，不是秘密。那些被封装在牛皮纸信封里，被千万种不同的字迹和心情书写的秘密，放在心里会烂掉，腐坏肠胃，所以写在纸上，装进袋子，扔进邮筒，盖上邮戳，不远万里到达另一个人的手里，成为两人共同的秘密。

她了解他们的弱点，洞悉他们的欲望，和其中有趣的人交往。一开始，这是新奇的，他们身上那些未被了解的部分总是吸引着她，打动着她。慢慢地，她开始感到烦恼，那些人身上的缺点让她难以忍受，她在陷入一段相互折磨的情感之前解救自己，随时随地地消失。她有了无限多的开始，却没有一个完整的结尾。

一个开头和另一个开头是如此相似，把那些人的身份和面孔隐去，几乎就成了同样的故事。而迟早，她的记忆库会被成堆的相互拥挤、倾轧的开头给搞坏。它们会融化对方，最后变成一团黏糊糊的烂肥皂。

没有勇气、缺乏耐心和基本的坚韧精神。她不想像那些嫁了人的女人，一辈子走在一条风景固定并不宽阔的小路上。她从来不向别人倾吐心声，即使是倾吐，也是假装的，装模作样胡编乱造的一堆瞎话。她利用一些必要的技术手段，让她的身份显得真实可信，比如半夜偷偷潜进某个未关闭的窗缝，给自己的身份证件戳个章。她那个时候脑袋还是很灵光，谎话编得逻辑严密丝丝入扣，她十分投入地去扮演她设定的角色——好像这就是她人生的目的。她没有一个能够倾吐心事的朋友，也没有女友、闺蜜。这等于没有战友，她在这个庞大而复杂的世界孤军奋战。

其实，她对许多女人都很好，还帮助过她们。她没有经历她们之中大部分人都必须经历的一些痛苦。亲人离开，爱人背叛，痛经，生孩子时子宫收缩的剧痛，腰肌劳损，与挚爱的家人争吵……她们把那些痛苦都写在纸上，装进了牛皮信封，它们被盖上邮戳乘着火车或是驴车到达或近或远的地方。那些痛苦有些被重视，有些则和那些纸一起被遗弃，被扔进灶膛焚烧或是在某个角落长出霉斑最后不知所踪。

女人们有时候也会找她聊天。她帮助过她们，她们就愿意对她倾吐心声。她们中的大部分人，对她敬而远之。如非必要，她们不太愿意和她在一起。比如，当她穿得漂漂亮亮地进入某个房间时，原本聚在一起闲聊的几个女人常常同时止住了话，她们会看她两眼，目光中夹杂着友好、警觉，以及一丝丝的不快。也有那么一两个会走上前和她打个招呼，简单地寒暄两句。之后，她们再度聚集，以她听不见的耳语继续她们的谈话。

她们觉得她有点自私。

自私，以自我为中心，随心所欲。比如对待男人的态度，女人们认为那是一种不负责任的玩弄。她们爱聚集在一起骂那些坏男人恶有恶报不得好死，也得允许她们为那些好男人说几句公道话。

而阿莉当年的一些作为，在她们眼里就可以称得上是"坏女人"了——这挺有意思，"好男人"和"坏女人"的评判权都在女人的手中。她们聚在一起，对她的行为品头论足。那些喜欢她的"好男人"，会耐心十足地陪着她去做她喜欢的事，看一场电影，听一场戏，去一个新开的饭馆。有时候，她电影看了一半厌烦了就要出来，或者点了几个她说喜欢的菜却不动筷子。消耗别人的耐心，挑战别人的底线。她只是觉得无聊。她似乎就喜欢用这种方式来消耗对方：把一根弹簧拉到极致然后松手，看着它弹来弹去，等着它静止。

她承认，她没有去认真爱某一个人。她曾经为一个男孩流过眼泪，觉得自己是真的深深伤害了他。说到底，他是一个多么好的人，善良、真挚、聪明、帅气。他那么年轻，还没经历他之后必将要经历的复杂、不堪的事。她躲在一棵桂花树下流泪，那时正值八月，月亮越来越满，但还未圆成一个球。微风吹过，桂花一阵又一阵地落到她的身上，扫过睫毛，滑过鼻梁，在她的脸庞上留下几乎不可察觉的花粉颗粒。她体内充满一股酸涩的味道，一阵又一阵地冲击着心口，隐隐作痛。

之后，她决定不再和这样纯真的男孩谈恋爱了。那算得上是她唯一一次自我反省。

爱情就像一场战争。女人会因为某个男人的离去而深深爱上他。他追求她，眷恋她，之后又因为某些原因离开她。遗弃终于让她感受到了她对他的爱，分离的时间越长，这种爱越明显。高傲的女人开始变得低声下气，只为了挽回他。这点，阿莉很早就明白了。她的第一段感情是她先画上句号，那时厌烦还未多于眷恋。她说要回老家看妈妈，于是他送她上了一辆马车，她还记得，赶车的人戴着一顶黑毡帽，两匹马，一匹是栗色，另一匹是白色。马车带着她到了一个小镇，她在那儿找了个地方住了几天，欣赏了被秋色染得黄灿灿的山林，品尝了农人新收获的佳果，和村里散养的孩子们疯玩了一阵子——他们最喜欢她带去的芝麻糖和绿豆糕。随后，她给那个等待她的男人写了一封信，差人送到了镇上的投递站。信里说：她不打算回去了。她连个解释都没有，给对方留下了太多胡思乱想的空间。被父母给逼婚了，被禁足了，移情别恋还是有别的什么难言之隐。她没留下回信的地址，所以他也没能将他的诸多猜想写在纸上寄给她。这没什么，他还可以遇到别的女孩，会和她结婚，他会有一群孩子。阿莉这么想着，嘴里吃着刚收获的红苹果，苹果酸甜的汁液正与果肉分离，与她的味蕾一同经历一场美妙的化学反应。

她的这种毫不在意的态度却总能吸引他们一个又一个地来到她的身边。不管怎样,她总能比其他女人更懂得欣赏他们。其中还包括理解、尊敬。她一点也不贤淑。她的冷静一半是源于经验,另一半是因为不在意。而她的顽皮是天生的。她拒绝让自己成熟起来。她会想,她需要爱情需要男人是因为什么。结论是因为孤独。那个巨大的坑洞,因为时间的流逝,越来越大,越来越深。而爱情就像水,坑洞最终变成了一个足以把自己淹没的巨大湖泊。

任何生命都无法抵御时间的消逝,会慢慢走向终点。愿意在纸上倾吐心声的人越来越少。邮筒一个一个地变少。她购置的房产越来越多,可她真正的居所正被现代文明一点点蚕食。她学会了做饭,随随便便就可以为自己准备一桌丰盛的饭食,却只能任由营养不良症在身体内蔓延。皮肤越来越苍白,身材越来越瘦弱。

某一天她会离开这个世界。她会被人遗忘。而且,没有一座可以留给别人来纪念的墓碑。

如果有,会有人来给她献上一束花吗?

第 四 章

母亲的思考

雪儿到了可以满地乱跑的年纪，琴琴来阿莉家的次数比以前更频繁了，几乎每周都会带着孩子来一次。

　　雪儿喜欢吃阿莉做的菜，在她八个多月的时候，在阿莉的餐桌上，一直在吃母乳和婴儿辅食的小家伙吃了第一口她日常食谱之外的东西：葱油土豆泥和黑鱼汤。阿莉把挑去了刺的鱼肉放在小勺里，吹凉了喂到她的嘴里。那个可人的小娃娃坐在牛油果绿和米白配色的婴儿餐椅上，围着粉色的口水巾。透明的黏糊糊的口水从张大的嘴巴里毫不客气地流下，挂在口水巾上小熊的脸上。咽下第一口后，她发出一阵兴奋的叫声，胖乎乎的手臂舞动着，张大嘴，期待着第二口。

"我还没给她吃过这些大人的东西。她的东西我都是单独做的。"琴琴说。

"她现在都吃些什么？"

"你自己也给她买了不少，你忘了呀？那些也是原料。"琴琴冲她笑了笑。她用手撩了下左侧的头发。她刚刚换了个发型，把原本的直发去烫了卷。新发型为她增添了几分成熟女人的妩媚。

阿莉当然记得她都买了些什么。各种口味的婴儿米粉。婴儿面条，比如鸡蛋面、胡萝卜粒粒面。婴儿肉松、鱼松。蔬菜泥、肉泥、猪肝泥。有些是自己选的，有些是婴儿用品商店的店员推荐的。孩子的东西她极少网购，都是去店里亲手挑选。

"东西少，做起来可比大人的费事。比方说煮面条，就那么几根，用一口最小的锅。面条里放点蛋黄或是猪肝泥。鸡蛋也最好是现煮的，去掉蛋白，留下蛋黄，捣碎拌在面条里。什么调料也不放，就淡的。但她能接受。"

"现在养孩子比以前精细多了。"

"早前和现在没法比。社会在进步，育儿理念也一样。"琴琴说,"你看,吃过了你的菜,兴许就不爱吃我做的了。会觉得淡淡的没味道。"

琴琴用手轻轻碰了碰雪儿的脸蛋。她鼓着腮帮子咀嚼着,用牙床和四颗乳牙来磨碎她刚刚接受的新食物,手臂很快又舞动了起来。

后来几次,她给雪儿煮了胡萝卜肉末粥,做了迷你土豆饼。那个做土豆饼的模子是在李小嗳的厨具店买的。阿莉仍旧隔三差五光顾那里,看看新到的货,遇到喜欢的,不管用得上用不上都会搬回家。每次她去,李小嗳都会搬出那一整套讲究的茶具,像招待贵客一般招待她。

雪儿用两只小胖手拨弄着盘子里的土豆饼。月亮(半月)、笑脸、花朵,总共有三种形状。她最喜欢花朵的,举起来在眼前仔细地看,接着咬一口,再看看,再咬一口。月亮形的全被剩下了。她用小胖手拿起其中一块,塞到了妈妈嘴里。

"她最近喜欢上了喂别人吃东西,"琴琴说,"好东西要和大家一起分享。我这么和她说过,她记住了。我说,分享就是我有东西给你吃,你有东西给我吃。她立马就把手上咬得湿乎乎的磨牙棒塞到我的嘴里了。"

"你吃了？"

"当然吃啦。自己孩子的口水，有什么好嫌弃的。不过明亮不行，哈哈。"琴琴说。

"不能接受沾了孩子口水的食物？"

"对。这家伙装作吃进去，转眼又悄悄地吐出来。"琴琴压低声音凑到阿莉的耳边说，"每次都不会被孩子发现。他隐藏得很好。"

她有时候会抱怨她丈夫的小毛病。敏感，洁癖，诸如此类。

"你不能想象敏感洁癖的人晚上也是会打呼噜的。"她说，"也不知道从什么时候起，大概是孩子出生之后吧，他太累了，睡不好。不过，有雪儿躺在我身边，只要拍拍她拍拍她，就能把老公的呼噜声屏蔽掉，很快我就睡着了。你说这是不是挺神奇的。"琴琴在雪儿的额头重重地亲了一口。

"他那么爱干净，我就得把家收拾得干净些。没生孩子的时候，他有时候也会主动做点家务。他有过敏性鼻炎，家里容不得有粉尘。床单被罩要勤换洗，家里的地板也要干净。有时候我带孩子太累了，也会犯懒。他看到了嘴上不说，脸色还是会有变化的。现在，他很少干家务了，有点时间就是陪着雪儿。他工作越来越忙，陪她的时间越来越少了。雪儿睡觉是放我们中间的。有时候我怕她被他的呼噜吵到，或是怕她晚上乱踢吵到他，就把雪儿放在我这一边。他会因为这个生气，说半夜醒来摸不到她。你说这个人。他喜欢一边陪着孩子玩，一边看着我干家务。他们看看动画片，搭搭积木，读读绘本。我就在那里忙活，拖地、洗洗刷刷，做饭。"琴琴的语气有点失落，可脸上仍旧是一副满足的表情。

"大部分人家都是这样的。"

"我知道。"她将孩子从膝盖上放下来。小家伙飞快地跑向了沙发，试图爬上去够她之前扔在那上面的一只布偶。

"小心呀！"琴琴喊着。

"你打算再去工作吗？"

"等孩子上幼儿园再说吧。"琴琴走向了窗口，看着窗外热闹的花园。

"这花草打理得真好。"她赞叹着。

琴琴回到沙发边陪着雪儿给玩偶换装时，阿莉走出了客厅，在门口的工具箱里取了一把花剪，剪了几枝大花香水月季，包在米色的厚实纸张里，用丝带捆扎好。她把花放在婴儿推车的置物篮里，一顶蓝色小阳帽的旁边。

一天早晨，阿仓开着他的银色大众来到昌平路288号。车门关上时发出一声清脆的声音，阿莉将浇花的喷壶放在湿漉漉的地面上，沿着鹅卵石路面走去开门。

"早啊！"阿仓看起来心情不错。

"你脸色不好啊！"他又说。

"每天这个时候都是这样。没化妆，没用早餐，低血糖。"阿莉转过身，拿起喷壶继续之前的工作。

"你这病……营养不良也不是什么大毛病啊？现在医学这么发达，实在不行出国去看病嘛，美国或是别的什么地方。"阿仓半蹲着，看着阿莉俯身将水缓缓喷在缀满花苞的一丛月季花上。

阿莉专心浇花，没回答他。

"这月季花多好，一直可以开。一波花结束后，修剪一下，浇水施肥，没多久就可以复花。一波又一波，持续不断，真厉害啊。"阿莉感叹。

"物种是经过千百万年的进化和自然选择的。月季天生就是为了开花。它的吸收能力应该特别好，大水大肥大太阳，壮筋壮骨。不像你，吃什么都不往身上去。"阿仓调侃她。

"你说得都对。"她起身，转过来，朝他莞尔一笑。

他却有点不好意思了，伸手挠了挠头顶。

"哦。我带了早餐。"他将身后的一个纸袋子拎到她面前，晃了一晃，"一起吃。"

"难得哦，你请我吃饭。而且还这么早！"阿莉接过袋子，往里看了看。几个码得整整齐齐的圆的方的盒子。透过被热气雾住的塑料盒表面，依稀可以看到生煎和切成块状的金黄色薄饼。

"我家附近新开了一家早餐店，生意不错。你尝尝，味道很好！"他这话说得真心实意毫无保留。"很好"，他就不会说"不错""还行"。

"好吧！你先拿进去，装到盘子里，摆好餐具。我弄好就来。"她又将袋子递回给他。

阿仓应了她，转身朝屋子里走去。

她看了眼他的背影，心想，他这个时候来，应该不只是请她来吃早餐的。再说，他很少请她吃饭，更不用说早餐。但他时常到她家来，吃她做的菜。他总是能弄到各种奇奇怪怪的食材，拿过来让阿莉大显身手。他喜欢吃她做的东西，他对它们有热情。所以，每次来吃饭他总是表现得很高兴、放松。他每次会带礼物来。一瓶酒，一篮水果，出差时选购的特色装饰品，诸如此类。她的书架上还放着一个他去非洲时给她带来的木雕人偶。深褐色的皮肤，五彩的文身，头顶白色黑色红褐色相间的羽毛，夸张却朴实的表情。

剪月季的时候她的手滑了，左手的食指指腹被刺扎了一下，血流了出来，她在院子里的水龙头下冲它，那个小口子继续往外渗了一会儿深粉色的血液后很快就止住了。她觉得有点晕眩。血流得不多，颜色也有点淡，这让她有点懊恼。

她身上很少出现什么伤口。年轻时，她足够灵巧，不太容易被什么东西伤到。遇到冲突战争黑帮火拼什么的，她总有办法躲得远远的。即便有了些小伤口，简单包扎一下，很快就能痊愈。她没用过药物。如今，要是有什么比被月季刺伤更大一点的伤口，可能会发炎。她开始像一个步入暮年的老人那样不中用了。

她的懊丧又加深了一点。明明就在几天前，她觉得变老是件她该接受也能接受的好事。

她将剪下的花插在装了水的方形直筒大玻璃瓶里。清晨的阳光从窗口探入，照在餐桌上，洒在缀了水珠的娇艳花朵上。花瓶的四周已经摆好了早餐。撒了白芝麻和碎葱花底部焦黄泛着油光的生煎包，切成半只手掌大小的菱形煎饼，金黄色，上面裹着薄薄的蛋液，半月形的薄皮蒸饺，包裹着呈粉色的肉馅。盛在两只绘了月兰花的淡青色瓷碗里的白粥。

她在脑中搜索着似曾相识的场景。这种习惯有时候几乎控制不住。在过去的日子里，某一天，有人为她这样摆放过早餐，某个和她关系亲密的人。可她已经不能将那个时间点确定，将某个相关的人物固定。一切都模模糊糊，相互叠加，乱成一团。

"你不先尝一尝？发什么呆呢？"阿仓把她从深陷的思绪中拉了出来。

"哦，好的。"她回过神来，朝阿仓露出略带感激的笑容。

她头一次觉得，独居是一种可能会让人发疯的危险行为。

她拿起筷子，夹了一块煎饼，接着，大口大口地吃起来。

阿仓心满意足地吃着他的早餐。她还不知道他为什么来，他也没有要急着说明的意思。他知道她有营养不良症。在众多认识她的人当中，他是唯一一个知道她身体有问题的人。尽管他所认识到的问题和她事实存在的问题还有着不小的差距。他也为她保守着这个秘密。他知道她不想让别人了解这些，就像不想让别人了解她的年龄。她还有别的秘密，不过他无心探听。

"吃完饭去看看刘老伯呗！上回答应你的。"他说。

"这么突然，你应该提前一天和我说啊，我也好安排。"

"我起床时临时决定的，你看今天天气多好啊。"

阿莉费解地看向他："你没有别的事吧？"

"我能有什么事。我好着呢!这不是很好吗?我们去给刘老伯一个惊喜。"阿仓耸了耸肩,挑了挑眉毛。

她点点头,低头喝了两口粥,说她之前腌制的酱菜可以吃了,让他去冰箱里取。她坐在餐椅上等着,望着他的空座位和还剩一半白粥的淡青色瓷碗。一粒细小的葱花粘在了瓷碗上玉兰花伸展的花瓣上。

他很快将装了酱菜的碟子放在了餐桌上,他清楚她的餐具都放在什么位置。每次他来这里吃饭,都会主动要求去帮她洗碗。一开始她觉得他是出于礼貌,后来,她觉得他是出于习惯。也许他在长辈家里吃饭也是这么做的。比如在他的外公外婆家,他会为了讨好外婆让她对他放松管制而帮她洗碗。他是个聪明的孩子,从小就是。

"嗯不错。比超市买的好吃。"他夹了一小筷子,又夹了一小筷子。那是切成不规则菱形的娃娃菜,菜间放了几个通红的小尖椒。

这个时候,她突然意识到了自己的沮丧。她呆坐着,看着他吃她做的酱菜。她的早餐吃到一半,却没有动力再继续。他看起来并不知情,专心享用他的早餐，新添的酱菜似乎很对他的胃口。

她应该高兴，事实上却又不是很高兴。如果他提前几天知会她，或是昨天晚上打电话给她，问她第二天是不是想去，她或许会好点。不过，她最终还是平静了下来，微笑又回到了她的脸上。

在讨论买什么礼品时，他们有了分歧。阿仓认为他这是第一次登门拜访，作为一个男人，她为什么就不能听听他的意见，或是干脆让他来准备礼物。但她觉得买礼物是件小得不能再小的事。她知道刘老伯喜欢什么，她每次带给他的东西他都喜欢，也可以派得上用场，从来不浪费。他却坚持，有时候老人会需要一些用不上但能让他们高兴的东西，还说她其实一点也不了解老人。

最后这句话才是分歧所在。不是礼物。

他说她可真固执。哦，明明固执的是他，她说简直没遇到过对这样的小事如此坚持的男人。别人都会顺着她，不是吗？

最后，她还是让步了。在她说"别人这样的事都会顺着我"时，她就知道自己应该让步了。她很庆幸他没有去接她的那样一句话，这句话随着快步路过他们的一对中年男女所带来的一阵微风飘散。

事后,他们都想把这小小的不愉快忘记。他很快找了个别的话题。付款的时候,他跳过他惯用的自动收银机,去了人工收银台。

"唉,"他拍了拍她的肩,"你说,什么时候我们真的就享受不到了。"

"什么?"他没注意到她其实在开小差。

"享受不到人工收银的服务啊!"他重复。那位正在扫码的穿着黄色马甲的中年女人抬起眼皮飞快扫了他一眼,加快了手中的动作。

"也是,等不会用智能手机的老人们全都去世了。"阿莉用一种过于冷静的音调说着。她从收银台右侧的罐子顶端拔了两根水果味的棒棒糖,放在收银台的黑色输送带上。

他嘴角上扬了一个很小的弧度。有那么几分钟他们都没有说话。默契地并排走出超市,去到地下停车场。

在车上,他问她,为什么对这些事物如此排斥?智能手机,智能时代。她反问:你为什么现在要了解这些?

"我觉得不该过问太多。况且，你这样做一定有自己的理由。不过，"他用一种似乎也令他费解的表情说，"沟通的前提是相互了解，至少这样，可以避免我们之间产生更多的矛盾。"

车子已经开出地下车库，上了高架，高架两侧挂篮里的绿植随风摇曳，一年前，里头种的是迎春花，现在改成了各种颜色的月季。

阿莉扭头去看那些长得枝繁叶茂，花开得靓丽娇艳的月季丛。

"高架上的月季居然长得这么好。我园子里的几棵，最近却被白粉病和红蜘蛛困扰。"

阿仓笑了笑，说："对不起，之前的话我说得过了。我说你完全不了解老人。实际上不是这样。"

阿莉扭过头，看着这个态度突然间有了极大转变的男人。他很固执，但似乎又很容易想通一些问题。

"嗯，其实，你很关心他们，我说老人，比我们都关心。"他顿了顿，"等不会用智能手机的老人们全都去世了，这样的话也只有你才会说出来。我是说，这种考虑问题的角度。"

"什么角度？"阿莉问。

"智能机，老人，这样的角度。我们对于习以为常的东西，不会去在意。就像我是做 IT 的，我每天想的是如何用更便捷的方式改变人们的生活，给人们带来更大的便利和愉悦，从身体到精神。我常常觉得我做的是有意义的事，设计产品的时候我会更多地思索年轻人的喜好，当然，如果是具体涉及老年人的项目，我们会去考虑他们的习惯和便捷程度。但基本上，干我们这行的，的确是推动着人们把旧习惯、旧思维都扔到故纸堆里去的，成为历史。我们总是创造新历史，改写旧历史。所以，你看，你不仅和我不一样，和大多数人也不一样。"

"可能是，我没有那么习以为常吧。我能理解那些老人，理解他们面对自己越来越不熟悉的世界时的手足无措。在某种程度上，那些现代的、智能的、科技的东西，它们也夺走了我生活中重要的部分。一开始，我或许不那么在意，但慢慢地，我发现那可能是我的全部。"阿莉认真地说。

他点点头，她看得出他试图在理解她的话。而且，非常理智地没有再刨根究底。他接了句："我们都在失去，在习以为常中失去。你说得对。"

接着，他打开了音乐播放器。

音乐如流水般溢出，它缓慢的节奏像一个恰到好处的休止符，把正在进行的一切都抛在了后面。那不是一首新歌。她第一次听这首歌应该是十年前。那位歌手现在也很有名，仍旧在唱，真是难得。

她看着随着车速后退的建筑物，车子已经下了高架，她的视线由高楼的腰部转到了商店的招牌上。那些颜色和图案令她眼花缭乱。她感到疲倦，觉得自己最好先休息一下。

她闭了一会儿眼睛，头一会儿歪向右边，一会儿歪向左边。最初听到的那首歌再度响起时，她睁开了眼睛。

"睡着了吗？"他问。

她摇摇头，伸了伸懒腰，重新调整了一下坐姿。

车子驶在一条并不宽阔的乡镇道路上，经过了一些开着门的房子。路上看不到几个人。有一位抱着孩子的老妇人走在前面，遇到熟人停下来攀谈。车子开过时，阿仓按了一下喇叭，因为她把孩子放下了。那个胖乎乎的五六岁的孩子试图挣脱老人家的手。喇叭的声音并没有吓到那孩子，却吓坏了那个老人。她的目光并不友善，把孩子紧紧护在她的前方，孩子仍旧在努力挣脱，老人低头哄着他。

"老人们都很会讲故事。对吧？"阿莉突然说。

车子正缓慢地越过一座水泥桥，是村道上极其常见的那种水泥桥，坑坑洼洼的横杆上挂着村民晾着用来做腌菜的白菜，蔫巴巴的叶子垂下来。

"嗯？"阿仓疑惑地瞟了她一眼。

"你都听到过什么有趣的故事？"阿莉笑了笑，"比如你小时候不肯睡觉，你外婆讲给你听的。"

"多了，哪吒闹海，孙悟空三打白骨精，武松打虎。那时候，我喜欢孙悟空的故事，但凡有它的我都爱听。"阿仓说。

"为什么？"

"这可难回答啊！小时候的想法可记不太清楚。我觉得他很厉害，无所不能。抡起金箍棒的样子很酷。你觉得呢？"

阿莉笑了，手指轻轻击打着副驾驶座前方空调风口左侧的塑料。

"可惜，没人给我讲过这些故事。我的身边没有这样的老人，不过我有故事书可以看。我可以从纸堆里看到各种各样的故事，比任何孩子都多。我从那里面了解这个世界是怎么运转的。"

"所以你的家人也很爱你。我小时候可没那么多书可以看。书都挺贵的。而且，大人觉得看太多闲书是不学无术。你很幸运，有书，还可以随便看。你看你就不会有躲在被窝儿里打着手电偷偷看借来的武侠小说的经历。"阿仓哈哈笑了起来。

"我有故事，不缺吃穿，也有房子，还不只一套。只要我愿意，也可以认识形形色色的人。可是我依然觉得孤独。因为我不像你，可以常常得到父母亲人的嘘寒问暖。那些让普通孩子厌烦的唠叨我没有。没有人管束我。你看，自由得过了分，就是又空虚又无聊。"

"他们很忙。"阿仓用一种同情的目光看了她一眼。他是把她当成那种父母不在家，被一群用人簇拥的大小姐了。

她字字句句都发自真心，没有一句谎话。

她描述的和他的理解，并非同一事实。可本质上，也没那么大的差别。

"可是，刘老伯给我讲过故事。他是唯一一个给我讲过故事的老头儿。"阿莉冲着他挑了挑眉毛。

"哦，原来如此，"阿仓若有所思地点点头，"所以我今天一早的决定是对的。"

"是啊。谢谢啦！"

"他都给你讲了什么故事？你已经不是小孩啦。"

"在他眼里也还是嘛。他给我讲了邮筒姑娘的故事。一个女孩，住在邮筒里，身体像纸片一样薄，脸像纸片一样白。"阿莉缓缓地说。

那时，他们已经可以看到那个村庄的轮廓了。村庄的后面是一片起伏的丘陵，上面是茂密的竹林。

"他说他曾亲眼看到她。你信吗？"阿莉将车窗开了一条缝。

"这个……要问听故事的人。他讲的时候，你信吗？"阿仓反问她。

风从车窗的缝隙吹进来，将阿莉的头发吹得有点乱。她将头偏向车窗，又将车窗开得再大一点。这样，风可以吹向她的整张脸。

风撩起她的乌黑的头发，一摆一摆的，像流动的海藻。

"我信。"她把柔软的海藻扒拉到一边,说。

话毕,海藻又重新摇摆起来。他只能看见她被风扬起的头发,看不到此刻她脸上所呈现出的那种——遗憾、感伤、怀念和期待交织的复杂情绪。

她的声音仍旧带着笑意,甚至坚定。

阿仓没再说话,慢慢地,他跟着他车子里的音乐轻声哼起来,最后唱了起来。声音不大,他的歌唱得挺好,听得她都差点想流眼泪了。

午饭后,阿莉独自站在二楼她曾住的那间房间的窗口。太阳正照在窗户后面的那座山上。正前方的竹林正闪闪发亮。

阿仓正在院子里和刘老伯聊天。一支烟,一杯茶。他们能谈上好一会儿。

窗台上有鼻涕虫爬过的痕迹,流下的黏液已经干透,在午后的光线下闪着某种奇异的光。这个窗台曾爬过金龟子,产卵的飞蛾,变蝴蝶前的丑陋的毛毛虫,背着沉重食物碎渣的工蚁,不知从哪个角落里钻出又不知爬向哪里的蜈蚣。她不止一次待在这里看着它们安静地从她面前穿行。像一个匆忙的过客，却步履平静。对于它们，她是毫无威胁的生物。她不会捉它们去玩耍或是做药引。

刘老伯给这个房间换了副新窗帘，原来的那副旧了。新窗帘上布满了植物花卉，看着像小女孩用的。

在云层的阴影挪到前面那片竹林上时，她决定答应刘老伯的挽留，晚上住下来。

山中的风一阵又一阵吹过，竹林发出一种不易察觉的沙沙声。有时若有似无，有时又像是耳朵枕在碧绿色的浪涛之上。

屏息凝神，或许还能听清楚别的声音。一如她清楚年少时，那些由弱变强的声音总能如指南针一般给她指引方向。她随着它去到她想去的地方。安宁的所在，热闹的所在，及充满好奇的所在。

她听到了婴儿的啼哭声，年长女人低低的哄睡唱腔，村妇与村妇的唠叨声，以及少年时断时续的啜泣声。那是一阵失望、忧愁与悲伤交织的啜泣声，带着一点不甘的执拗，又随即在下一波的啜泣中被担忧所淹没。

阿莉心念着这一缕从远处传来的微弱的声音，

在它戛然而止之时转身离开了她的窗。她想起一件她几乎忘记的事。

她到了院子里，阿仓和刘老伯谈兴正浓，各自的茶水放在一个旧茶几上。

"你要出去？"刘老伯问。

"对，随便走走，你们先聊着，不用管我。"她的口气还是像以前那样，"哦，我想了想，晚上就留下来好啦。"

刘老伯高兴地点点头。

"那你小心点啊！"阿仓的声音追上了她。

她回过头来朝他微微一笑，开了大门，随后砰的一声关上。她觉得门该重新漆一遍了。不然过不了多久，锈斑就会啃噬掉整个门面。

有些人家的屋顶翻了新，换了更漂亮的瓦，有的新装了太阳能热水器，也有的搬去了城里，房子却没有出手卖掉，门窗上都积了厚厚的灰。认识她的村民热情地朝她打了招呼，有人还停下来和她攀谈了几句，说什么刘老伯可真是福气，像多了个女儿那样，你可比他亲儿子还孝顺之类的，还有人问她有没有工作可以介绍给自己待业在家的儿子。现如今，他们对她可比她当时住在这里时要热情得多。

她问了一些她知道的人的近况，打听了村子里最近发生的事情。只要她有耐心听，对方便有耐心讲，不时伴随着极其生动的表情手势和富于变化的语言节奏。

东头的一户人家因为开赌博的场子被拘留了，另一户人家的男主人因为欠下高利贷逃走了，留下为他担惊受怕的老婆和孩子，后来老婆带着孩子去了邻县的娘家，那房子就和野屋一样荒着。

"可不是吗，窗户被讨债的敲破了，风啊雨啊都往里灌，床头都要长草了。"西边的一户孩子考上了大学，本来挺好的，可是谈了个恋爱想不开，要死要活自杀过一次。南边的那户男人长久在外地工地做工，家里女人被人爬了墙头，亏得她力气大（因为一人在家，什么扛煤气瓶搬家具之类的粗活儿都亲自干），加上没有睡熟，推了对方还大喊，那男的慌得爬墙逃走，不小心扭坏了脚，最后被村里联防队的给抓了。

"你猜是谁？"对方问她。

"不知道啊。我认识吗？"

"也不知道你认不认识。不认识他也好,说不定他原来还盯上过你呢。不过你们刘老伯虽然年纪大了,年轻时打架也还是厉害的。"

"哦。"阿莉突然觉得和她说话基本是在浪费时间。她的嘴巴实在太大,牙齿又黄,一定没好好刷牙,嘴角上那一大颗痣上的深褐色的长毛看久了也令人恶心。

阿莉看了看手机,又看了看前方没有人只有一条蜷缩着的黄狗的巷子。

"别急啊。嘿嘿,好啦好啦!就是村北的老张。"看阿莉显露出不耐烦,她连忙止住了话题的扩张,"哎呀,看不出来吧。看着多老实一个人,背地里却这样。真是知人知面不知心呢。就这么进去了,留下孩子。可惜了他的儿子。多懂事的一个孩子呢!"

这女人的表情变化极快,由一脸厌恶到悲悯同情只需要半秒钟的时间,但那悲悯同情也只持续了半秒钟,接着她又说:"所以说,没有老婆的男人啊……唉……"

巷口蜷缩着的狗突然大吠,打断了她的话,追着一辆送快递的电动三轮车从她们中间飞快地跑过。

阿莉让了一步，挥手离开了那位村妇。那女人正冲着那只几乎撞到她小腿的黄狗破口大骂。狗对她的骂声毫不理会，自顾自地往前奔。她便连狗主人也骂进去了，显示了她久经沙场的强悍骂功，由单手叉腰变为双手叉腰，巧舌如簧，唾沫飞溅，声音抑扬顿挫如临阵迎敌之勇猛女将。

阿莉噘起嘴，用一种旁人几乎听不到的声音吹了声口哨。黄狗自几乎快要消失不见的拐角处刹住脚，回头望了望她，旋即飞奔而来，在离村妇大约一两百米时开始大吠，模样比之前凶狠了许多。女人脸色大变，很快便逃开了，一边跑一边发出猫头鹰一般的尖叫声。

黄狗追了两步就停住了，只在原地没头没脑地叫唤了一阵子。在村妇跑了个没影之后它便一扭三摆地走到阿莉身边，冲着她使劲地摇尾巴。阿莉摸了摸它的头，从袋子里掏了一粒牛肉糖——因为雪儿，她口袋里总能随时随地掏出零食。剥了花哨的糖纸，她将牛肉粒扔进了它的嘴里。之后，它便像之前那许多对她忠心耿耿的狗那样，与她形影不离，跟着她在村中闲逛。

她循着早已消失不见的声波到了她曾经无数次待过的小河边,那块萝卜地旁。地里仍旧种着萝卜,叶子在夕阳下绿得亮眼,肥厚坚挺却显示出一片柔软恬静的态势。萝卜肥白的身体露出泥土悄然隐于绿叶之下。阿莉忍住将它们中的一根拔出来的冲动,穿过萝卜地,继续寻找声音的源头。黄狗跟在一旁,低头左嗅嗅右闻闻,不时用爪子扒一扒泥土,不过似乎没有什么有趣的发现。

少年坐在一片草甸之上,身后的蕉叶挡住了一半身影。他脸上还挂着泪痕,并没有发现她。她的脚步几乎比黄狗还轻。

她像一道隐秘的光线那般,在一侧的河岸待了片刻。后来,黄狗走到那孩子身边,蹭了蹭他的裤腿。他转过头,看了看黄狗,看了看她。

"佳佳,你怎么来了?"他低头对着黄狗,惊奇地说。

佳佳,原来它叫佳佳,是只母狗。

佳佳在男孩的身边坐定,转头望着阿莉。

"我带它来这里散步,"阿莉笑了笑,"其实,我和它今天才刚认识。它是你的狗吗?"

男孩冲着她勉强一笑，低头看了看那狗，抚摸了它光亮的后背，说："不是。不过，它难得和陌生人亲近的，经常追着人家叫，在村子里是出了名的坏脾气。"

"是吗，你和它也很好啊。"阿莉踏着繁茂的四叶草、牛筋草走到他身边，挨着黄狗小心地坐下，和他们一块儿看着潺潺流过即将经历枯水期的小河。

"你看着面熟，可又不像是村子里的。"男孩略带疑问地看着她，慌忙用手擦了擦眼角。

"我之前在村里住过一阵子，就在大雪灾之前。不过时间也不算长。"阿莉说。

少年听了，眉宇间适才还凝结的愁云似乎淡了一些，看着阿莉微微笑了笑。

"我一直在上学，平常在家写作业，也不出来玩。你没见过我挺正常的。其实我也不记得我在哪里见过你。可能也没见过，就是觉得面熟。"

阿莉也笑了笑。男孩比起她上次见，长高了不少，脸上的棱角也更分明了，已经长成一位俊秀的少年了。

少年说："你会不会觉得，有些你从没见过的人，看着像见过和认识一样。"

"对啊。很多时候都会这样。也许上辈子见过吧，说不定还是朋友呢！哈哈哈。"阿莉发出爽朗的笑声。

少年脸上也露出难得的愉快表情。那一点点的兴奋包裹在未消退的腼腆里，让人想到裹着绒毛即将成熟的水果。

"那你又搬回来住了？"他问。

"不是。"阿莉摇头。

"哦。"

阿莉从他的语气里听出了一点点的失望。他揪了一根草，望着即将进入枯水期，仍旧以一种优美而缓慢的步伐在被灌木覆盖的两岸之间小步向前的河流。她侧起耳朵，倾听流水细细的脚步声。它夹杂在远处村子里传来的一些杂音之中。还有少年和黄狗的以及她自己的呼吸声，空气流动的声音，鸟梳理羽毛的声音。她有些惊奇，因为她已经很久没有听到这些声音了。

她告诉他，她来这里的缘由，以及她与刘老伯的关系。她说得轻描淡写，少年仍觉得惊讶。

"姐姐你人真好，比村子里很多人都好。他们除了和父母吵架就是在外面瞎混，欺负比他们小的孩子。你离开那么久了，还能回来。大多数人都想着要早点离开这村子呢。"

"你也是？"

男孩点点头。

"你在这过得不好吗？没有朋友？"

少年摇了摇头，低头揪着脚边的牛筋草。

阿莉拍了拍他的肩，让他等她一下。片刻后，她拎着两株挂了泥的萝卜，沿着一旁的小道到了河的浅滩处，洗净了萝卜，甩干水。她折断萝卜蓬松的绿叶部分，将萝卜递给了他。

男孩在衣服上擦了擦，便大口啃了起来。

"你怎么像一天没吃东西啦，哈哈。"阿莉笑他。

他点点头："早晨吃了点饼干。"

"家里没人给你做饭？"

他点点头。

"那晚上和我一起回刘老伯家吃饭吧。"

少年停止了咀嚼，嘴里含着没嚼碎的萝卜，略带疑虑地看着她。

"没关系的。刘老伯人很好，人多一点热闹，老人家喜欢热闹。你来吧,他一定高兴。"

他闷声不响地把那根萝卜吃完,说:"我家里没人。我爸爸不在,他被抓进去了。"

少年把手里最后一点萝卜的根部远远地抛向了河面。它以一个优美的弧度入水,溅起了露珠般的水花后,往下漂了一段距离被一块露出水面的石块挡住,与几片落叶纠缠在了一起。

阿莉揽了揽他的肩,沉默了一会儿。直到那一小块萝卜根在流水的作用下重新前行。它在溪水里打转,遇上小石块、树叶和塑料袋、饮料瓶子,起伏摇摆着,不一会儿工夫,就消失不见了。

"谁都会经历一些不好的事,会过去的。"阿莉冲着他微微一笑。

男孩点点头,将一直低着的头抬了起来,看着她:"姐姐你会做饭吗?"

"你说呢?"

"会。"

"为什么这么相信我?现在不会做饭的女人可多了。"

"特别会照顾人的胃的人也特别会照顾人的心。

我从一本书上看到的。"他说。

这话把阿莉逗笑了。

"你猜对了。不过,在我还住在这村里的时候,可什么也不会哦。但现在,我可是个高手。生活总是会给人惊奇。"

她觉得自己像个爱说教的长辈,把一些自己都理解不透的道理讲给年轻人听。她琢磨着应当怎么和他相处,接下来又该怎么做。她总是同情心泛滥,但最后又不了了之。毕竟,这不像是散步时遇到一只从窝里掉出的小鸟,她只需把它再放回窝里。

她开始做这些考虑时,思维先是表现出滞缓,紧接着伴随而来的是一阵轻微的头痛。她感到了晕眩,周围的景物都变成了蓝色,像海水一样起伏,然后是无边无际的亮光,在蓝色之上,金光闪闪。

这景象持续了几秒钟。

"姐姐你不舒服吗?"他关切地问。

"嗯,有一点。现在好了。"

"你生病了?"

"是营养不良,所以我把自己变成了大厨,这样就可以吃下更多的东西。"阿莉调侃道。

"你的确是很瘦。"他想说点什么，可一下子又不知道该怎么说，便只好伸手摸着黄狗的后背，"能和佳佳交朋友的人都很了不起呢！"

"哈哈哈，对啊。你说得对。我们都很棒。"

"佳佳是我之前养的一只狗生的孩子。在它被送走之前，和我待了一个多月。不过，别的狗都不记得我了，只有它记得，一看到我就摇尾巴。"

阿莉不记得他的家里有一只狗，那晚她没有闻到狗毛的味道。她也记不得别的什么味道，除了那碗香气扑鼻的青菜鸡蛋面。青菜先过油，鸡蛋也是炒过的，面条的第一道水他是去掉的。短短十分钟之内他做的这一切，让她觉得惊奇。他竟然可以在经历了普通人会觉得惊颤的事件后能去做一件如此平静而又烦琐的小事，还如此认真。

"那只狗。佳佳的妈妈，是被人毒死的，毒死然后吃掉了。村里有很多狗就是这么被吃掉的。每当秋天来临时，我都会许个愿，希望佳佳能平安度过这个冬天。还好……它一直没事。"

他看了阿莉一眼，眼神里带着点忧伤。

"可是，我的爸爸却出事了。我不知道……可能，我从来没为他许过这样的愿。我觉得他是一个好人,但实际上可能不是。"

"你现在许个愿也不迟。"

"真的,你也相信?"他用一种疑惑和不解的目光看向她。

"如果不信,这个世界就会变得十分无趣。"阿莉说。

"可他也许不是一个好人。"

"但他是你爸爸。"

"那,我希望他以后能做个好人。"男孩低头说。

她拍了拍手,将男孩拉了起来,和狗一同离开了河岸。

"我叫晓光,高晓光。"越过萝卜地的时候他说。

在一间破旧而又缺乏称手厨具的厨房里做饭,最初让阿莉感到为难。厨房是最东边的一间,本来与一个临时搭建起来的简易棚子相邻,棚子在大雪灾时被压塌了。里面堆了一些杂物和干木柴。坏掉的椅子,门变形朽蛀了的老式红漆矮柜,搪瓷被磕掉一大半底部漏水的红双喜脸盆,几件破旧的衣服,坏了的儿童竹椅，以及一些损坏得辨不出原样叫不出名字的物件。

融化的雪水加速了那些物件的损坏、霉烂、生锈。阿莉叫了工人来，将湿透的木柴重新晒干——大雪之后连续一个月都是艳阳高照，木质家具也被当成柴火一同晾晒。

阿莉原本打算帮刘老伯建一个新的棚子。刘老伯说既然大雪把这些他多年来舍不得扔掉的东西一股脑儿全给搞坏了，他就用不着什么棚子了。那块地方阿莉后来围了一个小花圃，种了一些常见的花草。刘老伯一开始说这些玩意儿中看不中吃，可他到底没有阻止她。那些苗木种下后，他像对待他地里的萝卜、瓜苗和豆藤一样对待它们，细心地给它们浇水。

阿莉迎着灶头升腾而起的雾气，看着窗外那一片盈盈的绿意。想着，即使到了冬季，也不会枯黄得不成样子。

晓光在一旁帮她看着灶里的火，不时帮她添一把柴。他执意要帮忙，她就随他了。他还是有些腼腆，不过，他至少愿意来了。

这是个古董一般的老式厨房。新添置的煤气灶和抽油烟机在南边进门处。刘老伯平常习惯用那个小煤炉子在院子里烧一点简单的饭菜。煤气灶的不锈钢外壳被擦得锃亮，屋顶却结了不少的蜘蛛网，碗柜顶部也是灰，碗柜里面倒是干净的。一层放着他平常用的几只并不配套的旧瓷碗，另一层放着阿莉买来的新瓷碗。那些碗是东一只西一只地被阿莉带来。今天多了一对绘满了花卉的米黄色小号瓷碗，明天多了一只淡青色绘了玉兰花的中号深碗，一周后又多了一只日式鱼盘。刘老伯偶尔也会伸手摸一摸瓷碗上的浮绘花纹，体会一下既凹凸不平又光洁无比的触感。不过，他很少当着阿莉的面看它们。每当阿莉整理碗柜，他都装作全不在意。他当然不知道阿莉会悄悄地观察他，在某个雾气蒙蒙的清晨，或是万籁俱寂连村里的狗都陷入沉睡的夜晚。

　　每回她在这间厨房忙活，都会用上那些稀奇古怪的瓷碗，装上她亲手做的食物。他对碗装作毫不在意，对她的厨艺却是毫不吝啬地赞叹。至于那些五花八门稀奇古怪的碗，就像女孩子装满衣柜的花花绿绿衣裳，他又有什么好说的呢。直到有一天，他自言自语地说，离开了这些好看的碗，这顿饭好像也少了点味道。

不过，刘老伯自己用的那些简朴的厨具，有的碗甚至缺了口子，阿莉从没有劝说他扔掉。它们安安静静地和她新添置的玩意儿和平相处。

在这座房子里，她学会了与人融洽和谐地相处。在她最迷茫最痛苦的时候——几乎像是人生的岔路口——她走到了这里，过了一阵子无忧无虑的生活。那就好像，误打误撞地掉入了一个时间的漩涡最中心最平静的那个部位。她明白了她这些年所过的看似热闹其实无比离群索居的生活其实真的没多大意义。

她生于人们在离群索居时内心深处产生的迫切渴望，生于文字和纸张搭建的通道中，生于最孤独最隐蔽的人心，光明与黑暗的中间地带。而如今，最孤独最隐蔽的人心仍然存在，通道却早已四通八达。一切都暴露于强烈的光线之下。没有了中间地带，没有了隐秘花园，也没有了涌动的泉水、繁茂的树林和觅食的飞鸟。

不管怎样，谁都得给自己找一条出路。包括她眼前这个被火光映得满脸通红的少年。她在另一头翻动着锅铲，像个沉醉于跳广场舞的大姐，围裙的花边也随着她的动作而飞舞起来。

"你想过要去城里念高中吗？"阿莉问。

"要是中考成绩够好，就可以去城里的重点高中。不好，就只能留在镇上的高中。"

"你还是想离开的对吧？不管考得好不好。"

"嗯。想过，那是很早之前了，那时候爸爸还没出事。不过不知道去哪里。像我们乡下的学生，都得通过考学，一步一步地往前走吧。"

"你的同学都是这么想的吗？"

"差不多吧。成绩好的和有条件的去了更好的学校读书。在一个地方待久了就会觉得没什么意思。相比较镇子上，我更喜欢村里，可村里现在也越来越没意思了。人们想的要么是怎么赚钱，要么是怎么在天气冷的时候套狗。"

他又说可惜佳佳不是他的狗，不然他离开这个地方的时候一定会把它带走，带去一个没有人套狗的地方生活。他的表情有点迷茫，又带着点坚定。

"它们死的时候一定很痛苦，不论是被绳子吊死的、被下了毒的食物毒死的，还是被毒镖射中的。那些人，在大白天偷偷地做着这样的事情，即使被发现了，也不会受到多大惩罚。不会去坐牢，不会被罚款。为什么做这样的事就不应该受到严惩？"晓光的语气里带着愤怒和不解。

"这个世界，不是非黑即白。"阿莉往汤中撒了一些胡椒粉，然后将汤盛了出来，"你真的想把佳佳带走吗？"

"嗯。"他看着她。火光加深了他脸部的线条，柔和中带着硬朗。

"要是你想。我可以问狗主人把狗要过来。"阿莉说，"买过来。"

"真的？"

"我家有地方，只要它不把我种的花都啃掉。你想看它随时可以来，要是你考到了城里的学校，就更方便了。"

这一刻，他脸上的腼腆、犹豫都消失了，带着少年特有的兴奋，他一下子就站了起来，冲着阿莉大声说谢谢。说完谢谢，他似乎又不知道该怎么表达此刻的情绪，摸了摸自己的头发，傻笑了一下，接着，又坐了下来，把灶里的火烧得旺旺的。他的脸在火苗的映衬下变得越来越红，额头很快沁出了汗珠。火苗似乎烧到了他的心里，他不知沉浸在怎样一种既兴奋又无措的情绪里。

火太旺，加了把干辣子后，阿莉不得不快速地翻动锅铲，以免锅里的土豆和鸡块烧焦。这时候，她觉得最好还是不去打扰他。不需要让他控制火候，尽管尽情燃烧。

"去了城里，它以后就不能在田间地头东奔西蹿了。"片刻后，他的眉头皱了一皱，似乎想到了什么费解的问题，略带犹豫地问，"对一只狗来说，是自由更重要还是生命更重要？"

他说这话的声音很轻，更像是自言自语，接着又陷入沉思。

炉膛的火慢慢弱了下来，阿莉提醒他添把柴火。他连声和阿莉说抱歉，说自己真不是个称职的烧火工。阿莉笑了笑，继续翻动锅铲。

在土豆烧鸡块辛辣又迷人的气味里，阿莉想起了那位站在盛满蓝色花朵和碧绿叶子的水塘边的作家。他伸着布满破损的水泡、被旧布条缠了一圈又一圈的手,指向那些带着黄色瞳仁的蓝紫色眼睛,说世间美丽的事物总是相似的。即使他每天要用铡刀把它们都铡碎,变成猪的食物,可是,美仍在。

他是一位真正的作家。

可她不希望晓光成为一个作家,尽管他们有许多相似之处。她希望他可以去研究自然科学。他喜欢狗,喜欢动物、植物,可以做一名动物学家或是植物学家。与那些单纯而美好的事物打交道,能够最大限度地保护他纯洁而又美丽的心灵。

这多像是一位母亲的思考啊。她不知道,自己是什么时候开始走上了另一条被繁茂枝条掩映的陌生小径。

第 五 章

陌生小径

要是把所有认识的人全都挨个排起队,总可以绕地球一圈。阿莉想,她对这世界的认知,就是基于这一庞大基数的。时至今日,谁都可以通过虚拟社交认识形形色色的人。见过和没见过的,交往和没交往过的。那是一张无形的网,比以往任何时候都要更方便更快捷。互联网上,应有尽有。这些是她在那个最随心所欲最一时兴起的少女时代无法想象的。

谁会对什么东西一如既往、持之以恒呢?见异思迁心猿意马才是司空见惯的。HELLO 社区中也不乏一直维持热度的明星社员,总能想出各种新奇的招数来吸引眼球。热点,话题,手段,他们擅长这些。

尽管阿莉一直在成为一名优秀厨娘的路上披荆斩棘勇往直前，可她没能成为一个美食明星。社区里有许多美食明星，阿莉时不时去他们的地盘学上一两招。不过，她必须按捺住好奇心，在不眠的深夜强迫自己管住双脚，不要迈出昌平路288号的大门。一旦她走出去，去到哪个美食明星的住所，从开了投信口大小缝隙的窗口像一片柔软的丝缎一般飘然而入之后，她总会对她看到的某些东西失望。为了拍照才买的名牌餐具——也仅用于拍照，未清理的操作台，水池里泡着的脏盘子，走出滤镜光环以素颜面孔出现在她视线里一筷子都未动的食物，以及，熟睡的美食明星流在枕头上的口水。

她要是愿意公开她的夜间探秘，绝对会成为HELLO社区最火热的明星。前提是警察不会先找上门来。

阿仓第二次陪阿莉去看望刘老伯时问她，有没有想过她有时候做事可能有点一时兴起。他没有说具体的事。他这个问题是否也是一时兴起随口问起？她没有立即回答他。那时，一位横穿马路的农夫把阿仓吓到了。他踩了刹车，低低地骂了一句。车子重新向前，这个问题也被忘记了。

再一次问起那个问题，是他们带着晓光从刘老伯家回到昌平路288号的那晚。

阿莉踏着被橘黄色的花园灯照得闪闪发光的鹅卵石小径，送阿仓出门。那时，天下着银针般的蒙蒙细雨。到了门口，阿仓停住了步子，转过身把阿莉让出来。他们一起站在一方小小的琉璃屋檐下。

他问她，这是一时兴起还是真的打算就这么持续下去。阿莉不知道他说的是刘老伯还是晓光。可能是晓光。

没结婚，更没有孩子的他，无法理解她为何会将一个半路遇见的完全不了解的孩子带回家。不是吃一顿饭那么简单。何况，孩子的父亲又是那样一个人。

出于朋友的关心，他提醒她。

"你觉得呢，我是不是？"阿莉反问他。

"这是我问你的，你反倒来问我了。"阿仓说。

阿莉笑了笑。阿仓没笑。

"算啦，不回答我也没关系。"阿仓轻轻地耸了耸肩。

他和她告了别。车子消失在雨雾中后，阿莉回到了家里。她给晓光准备了一间卧室。他对自己所处的地方感到惊奇，说他像是在进入某部剧里的一个角色，扮演一个拥有一间这样的房间的十七岁男孩，可他还不知道自己的台词。

"可是姐姐，你有这么大的房子，为什么会住到我们村里去呢？"他充满疑惑地问她。

她应该怎么回答？和家里人关系闹僵，离家出走？还是突然间继承了一笔遗产从穷姑娘变成了小富婆。这种电视剧里的桥段她真的打算脸不红心不跳地告诉这个孩子吗？

最终，她决定如实相告。

"嗯。那时候，的确是有一些特别的原因让我离开了这里，漫无目的地到处走，然后走到了你的村子，最后住到了刘老伯的家里。每个人都有自己的秘密，这也是姐姐的秘密，刘老伯不知道。就让他认为我就是那个一穷二白时被他收留的姑娘好了。所以，请你替我保守秘密，好吗？"

"是秘密的话，我就不该探究太多了。"晓光说。他在房间转了一圈便急急忙忙地去花园的狗屋找佳佳去了。

这几天，它正处于禁足期。它把阿莉种在院子里的昙花给啃了个精光，留下了一地乱糟糟的绿色碎渣。它不习惯新家的规矩，对阿莉既尊敬又害怕——它怕她生气时的样子，凶巴巴地直视它，它无法躲闪只能与她对视，事后会趴在地上一时半会儿起不来。

阿莉对于训练宠物没有经验，更何况是一个被散养惯了的骄横野丫头。野丫头把昌平路288号搞得天翻地覆，成功地为这座宅子注入了生机。

晓光打开狗屋的那扇蓝色小门，它便一下子扑到了他的怀里，一边呜呜地低声叫唤，一边将他的衣服和手舔得湿哒哒的。

消失了四五天的白猫此刻突然跑回院子，将一丛花弄得窸窣作响。它很快就大摇大摆地迈着优雅又沉着的步子，走向站在屋子门口的阿莉，冲她娇柔一唤，便从她的腿与门框之间的缝隙钻入了屋内。

白猫迈着慵懒的步子在光洁的地面上走动，不时伸出爪子抓几下新地毯上的绒毛。沾了它毛发的蓝色旧地毯在它出走的日子里被换掉了，现在这块是暖橘色。绕着地毯转了两圈后，它又跳上了熟悉的布艺沙发，团缩到它最喜欢的位置，用舌头细心地舔自己的毛。

它在这所房子里拥有着无法撼动的地位，即使它大部分时候都在外游荡。它甚至不屑于向佳佳宣示它的主权。佳佳来了几天后它才出现，不声不响地从佳佳面前走过，查看了一圈自己的领地有无异样之后又不声不响地离去了。它还是只小猫的时候曾经抓坏过几个枕头、几双绒布拖鞋、几本书，打翻过桌上插满紫色绣球花的花瓶，拔起过阿莉刚种下的一株大花香水月季然后被刺伤。成年后，它就不让这些淘气的事来影响它的绅士形象了。它把自己的领地扩张到了别墅之外。阿莉不知道它在外面做了什么，她还不至于好奇到去跟踪它。

这位成年的绅士也有孩童般的好奇心。它有时会发挥夜行动物的特长来跟踪她。有两次，她漫无目的地在街上闲逛，发现消失了几天的伙伴竟然出现在她的身后。她便在夜深人静的街头与它在无人的公交车站坐上几分钟。那时，它一反常态，听见别的野猫朋友热情的招呼也不为所动，忠心耿耿地陪伴着孤独的主人。在她寻觅到一个几乎被遗弃的邮筒,变成一张薄纸片顺着投递口滑入时,它也会耐心而警觉地守在一边,像一只母豹一般盯着偶尔从路边开过的轿车。等阿莉出来,浑身沾着蜘蛛网和干枯的碎叶子,它便会蹭着她的小腿,直到她蹲下来。它会细心地帮她清理掉她衣服上的杂物,猫舌头对付蛛网还是挺好用的。

深夜,白猫护送主人回到家中,便自顾自地回到自己的窝去休息。第二天,太阳第一束光线照进这座房子时,它早已不见踪影。

阿莉庆幸有这样一位伙伴。这世上唯一了解她的"人"——一位真正的绅士。

白猫叫胖胖。刚来这里的时候瘦得要命,她给它取了这样一个名字希望它可以长得肥一点。不过,这个充满家庭式温馨的名字与它日后养成的性格完全不相符。不知它在自己的领地内是用哪一个名号,一定不是"带黄斑的白猫胖胖"这类。

而野丫头佳佳在它曾经的领地也算是一号"人物"。在田野里随心所欲地奔跑,向村子里的每一个人宣示它对这片土地的权利,尽管它还是个不谙世事的姑娘。

它来到这里也不算顺利，狗的主人起初不同意将佳佳卖给阿莉。是刘老伯先去找的那户人家。对方说他们的狗是村子里的狗王，无价之宝，哪是那么一点钱就能买的。他们绝口不提要加钱的事，阿莉以为他们真的对它有深厚的感情。既然如此，那就不夺人所爱了。到了十二月，阿莉穿着厚实的棉衣来看望刘老伯时，他告诉她对方主动找上门来，想把狗卖给她，还是原来的价钱。

"他们是担心狗被人给药走了。村里已经好几条狗就这么没了，佳佳也是惊险地逃过一劫。还好它身手好，毒镖没射中它，它追着那个射镖的人一直追到村外的河边。后来它还叼着那只没投中它的毒镖回来给了它的主人，老婆子就急急地找到我这来了。怕赔了夫人又折兵吧。"

"一开始他们就可以要个高点的价钱。"阿莉说。

"他们以为你会再来，可你后来没动静了，我都以为你不想要那狗了。"刘老伯说。

阿莉从包里拿出钱，数好，交给刘老伯。半小时后，佳佳便奔进了刘老伯的院子。

她不知道它是怎么得知这事情的，就这么乖乖地跟着刘老伯过来了，围着它的新主人不停地奔跑绕圈，跑累了便停下来，嗅着她的鞋子和裤脚。

它那无比灵敏的鼻子闻出了五花八门的气味。来自屋顶温室内大花香水月季的花粉味，早晨做培根煎蛋时留下的热橄榄油与蛋白质所产生的奇妙化学反应的气味，经过几株腊梅树时掉落的黄色小花朵擦过她柔软的黑色发丝留下的香气，抱着快递盒穿越庭院到厨房时身上所沾的瓦楞纸味和蜂蜜味。蜂蜜来自某片椴树林。那位自称是蜂农的店主没拧紧瓶盖，其中一瓶蜂蜜漏了一些出来，纸箱的一角变得黏软，椴树蜜的气味得以留在了阿莉的羊毛外套上。

佳佳对着阿莉的羊毛外套嗅了又嗅，汪汪直叫，似乎是期待着她告诉它那神秘气息的来源。

阿莉笑了，从口袋里摸出一块白巧克力，撕了包装扔进它嘴里。它便蜷在她的脚边毫不客气地大嚼起来。

第二天，佳佳到了新家，干的第一件事就是用那无比灵敏的鼻子找到那一小箱椴树蜜，用灵活兼粗暴的方式将纸箱拆开，并成功搞开那瓶盖子松了口的蜂蜜，而其他几瓶则全部留下了它牙齿和利爪的痕迹。瓶子有的滚到了门后，有的滚到了水槽底下。厨房满地都是瓦楞纸箱黄色的碎屑。

晓光这次来阿莉家是为了看佳佳。它刚刚把她的家搞得乱七八糟得接受惩罚。佳佳离开村子的那天，晓光在学校准备考试。这一段时间他寄宿在学校，除了来取一些生活必需品很少回村里。

刘老伯说他的学习比以往更刻苦了。阿莉去看过他两次。她变成一片绸缎般柔软的小纸片，悄无声息地观察着他。他心无旁骛，迅速地吃饭，飞快地走路，眉头微锁着思考习题。他趁同学熟睡之后悄悄去自习室，打开灯，独自一人在空荡荡的教室里大声地背诵长段长段晦涩的文言文。保安正在他的小办公室里打着瞌睡，灰色的老鼠从保安的脚边走过，奔向一只没准确投入垃圾桶的苹果核。

她读不出晓光心里的想法。她身处一个谜一样的世界，哪怕是这样一个小小的少年心思，她也无法了解。未来如迷雾一般笼罩在他身上，让他变得捉摸不定。

阿莉看着男孩和他的狗相互亲昵、拥抱，看着男孩满足而微笑的脸，看着他湿润的眼角在橘黄色花园灯的照耀下闪闪发光。黄狗一会儿兴奋地叫，一会儿又发出低沉的呜呜声。

"它一定给你带来了很多麻烦。"

"没事，它会习惯的。"

"佳佳你要听话啊，别给姐姐添麻烦，我会常常来看你的，你看你的新家多好啊！"他看了看灯下齐整而沉寂的花园，说，"不要去啃那些花花草草，知道吗？你要是听话，姐姐就带你去乡下，你还可以尽情撒欢。不然的话……嗯，你知道的。"

他十分郑重地请求阿莉，在他考上了大学之后再将佳佳送给他，他可以打工赚钱租个小屋子，养着它。

"其实去哪里上学都没有关系。"他的眼神中有一丝惶恐，但更多的是固执，眼睛不自觉地迅速眨了几下，随后他又伸手揉了一揉。

"没事，去哪里上学都没有关系。我不会干涉你，这是你的权利。"阿莉说。

"那就行。要是在本市，我也可以常常来看姐姐你!"他突然间又变高兴了,"上大学后我到你家来帮你收拾花园吧!那时,我会有很多时间。这也算打工的,对不对?买狗的钱,我还是要还你的。"他有些不好意思,担心自己说错话。

"行啊。你一定会喜欢我的花园的。你可以剪几朵花回去送给喜欢的女同学。"阿莉说。

晓光羞涩地笑了。

白猫迈着轻巧的步子从他们中间走过,头也不回地进了一间无人居住的空房间。那里曾住着琴琴母女。它从空房间的窗台跳到一侧的围墙,沿着围墙走上几步,再跳到东边那座被爬山虎侵占的围墙,蹲在叶子堆里细心梳理一下因为活动而弄乱的毛,接着,从那座房子里叫唤出另一只灰斑狸猫,一起出去找乐子。

晓光还没来得及表示对这位老居民的敬意,它就消失不见了。

某一天,阿莉清点了一下她名下的房产和存款,再一次确认自己富婆的身份后,不由得长叹一声。她从没想过要好好理财,也没想过做什么投资。她只不过喜欢一处地方就会在那买上一幢房子，她想封存某处的记忆时就把那里的房子卖掉。从南到北，由东到西，她在各处都拥有过房产，像做拼图游戏一样东一块西一块地挪动变幻，最终形成了现如今的版图——她把她的房产标在地图上，用铅笔连成线，以为那会是个邮筒。但是她错了。不是邮筒，是朵造型奇特即将衰败的花朵。

她去找理财师估算了一下她的资产。要是她愿意，她可以买一家上市公司，可惜她没有当老板的兴趣。她倒是想到了遗嘱这一事。她不知道她走了后这些东西要给谁。

她记得，收到的第一份礼物是一串蓝宝石项链。那个男人是做丝绸生意的，据说巴黎的贵妇身上穿的都是经他手的布料。那项链是在巴黎拍卖会上得来的，他说是某某公主戴过的，可第二次又说是王后。先是公主，后来做了王后，他解释。"但愿不是被砍了头的王后。"她这样说。很快，他又送了她第二件礼物。在他眼里，礼物可以抚平女人嫉妒的心、受伤的心和失望的心，可以填平一切沟壑。分手后，他送的那些衣服她一件未留，连同蓝宝石项链一起到当铺里当掉。虽说那项链她也是十分喜爱，与他在一起的时候每天都戴着它。他担心她独自一人出门时会因为脖子上的项链而遭受抢劫，让她一人出门时别戴。她生气了。把项链扯下扔进抽屉，一周不理他。某天夜里，她在外游荡时发现他正在妓院寻欢，还送了那头牌姑娘一串珍珠项链。第二天她就和他分了手，带着她的那串项链去了当铺，用它换回来沉甸甸的一袋银子。她用那钱给自己买了一座宅子，雇了几个用人，看到街上有没饭吃的小孩，就领回去吃顿饭。

看到饿得皮包骨头浑身脏兮兮的小孩子露出心满意足的表情，她才觉得钱可真是件好东西。可她当时无法切身地体会孩子们的饥饿——哦，现在她倒是可以了。这么说来，她最终可能是饿死的。唉，一个营养不良的美食家，说出来简直笑死人了。

时不时会有人问她身体有没有好一点，体检有没有按时去做。小艾厨房的老板李小嗳总是发给她一些不知道从哪里找来的偏方。阿仓会提醒她别熬夜——即使熬夜于他是家常便饭，总是半夜三更在HELLO社区给她打赏发金币。李明亮会送她一些补品，补气血的，补充蛋白质的，安神补脑的，一般都是由快递员替他转达这份心意，他很少当她的面过问她的身体。

清点财产时，她不由得想到象群中年迈的大象，在临死之前总会挑一个好日子，独自走向象冢。它们知道自己最终的归途是哪里。到了那个时间，身体就能启动某个开关，它将指引方向。可她还没有任何的方向，不知归途在何方。

或者她可以立一份遗嘱，找个靠谱儿点的律师，将她的钱财分成几份。其中一部分，可以分给出现在她生命最后一个阶段的那些朋友——刘老伯，阿仓，李明亮，琴琴，雪儿，还有晓光。她不知道这些馈赠对他们的生活到底会产生些什么影响，好的，还是不好的。刘老伯的钱最终会留给他的孩子，他可没有将遗产全都捐出了去盖一所学校的雄心壮志。又或许，会有个年纪比他轻一些的中年妇女主动提出来照顾他的余生。她倒是很愿意看到他的那屋子里有女人出现。不过，那之后呢？他安安静静地度过剩下的日子，还是又引发了新的争端。

她叹了叹气，去倒了一杯温水，继续编剧本一般地思索。

李明亮，会因为这些额外之财离开琴琴吗？也许他会遇到别的女人，是谁不重要。那么琴琴呢？她有了独自照顾雪儿的能力，会离开李明亮吗？

而晓光，会因为接受了她的馈赠而有一份更好的生活吗？他会遇上一位可人的姑娘，然后结婚生子。他像接受一份祖母的遗产一样接受了她的赠予。他会怎么和他的妻子说起她？一位远房亲戚，没嫁人，因而将财产留给他？他妻子会问起她，是什么样的人，多大年纪，为什么不嫁人？她很有钱吗？她是不是一个很奇怪的人？有照片吗？她真的仅仅是你的远房亲戚？

时光流逝，时过境迁，那时候的晓光，又会是什么样的呢？

她完全不确定他们对那些财产的态度。不过，这所有人身上都有作为她的朋友忠诚而朴实的部分。他们都关心身边的人，都能在大部分时候表现出善良的一面。既然这样，她为什么要用她的财产去打破这样的平衡呢？

阿莉喝完了那杯水，又续上一杯。她在里面加了一片柠檬，放了一勺蜂蜜。端着那个单柄大口玻璃杯来到了她的园子。

佳佳耷拉着眼皮趴在地上假寐，看见她便站了起来，朝她摆尾巴。在它还没有适应新规矩之前，她还不打算让它像一匹野马一样在这幢房子里上蹿下跳。她很清楚它有那种什么事情都可以做出来的能力。

她蹲下来摸了摸它的头。它顺从地将头低了下去，轻声呜咽了两声。

"我们俩到底谁先离开？"阿莉问它。

它持续地摇着它的尾巴，而后趴在了地上，朝着阿莉挪了挪它健壮的身体。这样，它的肚子就挨到了阿莉的鞋子。

她每天都给它洗澡，能闻见留在它毛发上的洗发水的味道，一股清新的水果味。

"回到晓光身边后，会想我吗？"她又摸了摸它的头。

它看着她，尾巴快速地摇了摇。

她开始明白，人们为什么想要养一只狗。大概每个主人都认为，他的狗与他心灵相通，不需要言语就能明白对方。

阿仓说，他女朋友想要和他结婚。他们因为一场雪而最终变成温暖彼此的那一对。

"小雅想要结婚，可是我不想。"阿仓的语气既无奈又有些自责。

"她今年多少岁？"

"二十九。"

"女人总是希望自己在三十岁之前能嫁出去的。"

"我知道，也特别理解她。刚刚和她在一起的时候，我就想过这个问题。那时没觉得这是件多大的事，总还是要时间来考量我们两个是不是合适，说不定处了一年半载就分手了。慢慢地，我们过了一年，又过了一年，几乎习惯了对方，习惯了这样的生活。可能她不这么想。她还是有她的期待，就是结婚。我没主动和她提过这事。我想我们的时间还长。可时间这玩意儿在女人身上的痕迹总比男人更深。当然，她认为我在逃避，认为我不想和她过一辈子，觉得我不够爱她，不想负责任，诸如此类。可我……算了，这么认为也没错。我大概就是那样的人，女人眼里的渣男。我觉得，我觉得我要是给她戴上戒指，牵着她的手走过那条红毯……她就变成了另一个人，我也是。"

"你不会是害怕了吧？"

"说不上。没和她在一起之前，我不觉得我是这样的人，更不觉得我会恐惧结婚。"

阿莉起身走到了窗前。又一波大花香水月季进入了繁盛期，花团锦簇，引来蜂蝶纷飞。月季就是这点好，不遗余力地奉献它艳丽的色彩和丰满的身姿。

胖胖慢腾腾地走来，从敞开着的窗户跳了进来。它故意不让阿莉碰到它的身体，从她搁在窗框上的手臂的一侧闪过去。它那雪白而柔软的毛所携带的气流给阿莉的手臂带来了一阵清风。

它走到阿仓的身边，朝他叫了一声。他弯下腰，伸手去摸了摸它结实的背部。

"好久没看到你了，胖胖，又壮实了哦。"

它再次叫了一声。这一声更柔和，尾音也拖得更长。之后，它沿着楼梯上去了。那悠然自得的架势，好像它才是这座屋子的主人。

"喝茶吗？我去给你煮一壶水果茶吧。新配方。"

阿莉说着，"你可以去看看花，或者去找胖胖，茶做好后我叫你。歇一会儿再聊吧。"

当红茶的香气弥漫了整个厨房时，阿莉望了眼雕花玻璃浅口盘子里切好的水果，她揭开玻璃壶的盖子，将苹果、菠萝、杨桃、青皮金橘、百香果肉一一放进去，她又放了点蜂蜜。

她不确定阿仓是不是女人都想嫁的那种类型。李明亮和阿仓，谁会是女人想要嫁的那一种？

女人们也许会认为李明亮能给予她们稳定的家庭生活。而阿仓，会让婚后的生活过得更有趣。再养个孩子或是养条狗就更完美了。

她算不算一位女人？"真正的"——加上这个代表强调的形容词，就让这个问题充满了悬疑色彩。

她结过一次婚，就一次。那时她还年轻，容易被甜言蜜语感动。相信他说的爱你一生一世，爱你的所有，你的柔软长发，你纤细的腰肢……相信这一切，至少在他说的当口都是百分之一百出于真心。他跪下来打开戒指盒求她嫁给他时，她答应了。她想要一场婚礼，他是什么家世，父母是什么样的人，她压根儿不在乎。很快，她拥有了一场她期待的西式婚礼。有牧师,红毯,鲜花,还有誓言。她说"我愿意"和"是"的时候甚至有些心虚,觉得自己不太可能爱他一生一世,不论生老病死都不离不弃。

后来呢?他没生病,也没死,只经历了一场战争,被吓得半死。他出国做生意时,因为国内战火纷飞一再推迟返回的时间。他后来干脆不回来了,并劝说她也过去。她说不想去,说她离不开自己的土地,说自己待在这里挺好的,说她还有不少放不下的,比如她的父母。自结婚起,他就没见过她的父母。她说她的父母家住遥远偏僻的山村,她一直被寄养在亲戚家,后来亲戚过世了。所以婚礼时,没有亲人来参加她的婚礼。现在倒好,她和他提了她的父母,理由连她自己都感动。说是多年来未尽孝道,如今兵荒马乱,再不尽孝以后恐怕没机会了,说得鼻涕一把泪一把,和真的似的。她到大街上找了一对品貌尚可的老人家,让他们穿上合身的衣裳,到照相馆拍了张全家福寄给他。她说已经把父母接到身边了,等打完仗,再去找他吧,或者他回来也行。他只能说好的,好的。那场仗把他弄得焦头烂额,也吓得半死,没空儿管她。再说,没了她,也可以有别人嘛。她也没为他延续香火。那个说"爱你的所有，你的柔软长发，你纤细的腰肢"的他，也只能停留在说这话的那一时一刻啦。

茶煮好后，阿仓从楼上下来，说胖胖又走了。

"没多久又会回来的，"阿莉说，"自从佳佳来了，它回家比以前更频繁了。"

"遇到竞争对手了，哈哈哈。"

"也许吧。它对佳佳有点好奇，但从不搭理佳佳。佳佳是雌狗，属于另一个物种，对胖胖来说，那就是一个无法沟通和理解的……女人。"阿莉说。

"你倒是真会形容。"阿仓笑了，喝了一小口阿莉倒给他的茶，"不错，还是你煮的好喝。"

"料足，水果新鲜。"阿莉说，"配方给你，你回去可以自己做。"

"算了吧。"阿仓摇头。

阿莉笑了笑，给阿仓的杯子续上茶。琥珀色的茶在从窗口射进的阳光下闪着光。

"你每次来我这儿，她都知道吗？"

"大部分时候都不知道。"阿仓交了女友之后，阿莉这儿他就不常来了。

他女友叫什么？她竟然一下子想不起名字来了。而前一秒，她的名字好像就在嘴边，在她脑子里旋转，左进右出，不停地打圈圈。阿仓也是，今天一直都没提过她的名字。只说，"我女朋友""她"。

"她叫什么来着？你女朋友，抱歉，我不该忘记的。记性越来越差。"阿莉一副充满歉意又迷茫的表情。

"小雅。程舒雅。"阿仓说。

他并不介意她的健忘，似乎她的健忘是伴随着她的营养不良症而来的副产品。

"对于要不要结婚，你早就想好了吧，来我这儿，不是来寻求建议的对吧？"阿莉问。

阿仓低头笑了笑："也许吧。婚应该是结不成的，可我还是不想和她分开。毕竟，感情还在的。"

"你真自私。"

"是吧。继续在一起，她也不会再信任我了。"

"对。"

"我还是很喜欢她的，她是个不错的女孩，我们相处得还可以，没有什么大的矛盾，一般情侣之间的小摩擦我们也有。为一顿饭该去哪吃，为我没有把脏衣服放在指定的地方这样的小事吵架也总有，但这些小矛盾很快就解决了。她是个很容易就哄住的女孩，没有特别高的要求，对钱也不是太在意。我辞了职自己做，她也没有反对。她会记住饭馆里我特别喜欢的菜，回来上网找菜谱去试着做。不管她做得好不好，我都会吃完。其实，我们要是做夫妻，也会过得不错的。为什么我就是不想呢？"

"你没那么爱她，你更爱你的工作。"阿莉说。

"你这话，和她说的话一模一样。"

"全天下女人的想法都一样。"

"好吧好吧。"阿仓做了个举手投降的动作。

"虽然说男人不全是因为爱情而结婚。不过，话说回来，婚姻啊爱情啊，这些都不如你的工作、你想干的事。"

"暂且就这么认为吧。先说明，我并不认为爱情和婚姻会影响工作和事业。我觉得它们很多时候是恰到好处的填补和坚固的后盾。"

"想是一回事，做又是一回事。"

"好吧。"阿仓叹了口气，又重复了之前的投降动作。

这次,阿仓没留下吃晚饭,喝完茶就回去了。阿莉用煮茶时没用完的水果做了牛肉水果炒饭,给佳佳也准备了一份。它吃得一粒不剩,这让她很高兴,摸了摸它的头,解开链子,牵着它去散步、

久居乡村的佳佳对那些行驶在路上的车辆充满好奇。它用兴奋的叫喊及快速的奔跑来表达它的好奇。阿莉家附近的街道以两到四车道为主,上下班高峰期之外,车辆其实并不算多。有些司机从后视镜看到这条在人行道上与车并行奔跑的狗会轻踩油门,让车子跑得更快些,以便甩开它。有的会放慢车速,和它玩一会儿。佳佳只追行驶在靠近人行道那一侧的汽车。从颜色上看,它偏好红色,黄色,蓝色这样鲜艳的颜色。

某一天,一辆开黄色小跑车的姑娘以超过六十码的速度从佳佳身边驶过。

车在距离阿莉几百米的地方停了下来。一位年轻姑娘从车上下来,站在人行道边一株枝繁叶茂的梧桐树下,等着她的狗。

阿莉很快就看到了一个令人激动的拥抱。佳佳

的尾巴摇得十分欢快,头部蹭着女孩的膝盖。女孩穿了条黑色的破洞牛仔裤,白色 T 恤的一角掖进了裤子里。胸前有一个用无数深粉色亮片缀成的大 M。M 上缠了一条蛇,用绿色和黑色细线绣成。她的头发上半部分用一条缀了两个大小不一的树脂球的发圈简单扎了一个髻,下半部分随意披在肩上。发色自然,没有染色。

"你的狗真好玩。是田园犬吗?"女孩的声音清脆中略带沙哑,眼圈也有些深,不是因为化妆。

"土狗,朋友寄养在我家的。"

"来这里没多久吧?"

"是的。"

"我听一个朋友说过,他几天前被一条狗追过车,应该就是它了。真有意思,它是姑娘?"

"是的,姑娘。"

女孩蹲下来揉了揉佳佳的脖子、耳朵,很快又起了身,对着阿莉伸出手。

"我叫陈贝贝,朋友们都叫我贝蒂。"

"你好。阿莉。"阿莉伸出手,轻轻握了前方那只柔软却充满力量的年轻姑娘的手。

"哈哈哈，今天看到它真开心。"她低下头，半蹲着，摸了摸佳佳的头，"我本来要去找男朋友算账的。它竟然让我折回来了。"贝蒂站直了身体，将额前的头发轻轻往后甩了甩，"留他一命。真的，刀还在车上。"

阿莉惊讶地看了她一眼。

"哈哈哈，开玩笑的。那刀是他送我的，宰不了人，我只是打算还给他。"

阿莉跟着大笑了起来，对这位看起来十分疲倦的姑娘发出邀请，请她去家里小坐。说起来，她还是第一次邀请一位路上遇见的陌生姑娘回家。

贝蒂愉快地应了下来。

佳佳已经不像之前那么兴奋了。而且它拒绝坐在副驾驶位，它从前排两个座椅中间的缝隙里钻到了后面，蹲坐在靠右的位置上。它把头探出车窗，矜持地望着窗外，完全没了之前的疯癫。

"坐车的时候像个淑女。"贝蒂说。

阿莉记得，佳佳第一次乘车，是她和阿仓把它带回昌平路 288 号那天。它不停地变换着姿势，站立、蹲坐，一段并不太平坦的乡间小路还差点让它晕车。它呜咽了几声，眼角湿湿的。等车开到了大路上，旁边的田野让它重新兴奋，它便像现在这样，以一种矜持的姿势蹲坐在位置上，发出一声又一声的叫喊。另一只狗因为这叫喊声从一堆青绿色的灌木丛中探出了头。它们就这样遥遥相望了一会儿，直到看不见对方。

贝蒂一边开车一边和阿莉说她之前养过的狗。一只纯种金毛，在英国留学时养的，回国前送给了她的前男友。

她要回国，所以分手了。狗留给了他。说到这时，昌平路288号到了。

"到了吗？是这幢对吧？"

阿莉说是的。贝蒂猛地踩了刹车。

"原来这幢种满大花香水月季的房子是你的，真漂亮啊。"贝蒂说。

佳佳的绳子已经在下车前被取掉了。它避开贝蒂伸过来的手，冲到了门前。它又不想讨好这位新朋友了。

贝蒂说她就住在这附近。准确地说是她父母家，与这里隔了两条街的一个住宅小区。她说她自己有住的地方，可是不喜欢自己做饭。外卖吃腻了就回家住几天。

"我妈菜烧得很好。她说要留住一个男人就得先留住他的胃。现在我觉得这话挺对的。"贝蒂说。

"在这点上，男女平等。"阿莉说。

阿莉问她想喝什么茶。她先说随便，后来又改口说水果茶。

阿莉在客厅的茶几上放了一本地理杂志和一盘她昨天做的巧克力曲奇小饼干。

接着，她就去厨房准备茶水，贝蒂自顾自站在窗前，透过关着的玻璃窗看向院子里的月季。

阿莉端着茶壶出来时，贝蒂正翻着杂志。她已经翻到了中间部分了，一幢十分漂亮的古堡的照片。贝蒂说这地方她去过，和英国的前男友。

很快就是前前男友了。她摊摊手。

"饼干真好吃，你做的吗？"

阿莉点头。

"哇，真厉害，你会做饭啊？"杂志被贝蒂合上了。

阿莉再度点头，含着笑。

"那我可以留下来吃晚饭吗？会不会不方便？"贝蒂的表情转变很快，提出要求时那张满是笃定和好奇的脸，不到两秒钟又有点不安。

"可以。我一人住这里。独自吃饭很无聊。有人陪我正求之不得。"

"可是我们一点也不熟哦，你不会觉得唐突吧。你一定没遇到像我这样的人，脸皮厚得不行。"

"先请你到我家坐坐的是我啊！你也没觉得不妥是不是？"阿莉笑了。

贝蒂看起来不到二十五岁，可真是年轻。这种年轻真令人由衷羡慕。它蓬勃、迷人，就像月季修剪后爆出的红绿相间的芽点，你知道它不久后就会变成一片花海。你根本就不会去想，其间所要经历的艰辛，不会去想那些红蜘蛛、黑斑病、白粉病。

哦，对于老年人来说，即将要经历的成长必经之路，即便艰辛，也是令人羡慕的。至少，她还可以去经历。她有大把的时间可以去耗费。

那姑娘开心地原地转了一圈，随即微微躬下身子，夸张地道谢。她叫阿莉姐姐，后来又改称莉莉姐。

"莉莉姐，其实，我没对别人这样。你可能不信，即使是认识很久的，也不会随便留在人家家里吃饭的。"

"你挑人嘛。我也是。"

"真的呀？"

那张年轻的脸上绽放出比庭院里的鲜花还要灿烂的笑容，这让阿莉的心情一下子舒畅、愉悦了起来，暂时忘却了近来越来越频繁打搅她的忧愁和不快。她打算在那间厨房好好地施展一下身手，招待这位偶遇的客人。

为了制造点氛围，她在那台很久没用的唱片机里放了张她年轻时喜欢的流行歌手的黑胶唱片，让怀旧的音乐弥漫整个客厅。她哼唱着年轻时曾经喜欢的小曲，心满意足地在厨房里转来转去。

其间，贝蒂进了厨房三次。一次帮她洗菜，一次观摩她做龙井虾球，并问了很多初级厨房选手才会问的傻问题。最后一次，贝蒂什么也没说，只在她身后站了一会儿，帮她把烧好的一盘菜端了出去。

她们度过了一个愉快的下午。

欢笑之时，阿莉的脑中开始流溢出一些过往的片断。它们可能残破不全，可能毫无秩序，但总是指向一点：这些你都曾经经历过，你有过同样可爱的伙伴，同样快乐的下午，同样灿烂的阳光和美丽的庭院，可它们都随着时间一同消耗了。当时你不觉得可惜，过后也没有。而现在，被时间掩埋的遗憾却在发酵后苏醒，提醒着她，所有的快乐都是过眼云烟。她留不住，也可能并不值得拥有。

除了营养不良症，无时无刻不在袭击她的饥饿感，这种在她身体内部涌动的暗潮，总能在她快乐之时将她拖入忧愁和遗憾。

有时候，她会轻轻握一握贝蒂的手，对方皮肤的柔软触感，让她感受到了真实。真实才能抵挡一切。

她的感受是真实的。此时此刻是的。不管她曾经的经历有多么虚幻，都改变不了此刻的感受。

一个阳光明媚的上午，雪儿在花园里追蝴蝶。阿莉问琴琴，有没有想过自己老了是什么样子。琴琴说没有。

琴琴刚刚过三十岁生日。生日派对是阿莉替她操办的。请了几个熟悉的朋友，李小嗳，阿仓，还有贝蒂。那天是农历八月十七，月亮还很圆。那只亮闪闪的银盘悬挂在他们的头顶。阿莉把院子里所有的灯都打开了，还放了几盏充电灯在他们临时搭的长条形餐桌上。桌上铺着防水桌布。雪儿喜欢把橙汁洒在桌上，然后把一团一团的餐巾纸放在水面上，看着纸慢慢湿润，沾染上明亮的黄色。

琴琴说她终于迈进三十岁的门槛了，像是等了很久。这期间，发生了那么多事。

"我还是小女孩的时候……唉，那都是多久远之前的事了。"她感叹着。

雪儿蹲在地上玩飞机模型，小飞侠。她最近喜欢看的动画片有四种不同类型的飞机，可以变身的。粉，黄，红，蓝。据说她现在开始喜欢小男孩玩的玩具了，因为交了个男孩子朋友。"比她大半岁。她说她想要有个大哥哥，让我生一个。"琴琴说。

琴琴说她很少想老了之后的事。

"雪儿还小着呢！我想老了的事干吗？她的事我都操心不过来，学前教育，幼儿园，每一样都费钱费力费脑。"琴琴说着，伸手去摸孩子的小辫子。雪儿晃了晃头，不让她碰。

她已经开始操心幼儿园的事了——找个好学校不容易。时间尚早，不过，按她的话来说也是一眨眼的工夫："现在谁都怕输在起跑线上。"

"我觉得我比生孩子前更有体力了，更有精力。以前走点路就累。现在，我可以推着婴儿车走一整天。只要她不嫌烦，不吵着从婴儿车里爬出来。一手抱她一手推车的话……我的确还是吃不消。"琴琴哈哈哈地笑，"不过，还真有这时候。那时就想，要是明亮在就好了。可以搭把手。唉……孩子对女人和男人的意义是不一样的。也许以后会想吧，老了怎么样，但不是现在。现在……我只想她健健康康地长大。"

阿莉说的和琴琴说的其实不是一回事。

不过，琴琴不怕老。至少现在不怕，她有勇气面对一切。她有雪儿，雪儿永远是她的女儿，她永远是雪儿的母亲。

琴琴总是会说起她的丈夫——李明亮。只要她拥有雪儿，李明亮就不会离她太远。她推婴儿车时就能想起他，即使他在离她很远的某个城市，和别的她压根不认识也不想关心的人谈着什么她根本不懂的项目。他表现得也像个好爸爸，出差时每晚都会和她们视频。

她还不知道李明亮每个月都会约阿莉喝一次咖啡。其实也只是喝咖啡，李明亮会和她说一些话。不能算是苦恼的苦恼，和不能算是秘密的秘密。

他不会告诉琴琴这件事，可他或许会告诉她，他和别的女性的约会，主要都是工作上的往来和应酬。比如他们公司老板的外甥女，美国留学回来到他们公司策划部任职的富二代。她约过他两次，一次吃饭，一次喝茶。

"他告诉了我一些，但肯定不是全部。"琴琴说，"他以为我不知道。男人嘛，他们有他们的秘密。我们也有我们的。总体来说。他还是欠缺些勇气。任何方面都是。当时要和我在一起，我爸妈有点反对，他就差点要打退堂鼓了。哈哈。不过，与其关心他每天都去见了谁，不如关心他每月能赚多少钱。我比他更清楚他的薪水什么时候到账。房贷、车贷、水电费、汽车保险费、衣食住行所有的开支，每月我都做一张报表给他。他可能从来都不看。哈哈哈。"

至于为什么要做报表。"这是我擅长的事，就像你擅长美食和花草。"琴琴这么说。

雪儿喜欢阿莉，也喜欢赖在她身上。孩子的身体软软的，散发着奶香味。雪儿在她的肩头的呼吸声以一种特有的频率穿透她的耳膜，到达她身体的某个部位。她会忍不住将雪儿抱得更紧一些，也会忍不住去吻雪儿的脸颊。

雪儿也会亲她。某一天，她好像突然知道了亲吻是可以回应的。阿莉在她的小脸蛋上留下一个吻之后，她噘起嘴，将刚吃过糖甜甜的湿湿的唇贴到了阿莉脸上，啵的一声。

那个声响，让阿莉知道了，她是如此爱这个孩子。

那场雪带来了这个孩子。她降临在这座房子里，在她的身边。和她的生活产生了千丝万缕的联系。她在没有准备的情况下爱上了雪儿。

如果没有雪儿，她会去领养一个孩子吗？一个很小很小的小孩。她不能像以前那样肯定地说不会。她只能说，要是两年前，肯定不会。她经历的那个漫长的战争年代，有许多流离失所的孤儿，许多都得到过她暂时的照顾，可最终，她将他们都送到她认为更合适的地方了。没有一个长时间留在她身边。即使在身边，她也会找一个有经验的女人帮忙照顾。不过，那些孩子都很喜欢她。叫她阿姨，姐姐，还有××妈妈。

看来，她把晓光带回昌平路288号，不是心血来潮，不管阿仓怎么想。

夏天过去的时候，阿莉出了趟门，送晓光去上大学。学校不错，离这里不算太远，高铁两个半小时。

晓光没有选择本市的大学。高中的几个假期，阿莉送他去上了几个收费不便宜的补习班。他很努力，成绩进步很快，当然可以选择更好的学校。高考结束后，他找她商量，到底该填报哪一所学校。

阿莉问他，他父亲怎么看这件事。他摇摇头，无奈地笑笑，说父亲让他自己决定。

阿莉说，年轻人应该追求自己的梦想。

他其实早就想好了，只缺别人推一把。当然，他会考虑许多现实的问题，父亲，学费，对阿莉的感激和亏欠。这些都会影响他最终的决定。

但他最终都会做一个决定。

"三年前,我还说要留在这里上大学,要照顾佳佳,要来帮你整理花园。"在去 N 市的火车上,晓光说。

"你总会回来看我的对不对?"

"那肯定呀!"

"这就行了啊!"

"可我还答应要帮你整理花园,帮你干家务呢!你看我现在什么也没帮你做。"

晓光整个暑假都忙忙碌碌。奶茶店服务员,超市促销员这些工作让他赚了点钱,他送了阿莉一枚胸针作礼物,其余的,留作大学第一个学期的生活费,学费他申请了助学贷款。阿莉的资助被他拒绝了。

他是想去一个没有阿莉的城市,重新开始——这点,也许他自己还没意识到。他收到大学录取通知书,开心地拿给阿莉看。他说他以后要努力成为一个优秀的人。

现在,他看起来和她一直以来认识的那个孩子并没有太大的区别。除了皮肤晒得有点黑，因为打工，好胃口以及阿莉对他饮食上的照顾而变得更加强壮的臂膀。

"其实……我以为你会希望我留在这里。我的意思是，我可以帮你做些事。而且你一个人，总有需要帮忙的地方。"

在提到"一个人"时，他的表情有了些变化，眉头也微微一皱。

"你担心我一个人会有应付不了的事吗？"

"倒不是这个。我只是觉得，一个人，其实也不算太好……"晓光的话里有些犹豫。

他或许想到了他的父亲。一个长期过着某种意义上的"一个人"的生活的男人，他在村子里背上了骂名。晓光跟着阿莉走后，就再也没有回那个村子。她陪着晓光一起去探视过他。每次阿莉都是在外面等晓光，他一个人走进看守所大门，登记，等候。和父亲聊一会儿，再一个人出来。

"你是在担心我吗？"阿莉伸手点了点他的额头。

"算是吧。这么想也可以。"晓光又笑了，因为阿莉做出一副揶揄和调侃的表情。

"你为什么不找个男朋友，也不嫁人呢？"

"没有遇上合适的呀！再说，我喜欢一个人。是真的。"

晓光想了想，又说："阿仓叔叔倒是挺好，可是有女朋友了。你喜欢他这样的吗？"

"完全不喜欢也不会做朋友啊。可就算他没有女朋友，也不会一起生活吧。这是个复杂的话题。"

阿莉认真地看了他一眼。他第一次和她聊起这话题，不像是出于偶然，也不是预谋已久。

"复杂的话题。如果你不介意……"他看了她一眼，低头思索了两秒钟，"其实我还是挺想知道的。"

火车上接下来的四十分钟里，阿莉和他说了她的独居生活。她还从没和一个这么小的听众谈论自己。她不想说谎，尽可能地真诚，可她还是觉得这四十分钟的时间太漫长了。

她遇到了一个好听众。她面前的这个孩子，正用那双专注的眼睛看着她。目光因为专注而更显清澈。他不只是用年轻人猎奇的目光去捕捉她话语里那些容易让年轻人感兴趣的关键词。他努力去平静看待，努力地去忽视猎奇成分，努力把重心放在了她本人的身上。

她不得不诚恳对待。不能像以前那样，胡编乱造，想到哪说到哪，用她的那点小聪明去编织一个满篇谎话却又真像那么一回事的故事。他和她曾经遇到过的那些听众不同，他是真的想要了解她——即便这让她感到震惊。

在二十分钟的时候她停了下来，去上了洗手间。在列车洗手间摇摇晃晃的狭窄空间里，她再次回想了她和他说的那些话。

她没有说她是怎么来到这个世界上的，她毕业于哪所大学，她做过什么工作，她父母是做什么的。她不和他谈这些，她不想再编织一套完整的谎话，她的家里没有除了她之外的任何人的照片，他会觉得奇怪。那幢房子里只有她一个人的痕迹，他觉得她是个孤独的人，不喜欢和别人待在一个屋檐下。那么大的一幢房子，只养了一只猫还有一只狗，但她把他带回了家。他一定会疑惑的。

充满疑惑可以说是孩子的特点，而他也终于开始想要解开他的疑惑。

她不仅仅是收留了一个孩子。如果他们想要再继续相处，必定要面对他的疑惑。

他问她，为什么喜欢一个人（待着）。这个问题比所有人的都要直指靶心。她害怕回答。尽管她不知道自己为什么非要在他面前保持真诚。李明亮，阿仓，谁都没有让她有过负担——说谎带来的负担。

"我的恋情都十分短暂。"她这样和他说。她和他讲了她最近的三段恋情。男主角分别用A、B、C代替。他们跨越了十年的时间。她发现，这其实是她最清静的十年。三段恋情总共加起来持续了不到两年。平均每人七个月。她说了他们认识的经过，如何相处，又如何分开。尽可能客观，不带调侃的语气，不评断。他的年龄，十九岁，足以听明白这样的故事。

他的同学，不少已经谈够三个对象了。

她可以和他说说她为什么"喜欢一个人"，可以有一千个理由，却很难和他解释她为什么喜欢一个人（待着、独居）。

也许，和他谈谈她曾经的恋情，可以让他更容易了解。她和他谈A，A非常有才华，是一位名牌大学的硕士，她去他们学校旁听的时候认识他的，他把她当成小女孩（她当然也隐瞒了自己的真实年龄，把自己当成一个喜欢耍点小聪明，单纯可爱的小女生去和他相处）。他大部分时间都泡在实验室，解剖各种动物。他不太喜欢她去他的实验室，担心女孩子看到那些被肢解了的动物会觉得非常血腥。其实她还好，只要他不当着她的面把它们弄死。她去实验楼找他时一般都待在他的办公室，一间四个人共用的办公室。她在那儿和他的同学聊天。有一位对她非常热情，出去吃饭还会帮她带份她爱吃的东西回来。她男朋友忙完回来的时候，她已经吃饱了。有一回她给他留了半份，他却说不爱吃，然后带着她出去下馆子。到了饭店，他点了一桌子的菜，可她已经饱了，一点也吃不下。菜剩了一大半，他都打包带了回去。这种事情有过几次之后他们就分手了。

"他其实应该同意你留在实验室陪他的。"晓光说。

"你说对了。"阿莉伸手去摸他的头，被他躲开了。

"你这不算什么，我们同学的恋爱很多更不堪一击,吃饭点个菜都能分手。"晓光说。

接着,她又说了 B 和 C。

B 对她最好,有求必应,不像 A 那么自我。不论她提出什么不可理喻的要求他都尽力满足。她不喜欢这么没有原则的人,可这回是 B 提出结束的。这有点出乎她的意料。他的意思是先暂时分开一段时间,他想考虑一下如何更好地维持他们的关系。不久,他又遇到了另一个女孩,他在那个女孩面前表现得更有男子气概。她觉得那种小鸟依人、温柔可嘉的女孩更适合他,于是愉快地和他说永不再见了。他们吃了顿分手饭,找了家最好的餐厅,在三十层楼。从落地大窗户看出去,所有的东西都非常渺小。人几乎看不清,只是红的绿的蓝的小点,汽车也一样,像一只只在灰白色线上爬来爬去的带颜色的小虫子。他那时看起来挺伤感,还差点流了泪。在电梯分开时,他接到了新女友的电话,瞬间又高兴了起来。他穿着厚厚的冬装外套,脸上却洋溢着春天的气息。让她看得又生气又好笑。

至于 C,C 是一个和他们完全不同可最终结果也没什么分别的人。C 和她分手后不久就相亲结婚了,生了三个孩子。和他分开后她就不想再谈恋爱了。

"不久前他竟然联系上了我,和我说了近况。他在HELLO社区看到了我的照片,也看到我的那些大花香水月季。他惊讶我居然能把花养得那么好,更惊讶这么多年我的样貌居然一点没有变化,说后悔错过我,又说他现在的日子不好过,内外夹击,腹背受敌,简直水深火热。我说我倒是一点也不后悔。哈哈哈。"阿莉大笑。

"那不是真的吧?水深火热。"

"谁知道呀。他的生活仍然令许多人羡慕。就像你看到的大部分那种令人羡慕的样子。"

这时候,火车到站了。她整整讲了四十分钟。

"有点复杂。"

"对,成年人的世界就是这样。所以我试着变简单点,一个人就比两个人要简单。"阿莉冲他眨眨眼。

"原来如此。"

"你不要学我。我的意思是,现在不要学。"她伸手去摸了摸他的头。这次他没来得及躲闪,让她触到了他柔软的头发。他理了发。剪了个和以前完全不一样的发型。两边修得很短,中间部分略长。他用打工的钱给自己做了个新发型。

"新发型很适合你。"她说。

"你终于说了。"晓光说,"都剪了两天了。一直等着你的评价,被忽略的感觉还真不那么好受。"

看来,新发型的确给他带来了一些改变。

他们上了一辆黑色轿车,坐在后座时,阿莉突然感到一阵深深的倦意,她打了个哈欠,说:"原来话说多了也会犯困。"

晓光让她睡会儿,说到了叫她。

几分钟后,阿莉便陷入梦境,在一个不知所在,躺在一个并不柔软平坦的地方,被一圈亮闪闪的东西包围,刺得她睁不开眼睛。在梦中,她想,那就索性不睁开吧,她随手抓了一团柔软的棉织物,抱在怀里,呼呼大睡起来。

第 六 章

告 别

晓光很快适应了他的大学生活。学习、交友、加入社团、寻找打工的机会，像每一个迎接新生活的年轻人那样。他定期给阿莉打个电话或是发一封邮件——她说他有作家的潜质，这话没错。至少目前这孩子是唯一一个还用这种古老文体和她聊生活琐事的人了。尽管是电子的，但形式依然是古老的。

亲爱的阿莉姐姐：……

光是这样的开头就令人如沐春风心旷神怡。

她不知道他能持续多久。这一月一两封的邮件不能挽回她即将消逝的生命，却可以带来心灵的慰藉——和所有真心实意的邮件一样。她的电子邮箱里充斥着广告邮件，垃圾邮件和为数不多的工作邮件。制造它们实在太简单了：复制、粘贴，然后按一下食指。

不久前，李明亮在 C 市一家开在三十三楼的咖啡馆请阿莉吃午饭。他点了两客牛排和一堆小吃。他和她聊了他邮箱里的两封邮件。一封在草稿箱，一封在收件箱。

草稿箱里的是一封举报信。他已经输好了收件人，如果他按了发送键，他公司的副总就会去坐牢。这时，阿莉明白了那个人就是他那些故事里的 C。C 最近正在和妻子闹离婚。据说已经约好了上法庭的时间。C 的新欢是和他们有业务关系的某公司的高管，长得并不比他妻子漂亮。李明亮曾说，抛弃妻子的男人都不是好东西。C 更不是什么好东西。这事只是他做的许多恶心勾当中最不起眼的一件。C 踩着他们的肩膀往上爬，对 C 有意见的不只他一个。可也许别人没有他那么细心，也没有那么多的机会可以留下那些证据。他在犹豫要不要发那封邮件。发出去，对他有好处，他有可能接替他，可最终也会被别人知道，他是那个想取而代之的人。别人会怎么说他？因为一己私利才做了这样的事。C 也有个女儿，上小学三年级，私立名校，学费不菲。他的这封信能让那个可爱的孩子失去眼前的一切。她叫过他叔叔，还曾给过他一根棒棒糖。

"已经水深火热了，他处处针对我。不这么做，我就很难继续在那里待下去。"他说。他也提到了"水深火热"这个词。

李明亮叹了叹气，开始说到了第二封邮件，一封工作邀请函。待遇比现在的稍好，只是，得让他离开这里，去往另一个城市。

"这恐怕是一个解决方法。只是，我还不想走。琴琴也习惯了这里。离开，一切又要重新开始。我不可能扔下她们独自去那里工作。四百多公里，不算远但也不近。"

"你告诉她了吗？"

"还没有。不让她操心了。"

阿莉点点头。她给不了他什么建议。也许他只是在等待时机，一个能让他最终做出决定的时机。

"说一说，会好过一些。你不用给我建议。我自己会想好的。"李明亮说。

最后，他像对待工作那样，一丝不苟地吃干净了他的那一份牛排，连两朵碧绿的西兰花也一点不剩。

"况且，离开了这里。就再找不到一个可以这样聊天的朋友了。"李明亮说。

迄今为止，他对她只说过这唯一一句可称得上煽情的话。

"你可以给我发邮件。"阿莉说。

他愣了一愣，随即点了点头，低头笑了笑，表情有些茫然和游离。

他不会。阿莉知道。他的邮件只用来工作。

他在想什么，但决不是邮件，甚至，那件事，和坐在对面的她没有任何关系。她要做的就是不去打断他。因为她也需要想点什么，将思绪抽离，离开他们差点要进行不下去，陷入僵局的交谈，去往更开阔的所在。他们的交谈仿佛总是在一个并不宽敞的屋子里打转转，屋子有窗，可即使敞开也难得涌入清风。好在屋子还算安静清爽。

认识李明亮的这几年，他保持着固定的频率，约阿莉喝咖啡，有时会在咖啡馆用餐。有那么两次，阿莉有事恰巧在他公司附近，不论是提前还是当时，约他喝茶或是喝咖啡时，他都会用各种理由推辞，说得最多的一句话便是：改天还是我去找你吧。他也许是在忙，也许不是，也许就独自坐在公司咖啡机旁的小桌子边上，享受一个人的静止时光。

阿莉知道，给他打电话也是白搭，可她还是会打，让他找出各种合适的理由来应付她。她觉得这应该成为他们相处的某种有利的调剂，这挺无聊，但又有趣。李明亮就是这样一个人。身上就是有着一种不允许别人侵犯的自尊，它和面子相比又是两码事。

有时候，阿莉会到他公司楼上的那间插花教室去拜访一位朋友，交流维护花园的心得，分享花园新盛开花朵的照片。偶尔她会在楼上给他打电话，说在同一幢楼里办事，要来看他，有时她就说在他公司门口。她逗他，想他是否会像接待一位女性客户一样到门口来迎接她，或是交代前台带到他的办公室，但实际上，她一次都没有进去过。只有一次，他一反常态地说，好吧，进来喝杯咖啡，她却说算了，时间好像来不及，她的朋友事情办完了，要一起走了。他不无遗憾地说，那下次。她也用同样的语调重复。

可下次见面，谁也不会提及这次遗憾。好像它出现了太多次，根本没有提及的必要。

他每次都会有新的话题。见面的开始，他就像面对一位重要的客户，将早就准备好的说辞，循序渐进，不露痕迹地娓娓道来。他会事先想好要和她聊点什么。尽管，话题最终也会陷入僵局。幸好，他们都有解决僵持的能力，每次都能平静地结束。

琴琴说，她没去过李明亮的公司。她说，妻子没去过丈夫上班的地方，算正常还是不正常。

阿莉说，在这个城市，大部分妻子都不知道丈夫办公桌的大小，和电脑屏保的图案。这没什么大不了的，只要他知道你内衣的尺寸，不忘记纪念日就足够好了。

琴琴觉得有道理。也觉得，她如此关注他的办公室，甚至关注他办公室的女同事——他发朋友圈的公司庆功宴的照片，或是重要仪式的照片，总能有一些年轻靓丽的身影，主要是因为，她不是其中的一员。

"不能再荒废了。"她不只一次叹气。

其实，琴琴试过许多她可以做的事，利用个人网络社交平台卖过一些东西，水果、保健品、化妆品、婴儿用品，这些似乎不需要门槛，也不影响她带孩子。可要做好也十分难，总之，她的确没赚到什么钱，但精力也耗费了不少。失败一次，就苦恼一次。李明亮不阻止她，却也没有鼓励她。做这些肯定赚不了钱，他倒是和阿莉说起过，仿佛早就预料到妻子的失败。但她想找些事情做，就去做吧。他说。

"我们小时候，只要肯吃苦，你去卖什么都可以赚到钱。起早贪黑地进货，摆摊，卖水果，卖棒冰，甚至卖老鼠药蟑螂药，卖杂货。那时候钱就是一分一厘可以看得见摸得到的东西。辛苦也是实实在在的，谁都知道，连一个孩子都能想象得到。现在，你看不见钱，看见的是手机上的数字。它变得越来越捉摸不定了。看起来容易，做微商，卖这个卖那个，好像谁都可以，不用起早贪黑，动动手指头就行。实际上，这才是最难的地方。它给人们的幻想太美好了。好像不劳而获，在家吹空调就能赚钱。"

"所以，失败是正常的。"李明亮说。

阿莉点点头："你希望她出来工作吗？"

"那是她的选择。只要她准备好了，随时都可以。"他的语气十分肯定。

可谁又能说，这不是一个幻象？

阿莉花了点时间思考生活的意义。"意义"在她的脑子里始终处于隐形状态，像某根她从来都不在意却始终处于稳定状态的血管。

时至今日，她必须得考虑些什么。一辈子以邮筒为生的女人——是否可以这样定义自己？可她的大部分时间又不在邮筒里，她会觉得无聊，贪玩，爱恶作剧，有时候又同情心泛滥。她去找乐子，找男朋友，胡吃海喝，跟踪那些往邮筒里扔信件的青年男女，窥探他们的生活。她经历过战火，邮筒被子弹打穿被炮弹炸飞时她也心惊肉跳。那段时间她一点也不想在那里面睡觉。虽然十天半月不闻一闻那些牛皮纸信封和米白色信纸的味道她就觉得心慌。她去找个不会被炸掉的邮筒，倒是也可以找到，可她的同情心又让她放心不下那些她因为信件而认识的人。她还是东奔西走，永远也无法安心。

要是那些邮筒都是温情暖语而非生离死别，那么她被射入投递口的太阳光给吵醒后也会伸个懒腰，悄悄地钻出来，走到属于她自己的房子里，坐在化妆镜前好好收拾自己一番。之后，她就光彩照人地去找自己的爱情去了。

美好时光总是太短暂，太顺利而不被珍惜。在那样的情境下认识的男孩她一个都没有留住。战火燃起，时局动荡时，她的爱情总是经不起考验。

时过境迁，过往的一切都烟消云散。如今，昌平路288号，她把它当成了家。她有了一个家。不是邮筒。邮筒快要消失了。这座城市还仅剩下三个。里面是枯树叶、灰尘、蜘蛛和蚂蚁的巢穴，在阳光下散发着一股被时间遗忘的霉味。

她不知道她剩下的日子还有多长，十年，二十年，还是一年半载？

她决定外出一段时间，去看一看那些在她身上留下痕迹的人，看看那些她留在对方身上的痕迹，是否还存在。

这可真像一个老人想做的事，前提是他（她）还能走得动。

离开前，她想请朋友们吃顿饭，最终却没有实施。他们问她旅行的计划，她其实并没有什么计划。她需要静下心来，摸索着那条已经十分不清晰的路径，那条早已被厚厚的灰尘淹没的邮道。

没有人会了解她出走的真正原因，大家只觉得她需要散心，既然她有钱，有闲，又没有孩子需要照顾，随便去哪都可以，那是她的自由。李明亮楼上那间插花教室的创办人，就发出了羡慕的惊叹，说这是她想做了好久，却一直没有实施的计划。身不由己，谁让她是一个十岁孩子的母亲呢。

阿莉把房子的钥匙留给了李小嗳，让她帮忙照顾庭院里的花草。可她和佳佳的关系非常一般，带它出门散步一定是件困难的事。所以，阿莉把钥匙给贝蒂也留了一把，让她帮忙照顾狗。只不过，贝蒂还处于爱玩的年纪，不用为家事烦忧不用为钱财操心，大部分时间都在外逛游，阿莉也只是请她有空儿来陪佳佳玩一下，溜狗这事当然不能指望她了。小嗳和它慢慢相处，总还是能达到融洽的程度的。至于胖胖，那只心高气傲的猫男爵，谁也看不上，只是偶尔会和阿仓亲近一番。她让李小嗳定期在食盆里放好猫粮,饮水器里灌好水,窗户留道缝。

阿仓和他的女友分开了。分手的信息是他发在HELLO社区的,说恢复单身,配了张吃消夜的自拍照,啤酒烤串。烧烤店的露天座位,一把吃干净的铁签,一把冒着油光的肉串,三个空瓶子和两瓶半已经开了盖子的啤酒。瓶身深绿色。照片的一角蹲了一只猫,堂而皇之地在他的桌上。也许是店家的猫,露了半个头和半边肥硕的身体,白色。

也有可能是胖胖。这段时间它每日在外游荡,被爱情滋润,又胖了不少。某天夜里,它带了它的女伴一同尾随她,陪她逛了会儿深夜无人的街道。

真是一只好猫。

一周后,阿仓以一种平静的语气告诉她结束恋情这件事。接着,说他最近会比较忙,之前一直搁浅的一个项目要重新启动。他要做一个比HELLO社区完美一百倍的虚拟空间,给人们一种可以随时享受的,真正的生活。他说到真正的生活时,一副仿佛陷入某种梦境的表情。大概这一周,他都独自在那样的梦境里度过。他失败的爱情换来了他事业的转机,如此戏剧化。

阿莉做了个耸肩摊手的动作。阿仓说这不是开玩笑，他的设想将是个伟大的创造，一种变革，大势所趋。

"每个人都需要找到他内心真正想要的。女人想要爱情，完美的伴侣，男人想要自由，要整个世界。他们无法得到就觉得整个人生都没有意义了。可大部分人都得不到。我要改变这些，给每个人他们想要的。"他说这话时，那种陷入梦境的表情消失了。取而代之的是既诚恳又坚定的眼神，这让他整张脸都闪闪发光，仿佛一个无所不能的神。

阿莉突然哈哈大笑，他失去了一个女朋友，但这不是他去思考人生意义人类命运的理由。

阿仓是目前用户量最多的婚恋软件的研发设计者，将情感变成算法，让无数男女通过互联网寻找到更合适更匹配的婚恋对象，免去了他们的父母去相亲角常年举牌子的烦恼。但情感也不仅仅是一种算法。阿仓虽然设计了这个软件，其强大的功能与人性化的设计，的确在短时间内一家独大，但实际上，他自己的爱情却并非从中获得的。他依然有一个非常牛的账号，却没有登录过几次。

不管哪一种爱情，既然有盛放时的美丽，就避免不了凋谢时的痛苦。她原以为他对这事看得并没有那么重。他不想结婚，分手却又令他痛苦。也许那痛苦无关爱情本身，不过是一个让他去思考的契机，这契机让他又回到了自己终身求索的那条路上。

阿仓得到了一点资金支持。令阿莉意外的是，支持他的人是李小嗳。

在他们几个人这几年的友谊之中，李小嗳一直是个理性角色，尽管她是个生意人，但脱离生意，私底下做了朋友，她身上倒是很少显露出生意人特有的圆滑、精明和世故。平时聚会时，她的话不算多，大部分时候都扮演着一个有耐心的倾听者的角色，有时候会发表一些令大家都刮目相看的见解，但她也不常表现自己。几个女人当中，琴琴的话相对多一些，情绪也更为直接，年纪也最小——在贝蒂没来之前。阿莉不太清楚，李小嗳私底下和其他几个人的关系如何。他们都是阿莉的朋友。有时候，像这种看起来异常热闹和融洽的聚会，这些因女主人而聚集起来的人，聚会时的侃侃而谈看似亲密，私底下关系很可能很一般，也可能毫无联系。不过，他们至少都是李小嗳的顾客，家里都有几件从李小嗳店里购置来的厨具。

阿莉想，不管现代科技和互联网发展到何种程度，VR虚拟现实的技术达到何种登峰造极的程度。不论阿仓或是阿仓的后继者们那个关于互联网的幻景造境真实到何种程度，它们都无法代替昌平路288号那些细小而又美妙的瞬间。

但这毕竟是阿仓的理想，他认为理想可以超越现实。他愿意为那些喜欢宅在家，或是因为各种原因不得不宅在家的人，创造出属于他们的昌平路288号，或者更多。

作为朋友，他们都支持阿仓的梦想，尽管阿莉和李小嗳也对于"穿着睡衣云社交"这样的事情打趣过，但既然这是一种无法逆转的趋势，是每一个人现在正在做或是将来都会去做的事，为什么不让更美好的愿景早日实现呢。

已逝去的固然美好，但它并不会留到明天，李小嗳说。在这点上，李小嗳比阿莉更为理性。

一年前，李小嗳结束了婚姻，从前夫那分得了一半的财产。房子，物业，存款，有价证券以及公司股份。她把公司股份转让了——她不认为他那个人能将事业做到多好，和婚姻一样，不如早点脱手。这些年他能成功，只不过是享受了政策的好处和时代的红利。过几年，行情一转，他有可能关门破产。他们的婚姻维持了六年，没能熬过七年之痒的魔咒。那人曾让她背井离乡，让她差点与父母决裂，所有言情小说狗血电视剧上演的桥段她这都有。

她说这些时叹叹气。

"我挺怀念那时候的，奋不顾身的感觉其实很不错。那时他还是个意气风发的青年，吸引我，也诚心对我。他的事业刚刚起步，房子是租的，车子是借的。他对我是十分，我对他一开始却并不是，升到七八分时我就打算跟他走了，因此也跟父母闹僵了。我想过，也许以后我们会走到今天这一步。他会变。他如果一点不变，一切不就维持原状了吗？我不希望他维持原状。如果他是个永远都不能出头的男人，我不会爱他。女人就是这么奇怪。

"工作之余，他会抽出时间陪伴我。头几年我也去帮了他一些忙。他觉得我太辛苦，就又让我回家休息了。他让我在家练习厨艺，说没有比这对他更好的支持了。那时我还不会做饭，我们每天吃外卖，我都快吃吐了，他还好。不管味道，每一顿快餐都吃得干干净净。我同意了，回家做煮妇。回到出租房做第一顿饭时我想我可真变成一位传统妇女了。我父母就不愿意我变成那样，在家洗衣烧饭。为了爱情，简直了，哈哈哈。

"练习了几个月，烧菜已经有模有样了。我开玩笑说要不是支持他的事业，我就打算去开餐馆。说不定比他赚得更多。他说对啊，老婆辛苦了。他说三年内娶我，三年内他的生意一定会有起色。如果失败了，我可以去找别人，他不反对。这话我听了也挺感动的。现在看来，那些话一大半是出于男人的自尊，而不是爱。后来，我们把房子租在公司附近。每天给他送饭。一开始我只做他一个人的，后来，我做了他们三个人的。他雇了两个员工，都是男的。他说女人大部分都是花瓶，要找个真正能做事的女人比找个好女朋友还难。

"他对女性有点态度。他认为女人只需干女人爱干的那些事。他挺善于取悦她们，虽然他心里觉得她们一无是处。只有我是例外。我还信了。和女人没办法合作，女人做事情就是这样。这样的言辞他说得越来越多，他辞退了许多女员工。其实我完全没必要为这个感到庆幸，好像这样他就是个绯闻绝缘体。他只是认为她们达不到他工作上的要求而已。他不了解她们，不擅长发挥她们在职场上的优势。并不是不需要女人，他和所有的男人一样需要。

"传统女性，他需要这种，完全围着他转。一开始我觉得是他事业好了，人膨胀了，不知道自己是谁了。有钱了，有权了，就觉得自己无所不能，对别人的要求高了，不能容忍别人一点毛病。和他预期或是期待的不太一样就不行。我已经不知道他期待的妻子是什么样了。最初，他夸我是个好老婆，多亏了有我陪在他身边。后来，他有了变化。他接触的人越来越多。对他恭敬的人，相互利用的人，能够帮忙的人，仰慕他的人。他每天得处理各种信息，不必和我商量，我不像别的女人，非得丈夫陪在身边，每天回家吃晚饭，每个周末陪着出去散心。我有自己的朋友。他在这个城市扎了根，我也一样。我参加了读书会，烹饪社团，定期组织活动。他知道，却并不上心。他挺高兴我有点自己的事，这样他就不用内疚没空儿陪我。他说，你可以去学学插花嘛，把家里布置得漂亮点。你可以去学学瑜伽嘛，国标舞也行。××太太的舞就跳得很好。他把他那个圈子里的太太们所喜欢的，他认为不错的推荐给我。他更喜欢我成为那样的，去学习插花，国标舞，和身为太太的女人们打交道。带着出席酒会时，即使丈夫们未曾谋面，太太们也照样热络地打招呼，为他们的丈夫创造各种机会。我不是那样的妻子，我更喜欢和那个圈子之外的人来往。做自己喜欢的事，看看书，做做菜，而不是有目的的社交。

"他提了几次，见我没反应，就不再说了。后来我在烹饪社团的朋友的鼓励下，决定开一家厨具店。喜欢烹饪的人都期待有称手的工具。我们社团的人有开蛋糕店的，也有开甜品店的，还有开私房菜馆、轻食餐厅的，却没有卖厨具的。有时候我为了买一口好锅子，网购看不到实物，需要跑很多地方。我和他说了，他给了我钱去开店。他觉得我也就像别人的太太那样随便玩玩。开一家服装店，美容店什么的，雇个人去打理，满足一下虚荣心。那时他已经觉得给了我所要的一切了，认为我一定不会后悔嫁给他。包括我的家人，会为当初的反对而后悔。要是你没出来，也许你就在你家的那个小地方结婚生子了。他会调侃，意思是我就成了街上一众黄脸婆中的一员。

"我离开家，不完全是因为他，这是我后来才想明白的。女人为了爱情奋不顾身的时候，其实不完全是为了爱情本身。她只是想逃离她原本的生活，想得到另一种可能性。就和男人一样。

"我的店做得不错，交了不少朋友。我变得很忙。东奔西跑参加一些厨具博览会，烹饪社团的活动也不再只是参加者，而是组织者。我开始和美食杂志的编辑打交道，很多美食博主都是我的朋友。他说，我开个店比他做一个公司的总经理还要忙，他希望我可以暂时停下来。

"我们得考虑生个孩子了。他这样说。你的年纪也不小了。

"哈哈哈。孩子，他的事业尚不稳固时，他不考虑孩子，说顾不过来，不能给孩子更好的生活。我呢，那时看到别人家的孩子会想，我们什么时候会有个孩子，有我们的所有优点，在我们的教养下，不再带着我们身上的缺点。女人总是这样，爱上一个男人，就想要为他生个孩子。可惜，我想要的时候，他却没想过。

"我没有答应他，说考虑考虑。他用疑惑不解的目光看向我，好像我真是个奇怪的女人。生个孩子还得考虑考虑，这不是水到渠成的事么？我们现在有条件了，可以给孩子一份完美的生活，你不想带可以请保姆，一个，两个都可以。我们可以给孩子上最好的早教，最好的幼儿园，最好的小学、中学、大学。把孩子培养成最优秀的人。当他滔滔不绝地越说越兴奋时，我竟然感到厌烦。我就像一位即将被他的产品他的商业计划洗脑的客户，孩子也像个商品。这太可笑了。

"我不知道有多少人的婚姻是靠孩子绑住的。如果我不给他生个孩子，他觉得自己一定会离开我。他那时还不想背上忘恩负义的罪名，他有责任心，也打算尽好一个丈夫的义务。赚钱，抚养孩子，保证我们的衣食无忧。他觉得这样就够了，够完美了。

"你还想要什么？他反问我。还有什么不够的吗？我们只缺一个孩子了。

"他再一次问我意见的时候,我的态度惹怒了他。无理取闹,身在福中不知福。我们的体检报告单显示我们都还很健康。再拖下去你就老了。想生也生不了了。没有一个女人到最后不想要小孩的。可别后悔!

"那种最后通牒的语气,让我想结束这样的生活了。我没信心把我的孩子放到我们中间,我怕他(她)像我见过的许多孩子那样,背负着维系父母婚姻的包袱,在一个缺乏爱的环境下长大,对那些冷漠的关系习以为常。

"他和我在一起也实在是待腻了。我提出离婚他只花了很短的时间考虑便回复了我。真是个果断的人,就像他在商场上一样。他很快就能找个更年轻的,更适合他,也愿意为他生孩子。一个,两个,甚至更多。每一个有钱人都期待家族人丁兴旺。

"离婚前我去冷冻了我的卵子。在合适的时候,我当然会去做母亲。我比任何时候都肯定,我一定会做一个母亲。"

李小嗳的脸上浮现出一种幸福而笃定的笑容,似乎她所期待的那种生活就在某个地方等待。李小嗳说她也经历了几个月的混乱，最终恢复了平静。她并未否定过去。她身上没有失婚女人的那种陈腐气息。这点让阿莉惊讶。

"换个角度，就没什么不可以。只要他别那么快结婚，我还可以去参加他的婚礼。"李小嗳说。

她现在成了阿仓的合伙人。只出钱，不干涉他的具体事务。她说自己还是做厨具比较在行。

"我对食物有着永久的兴趣。你要请我去吃饭，我一定来！"

这让阿莉觉得，之前请她来家里的次数实在是太少了。李小嗳和琴琴不同，没有邀约，她极少来阿莉的家里。她倒是定期去光顾她的厨具店，一去便至少一个钟头，看看新到的商品，坐下喝杯茶。李小嗳在待客上很有一套。她们在一起的大部分时间都是讨论菜谱和厨艺，有时候也聊聊一些美食博主，八卦一下 HELLO 社区的美食明星。

把钥匙交给李小嗳是个不错的决定。她会照顾好阿莉的花草，定期帮阿莉的家具、窗帘和地板除尘。她会找个靠谱的家政。在这方面，她的能力比阿莉强，也不太容易被人糊弄。那些朴实诚恳的中年妇女会喜欢李小嗳的爽快和大度，喜偷懒又爱贪小便宜的工人则敬畏她那双锐利精明的眼睛。

"交给你，我就没什么不放心的了。"在院子里的玻璃铁艺小圆桌边，阿莉对李小嗳说。

她们一块儿喝着水果茶，是李小嗳带来的新配方，添加了苹果薄荷。薄荷、水果和红茶很适合这样的氛围。口舌中淡淡的凉意，适度的甜味，以及红茶特有的香醇。那天是阴天，李小嗳讲到一半时天空中飘落了几点雨。在庭院的叶片上留下了斑驳的痕迹。阿莉问要不要进去，李小嗳说等会儿吧，换个地方也许就不想讲了。

"小时候我就喜欢在这样的毛毛雨下跑来跑去。"李小嗳说。

雨在一刻钟之后停了，很快出了太阳。落在石板上的雨滴没了踪影，叶片上的痕迹还在，比花朵上的要明显一些。

阳光让缀在花瓣上的水珠闪闪发光，缀着水珠的花朵让整个庭院闪闪发光。

在一片弥漫着香气又闪闪发光的花草间，李小嗳也谈起那几个共同的朋友。李小嗳与他们的交往主要是在阿莉家的餐桌上，琴琴和阿仓去过李小嗳的店里买厨具。

李小嗳纤细的手指时不时敲打着玻璃桌面。

"他们都是很好的朋友。阿仓，李明亮。在友情上绝对值得信任，不过，谁都不是做丈夫的好人选。"说罢，她又笑出声来。

"李明亮可已经结婚了。"阿莉说。

"很多女人觉得找一个这样循规蹈矩又兢兢业业的人做丈夫是首选，不用担心什么，很好控制。他们心甘情愿地把薪水交到老婆手里，况且李明亮看起来还挺聪明，不是那种老实巴交傻傻笨笨的人。这样的人容易得到上司的信任，在职场混得也不至于太差，有一些上进心，又没有十足的野心，任谁都觉得安全。可实际上，他们自己却讨厌这样，只是无力改变，就好像一切都在冥冥之中塑形了一样。自己是什么样的人，会有一份什么样的工作，有一个什么样的妻子，在生活中处于什么样的地位。相比较那些懂得释放又有点任性的人，他们其实一肚子的苦闷。"

李小嗳笑笑，抿了口茶。

"之所以这样说,是这种人我也见了一些,我的客户中就有。我想,菜场大妈也认识不少这类的人吧。"

"那么阿仓呢?"阿莉问她。

"我只能说,他应该会是一个不错的合作伙伴。至少,他不会因为什么人和事轻易地改变自己的想法和方向。理想对他可不只是句口号。这样的人,婚姻和家庭有时候会成为一种束缚。成家立业这个词本身就很传统。他得有个十分传统的太太,三从四德,为他为家庭鞠躬尽瘁。可这样的女人现在哪里去找?做个家务都要 AA 制的,需要男人理解、体贴,需要平等,需要在工作中证明自己,需要自由。再说,他看起来也不那么迫切需要一位照顾他饮食起居的女人。"

阿莉点点头。看来,李小嗳对她的新的合作伙伴的评价要仁慈得多。

阿莉给他们分别打了个电话,告诉他们她的行程安排。阿仓祝她旅行愉快,说他会想念她的,至少这段时间他要靠外卖和泡面打发日子了,连改善伙食的地方都没有了。他用一种愉快的口吻说着自己的烦恼，一点不像一位不久前才失恋的男人。

李明亮正在工作。他说出去散散心是有必要的，然后，礼貌地和她电话告别。事后，他发来信息，解释说在开会，问她是否有时间吃个饭，权当告别。

阿莉说不了。她还有点事要处理，饭等她回来再吃吧。

临行前，她去看望了刘老伯。他的右脚踝关节出了点问题，说是很多年前的旧伤。他去一家之前去过的私人诊所敷了药。脚上包上了厚厚的纱布，没穿袜子，套了只凉拖鞋，一瘸一拐地在家里走动。端着水杯从一头走到另一头，拿个不需要的物件过来，过了一会儿，又重新放回原位。无事可做对他来说可是种折磨。

"您就歇一会儿吧，别走来走去了。"阿莉活像一位唠叨的女儿。

"没事，没事，没什么大不了的。这很快就好了。"刘老伯笑笑。

村里发了点补助金，六十岁以上的老人都有，他因为脚伤不便，阿莉帮他去领了。钱并不多，不过刘老伯很高兴。阿莉想，村里给老人发现金还是明智的，如果打到卡里，他们就没有眼见为实的喜悦了，况且，不少老人踏入银行这样的陌生领地，都觉得手足无措。刘老伯数完钱，又去卧室里放好，一瘸一拐地走进去，又走出来，说，他这只是脚伤，有些人没活到领补助金的岁数就走了。

"他们以前看着身体比我好，却说走就走了。有人说是水不好，有人说土不好。他们在茭白田旁边开电镀厂，搞得茭白都不能吃了，但村里的年轻人又在厂里上班。这世道，越来越没法说了，能活着领补助金就是福气。"言语间，刘老伯叹了口气，很快，脸上又恢复了笑容。

阿莉每一次来，他都很高兴。再不对她板起脸来，训斥的事更是从没有过。因为阿莉，平素里不爱扎进人堆里聊天的他话也多了起来，他不时出门遛个弯儿，和小卖部门口聚集的村民扯上几句。他和村子里的人夸赞阿莉，这个他临时收留的大学生，有多上进，有多好心，找了份好工作，在城里过着不错的生活，还能有时间来看他，每次来都带许多十分贵重的礼品。在外人眼里，这是种证明，证明了他的眼光，证明人是要有善心的，好人有好报。每当村里人说他真有福，多了个孝顺女儿时，他就乐呵呵地点头接受。

他需要这样的夸赞，哪怕仅仅是为了扳回一局。以前，他习惯独来独往，见到扎堆儿抽烟闲聊的村民会绕开。他不喜欢任何人提及他的儿子。"你儿子怎么样啊？""你儿子最近回来过吗？"不论谁提起，他都会黑脸走开，或者没好气地回复，让人家把自己的儿子管好就行了。很长一段时间，他是村子里的怪人。只有那些小孩子愿意和他亲近，他们放学之后，他在院子里燃起煤炉子支口锅煮面给他们吃，而恰恰是这个画面吸引了阿莉，让她不由自主地走进了那个院子。

他和阿莉聊了一会儿，便开始说那个诊所的女大夫手艺如何如何好，说是从镇医院退休的骨科医生，自己办了诊所。在没退休之前，她在自己家里替别人看病。他第一回去就是经人介绍去的她那里。她用几副药就让他可以下地走路了。后来，是他自己心疼钱，没再继续去。

"不然，可能那会儿就治好了也说不定。"他略有惋惜地说。

"对啊。心疼钱干吗呢？钱不就是赚来花的吗？花在该花的地方。"阿莉说。

"这就是花在该花的地方啊。敷了几次药，能下地了，能走了，不影响干活儿了，也就差不多了。伤筋动骨一百天，没那么快好的，这我也知道。有钱人就每天在家养着，喝大补汤。我们差不多就行了，后来也会慢慢好的。花在该花的地方，我这也是花在该花的地方咧。"

阿莉笑了，不再反驳他。

"再敷一个月的药，兴许也还会再犯。不是说医术不好，有些事说不准。"

"我知道，明白您说的。"

"我再敷几次药就好啦，这不是才去第三次吗。昨天去的，诊所的人可真多啊，都是像我这样的老头儿老太太。伤了脚的，膝盖不好的，腰疼的，肩周炎的。年纪大了，骨头就生锈了。大夫忙也忙死了。她记性是真好，记得谁先来谁后来，插队也没用。她一会儿给人扎针，一会儿给人拔罐，一会儿又去敷药，敷完药又去把罐子取下，来来回回跑来跑去。诊所里能坐的地方都坐满了人，还有不少人站着。"

"他们为什么不去大医院呢?"

"大医院人也不少。有人有医疗保险也爱到她这来,觉得大医院的草药不行吧。她这有秘方。信她呗!每次有啥问题就去。习惯了。"

人到了一定年纪,就在固定的地方买东西,固定的地方看病,固定的地方理发。但愿那位诊所大夫的医术真的如他说的一般好。她想起在一些投资公司聚集最后被骗了钱财的老人家,以及不少传销公司的小店铺里听着油头粉面的年轻人宣讲的老人家。在他们即将被这个世界抛弃的时候,他们需要拼命抓住什么,一根稻草,或是一根树枝。再精明的人,也变得容易轻信。既固执地怀疑一切,又容易轻信。在一些显而易见的骗局面前,他们一头栽了进去,就好比年轻人一头栽进爱情里。

"我去给你做饭吧,先去地里弄点菜,你先等着,别再走了,对脚不好,听话。"阿莉站起了身,轻声对他说。

他回头看了看墙上挂着的圆形电子钟。分针已经十分接近时针了,接近白日的中心。快十二点了。

他显得有些不好意思,好像差点错过午饭时间是他的错。他想站起来，却一下子没能控制住身体，又跌落在椅子上。他对自己刚才那个动作有些难为情，也有些失望，表情瞬间灰暗了下来。

阿莉过去将他按在了椅子上。

"别起了，我去淘米，先把饭插上，再去地里，很快的。我还不饿，你要饿了，就稍稍再等会儿。"

"不饿，不饿。那就好，那就好。"他的皱纹挤到了一块儿，嘴角的胡子无奈地抖了抖。

阿莉把带来的一盒糕点打开，取出一格放到了他面前。里面有红、黄、绿三块点心。分别是草莓、芒果、绿豆口味，三种不同的花瓣形状。

"你先吃点。这个没放防腐剂，不能放太久，容易变质，要快些吃掉。"

"哦哦。"

他像个小孩好奇地用食指和拇指拈起一块，看了一眼，再小心地送进了嘴里。她在屋檐下取了只空竹篮，径直出门朝菜地去了。

菜地绿油油的一片，生机盎然。没有一样东西被轻慢，都各自焕发着勃勃生机。豌豆秧苗的长须随风舞动，上面偶尔停留一只安闲的红色瓢虫。一只褐黄相间的大蜂在豌豆花间觅食。她几乎能听见它翅膀震颤的声响。

这里比她的花园更有深意。看到这些长势良好的蔬菜，便能让人想到种植的人流下的汗水。站在别人精心打理的菜园，享受清风拂面，闻着蔬果的气息，这种感觉，只有身临其境才能体会它的美妙。她又想到了这个词——生命的意义——除了在学校的课堂上，任何地方提及都要被人笑话。

她采摘了些够两天吃的蔬菜，装满了竹篮。回去的路上，认识的村民热情地同她打招呼，她便驻足和他们聊上一段。有人说起了刘老伯的脚，说他不久前去了趟外地的儿子家，回来后再看到他，脚就不太好了。阿莉问是什么时候的事情，他们说快一个月了。去之前，大家都知道他要去儿子家了。刘老伯现在也爱在村口小卖部坐着闲聊，还托了别人打理他家的菜园子。那人说他很高兴，这么多年，第一次去儿子家。刘老伯说最近想着，年纪也越来越大了，不去以后就没机会了。趁着腿脚还能走动，就去看看儿媳妇，看看孙子。小卖部老王的儿子帮他在网上订了火车票。买什么东西他们也建议了，孩子玩具，土特产什么的。最后，小卖部老王开着小货车送他去了火车站。他们觉得他怎么也会住上十天半个月，可没过几天就听说他回来了，再后来，就听说他脚不太好了。

说的人也弄不懂到底是怎么回事。

"阿莉啊，你多关心关心他。在他心里，你可是比亲儿子还亲的人啊。"旁边一位老太太嘱咐阿莉。

回到家，刘老伯正站在屋檐下，眼睛盯着鸡舍方向，也不知在看些什么。见阿莉来了要往前迎接，被她止住了。

吃饭的时候，刘老伯问了阿仓的近况，也问了晓光的。谈论两个年轻人的事又让他脸上泛起了光，似乎很高兴有人和他说这些。他说最近村子里听来听去都是些很没劲的事，在外头的年轻人也混得不太如意。他叹了叹气，又说阿莉是真的争气，像她这样的女孩儿实在太少了。话题七拐八弯，又到了她的婚恋问题上。

他不再误解阿仓是她的男友，但依旧像每一个年老长辈一样劝说她遇到合适的男孩一定要结婚。

"您儿子娶媳妇时，您一定很高兴吧？"

"嗯。他结了婚之后才告诉我,那时我们关系不好。不过再不好,听到了还是高兴啊。一桩心事了了。不再有什么需要我去操心的了,我就管好我自己。上个月,我去了那一趟。就我儿子家。"刘老伯吃完了一碗饭,放下了筷子,将手在膝盖上摩挲了两下。他看了眼阿莉,又低头看了看他眼前的空碗,"就在你来看我后没两天,我就接到了他的电话,让我去住几天。我其实应该给你打个电话的,不过又想,还是回来再打,或者到那了再打。没告诉你,不会生我气吧?"

"不会,想哪儿去了。"

"我没住几天就回来了。他那还不错,但房子不够大,就两个房间。我去了,小孩子就得和他们挤一张床。"他笑得有些牵强,"他想让我住到他们那边的老人院去,还带我去看过备选的两家。那地方我不喜欢,都是老年人,一个年轻人也看不到。和老人住一块儿,不是越来越老吗?就是个往坟墓奔的地方嘛。况且,他们两夫妻对我住什么样的老人院想法不一样。我明白,钱的事嘛。他们在房间里说的话我听见了。儿子这么多年也没来管过我,现在突然要把我接过去，让我去住老人院。后来我说不去，又和他吵了起来，第二天我就收拾行李去了火车站。人生气时就走得快，不小心就扭了脚。虽说这是旧伤，可要不是那一扭，旧伤也就不会复发了。可能我真的不该去他那里，我就该老老实实在我自己的地方待着，到他们那凑什么热闹呢！"

刘老伯重重地叹了口气，如释重负似的，两只一直搭在膝盖上的手也放回了桌面上，拿起筷子，夹了两口菜。

"村里挺好的。你看，还有补助金领。我本来就没打算去麻烦他们，现在，我就决定好了，哪都不去，就待在这里，在这养老。这里才是我家。"

阿莉点点头，说了一些宽慰的话。说实话，她也不愿意刘老伯离开这个熟悉的地方，去另一个陌生的城市养老。对于大部分老人来说，这并不是一个多好的体验。至于养老院，她曾经有几位故人都是在养老院度过最后的日子，有的有钱，有的经济条件一般。各有各的问题和烦恼。有人甚至和她说，那和监狱没什么区别，唯一的区别只是他们没有罪，用不着受到良心的折磨而忏悔。那时她还不能理解对方是在何种心情下说出了这样的话，但当她去看望另一位患有老年痴呆、独自居住在自己的住所、靠着管家打理一切的朋友时，不禁为他的处境而感慨。她觉得他的处境比那位抱怨养老院如监狱的老朋友还要糟糕。

当然也有过得适意的，子女也孝顺，探访日一定会到，也不吝啬给护理工人带来礼品。

她不知道刘老伯真的到了老到走不动路时会做什么样的选择，他的儿子又会作什么样的决定。她毕竟不是他的女儿，这倒真有些无奈。

阿莉在一种十分别扭的心情下和刘老伯说了她要外出的打算。离开一阵子，出国进修不知道多久——她又撒了个谎。

这两件事遇到了一起，就有了一种别的意味。好像他被抛弃了，她在他需要她的时候离开了他。

她并不是他的什么人。他比任何时候都更能意识到了这一点。他心里那么想，却又不想表露出来。他有些生气，却又觉得自己不该去生这个气。

他拒绝了阿莉为他请保姆的提议。阿莉点点头，不再说什么。他起身去倒茶，阿莉也没制止。在他泡好茶一瘸一拐回座后,她起身将热水壶拿到了餐桌上。

上次来时,阿莉还说这个餐桌太旧了,要换个新的。他那时呵呵地笑,说用了这么久了,真有点舍不得。

"读书,读书是好事,好事。"过了一会儿,刘老伯望着眼前吃完还没收的空碗说。

那碗放得太久了,粘在碗壁上的食物残渣早就干了,恐怕要在水里泡上一会儿才能洗干净。

第七章

小径分岔的花园

在去横滨的游轮上，阿莉坐在甲板的靠椅上吹风，听着身旁的一个女人闲聊。

女人五十多岁，女儿给她报了一个旅行团：横滨五天四夜，豪华游轮旅行。说到这时，她的语气里有掩饰不住的自豪，夸女儿孝顺懂事，又说自己其实真不喜欢一个人出来，不过女儿要工作，很忙，还得抽空儿和男友约会，哪有空儿陪她出来玩。报个团让她散心也已经很好了。她叹了叹气，说自从女儿上了初中，她们就没有一块儿出来旅行过了。她不说旅游，说旅行。似乎这个词更具有回忆色彩和浪漫情调，更符合她的语境以及她们身处破浪而行的游轮这样的场景。谈到女儿，她便滔滔不绝起来。

说女儿初中便开始寄宿，她用了所有的关系，给她选了一个好学区，也像别的家长一样觉得寄宿生活可以锻炼孩子的独立能力。女儿也没有让她失望，考上了重点高中，后来上了名牌大学。

"外人都羡慕，说她一路都顺，可辛苦只有自己知道。就像这船，我们乘船的人觉得顺顺当当，也许只有开船的人才知道他们避过了多少暗礁啊。"

那女人又叹叹气，也许她的心里真的藏了无数座暗礁。

"你还年轻。等你当母亲了，就能体会到啦！"女人笑了。她没去说她内心隐秘的想法，连早年离婚的事，也是经由女儿学业的话题被轻描淡写地提及。没说离婚的原因，没提及前夫的为人，她只说她的女儿。是呀，在一艘与世隔绝的船上，被一望无垠的蓝色海水包围，不说点什么怎么行呢？

"她早熟，很懂事。我们离婚后，她好像突然就长大了。那时让她初中去寄宿她也没反对，她知道我照顾不过来。那会儿我没车，接送她也不方便。后来她上了高中，我打算买车了，她又说，高中我住校，你也不用送我。你上班坐车很方便，路上又堵，开车还不安全，算了吧。你看看，我到现在也还没开车。现在叫个车很容易，各种叫车软件，各种服务。如今什么东西都可以点外卖，不想出门，一日三餐都能在家解决，要出门，手指头动一动，想去哪就去哪。

"女儿后来也买了车，交了男朋友。她不像别的女孩子，一谈恋爱就像变了个人，每天就知道穿衣打扮，聊电话，发信息，她还是常加班，因为加班推掉了很多次约会，她说工作比男朋友重要，喜欢她的人不会因为她的工作而离开她，不喜欢她或者没那么喜欢她的人，要走，还是早点好。我想离婚这事对她还有影响。她上学时，我不和她说这个，怕影响她心情影响她学习。那会儿本来就见得少，就周末在一起，她有作业，还得上辅导班。我顶多过问几句学习的事，她也和我说一下学校里的情况。那时我工作忙，要加班，要努力升职，多赚些钱，想给她报个好点的班。有时候累了，烦躁了，不想做饭就带她到外面去吃。我带她去哪她就去哪，从来不挑。就一次，她说她想吃必胜客。那天是她生日，我就带她去吃必胜客了。她大概是想她爸了，以前他总用必胜客来哄她。我在必胜客旁边的蛋糕店买了一个六寸芒果蛋糕,带到必胜客,点了一个十二寸的比萨和小吃、饮料。生日蛋糕她没吃两口,比萨全吃完了,一点没剩。其实那段时间,她已经开始控制自己的食量了,说女孩子胖了不好看。剩下的蛋糕我带了回去,她一口没再碰。后来她再没有提出要去吃比萨,问她吃啥,她都说你决定。她埋头做题,不多说。后来我升了职,工作不那么烦杂了,就努力练习厨艺,好好地给她做饭。她一周也就在家待个一天半天。以前我菜做得不怎么样的时候,她吃得不少。等我手艺好了,她反倒吃得少了。上大学后,她寒暑假回来,只要在家吃饭,我都做一大桌的菜,她其实吃得不多,要减肥,保持身材,晚上基本不吃主食。红烧油炸爆炒的菜我很少做,做了只有我一个人吃。有时候我和她说最近你瘦了,不能说多吃点,不然她顶多'哦'一声,就走开了。她懂得尊重人,不像我朋友家的姑娘,会说,哎呀老妈你太烦了。她顶多不说话,自己做自己的事。我说你瘦了,好看了。她就会笑一笑,过来抱抱我,说老妈才是个大美女,打扮打扮一定会有不少大爷来追。她喜欢我说些减肥瘦身的事，怎么控制体重，怎么锻炼，说谁谁谁瘦了二十斤后前男友死乞白赖地求复合，和我聊些八卦，逗我开心。

"我慢慢地也学聪明了，说点她爱听的，可她说那些的时候我真的高兴吗？不。她那么严格地对待自己的身体，多吃一口都是罪过，连酱料都选零脂肪的。她不胖，身材比很多姑娘都好。她也不懒，一周去两三次健身房，有氧无氧瑜伽样样都做。她完全可以好好吃点东西，好好享受美食、爱情，这对女人很重要啊。我真不知道她面对我做的那一桌子菜时心里是怎么想的，一点欲望都没有吗？清淡的东西夹一两筷子就停住了，看不见油星子的汤舀一两勺就够了。她宁可回到自己的房间里去吃减肥餐。几片菜叶子，几个小番茄，加点鸡胸肉，牛油果拌一拌。我看她吃减肥餐，把玻璃沙拉碗里红的绿的那点东西细嚼慢咽，看起来很享受。我去尝了一口，味道很不怎么样。

"没办法，她那个男朋友喜欢她这样的。身材好，瘦。我知道她一边瘦身，一边又在偷偷吃美胸的膏方，怕把胸给瘦没了。她要做一个完美女孩。她还会看那些怎么让女人变完美的书，什么《如何做一个魅力女人》《爱情博弈论》等等。她对男朋友不冷不热的，他反倒追得更紧了，见不到她就到我这来，给我送点东西。对付男人的招式我不知道她是不是从书上学来的，可能也不一定。她和我说减肥八卦，还有她朋友的恋爱八卦，但从不说她自己的。我都不知道她是不是真的爱她的这个男朋友。

"你会觉得我真是得了便宜还卖乖吧。女儿工作不错，又有个不错的男朋友，我还东想西想的，可我就会想啊。她要是对待感情也像对待美食那样，只有在面对一份减肥餐时才有食欲，人生还有什么意思呢？"

"啊，对啊。人生就像脱水蔬菜了。"阿莉回答。

"脱水蔬菜。姑娘你这比喻好！"老太太笑了。

海风吹过她因笑容而挤成一团的脸部皮肤，将咸腥味和盐分留在皱纹的褶皱里。阿莉看到她那张脸，与别的六十出头的老太太无异的脸，皱纹，老年斑，眼睑外的小肉刺，随着年岁逐渐加深但不算太大的黑痣——坚守在右边额头偏发际线的部位，稀疏的眉毛上有淡淡的眉笔痕迹。

老太太笑完脱水蔬菜，有一阵子的沉默，她理了理被风吹乱的头发。花白的头发烫成了小卷，那种不长不短的能够提精气神的发型。

"应该有不少人羡慕你吧。你身边那些老人家。"阿莉说。

她点了点头，说："以前的同事，跳广场舞认识的朋友，菜场同龄的摊贩，都和我说，哎呀，还是你福气好。我就想，我是不是就像别人说的身在福中不知福呢？我们那年龄的人，离异的不多。他们也有矛盾，有的比我们还厉害，天天干仗的也有。老公不着家的、酗酒的、赌钱的、打老婆的，这也不少，我们那时的女人在这种事上，真是挺能忍的呀。就算天天和老公吵，心底还是不想散的。事情过去了，心里的坎儿还没有过。到老了，就时不时拿出来说一说，让谁都知道自己当年的委屈。要是事情没过去，她反而就不说了。那些整天在你面前说今天去东南亚旅游，明天去香港购物，后天又和老公去参加一个什么聚会的，不一定过得有多好。那些每天折磨她们的东西就和那些事搅在一起，她去东南亚旅游，在沙滩上摆POSE拍照时不想，在香港买包包时不想，回家把包包收进柜子里之后，那些事一定都跑出来了。能怎么办呢？去串门，出去跳广场舞。碰见朋友就说，我刚从香港回来，那里的东西有多好，小吃有多好，还有机会碰上明星。翻出手机来看和××明星合了个影。那明星的片子她可能都没看过。还是你福气好哟，只要听的人这么一说，她就又开心了。

"对不对？那些倒苦水的过得也不一定就那么差。她们抱怨老公的坏习惯。不管家事，懒，嫌弃她们这个嫌弃她们那个，嫌弃她们老了，和跳舞的哪个老太太打得火热。她们也抱怨孩子的工作不好，赚得不多，回家吃完饭连碗也不知道收一收，还有儿媳妇、女婿，不爱干家务或者喜欢喝酒，喜欢去吃消夜，喜欢和朋友厮混。儿媳妇爱乱买东西，不知道勤俭持家，衣服扔进洗衣机前不知道把领口袖子先搓洗干净。女婿每天来家吃饭却嫌女儿交的伙食费太高。儿媳妇宁可带着孩子去下餐馆点外卖也不愿意来婆婆家搭伙吃饭。我每天听的都是这些。他们要是没了这些烦心事，好像日子就美满了幸福了。"

老太太说着，时不时看阿莉一眼，拍拍自己的大腿，说她还没跟哪个年轻姑娘聊这么久呢。她旅行时总遇到年轻的女人，有时候就坐在她隔壁，两三个小时的飞机，除了基本的寒暄，很少说别的。她说自己不是个话多的老太太。她停了下来，为自己说了那么多和阿莉抱歉。

阿莉不知道自己是要笑一笑说没关系，还是什么也不说，就像一位忠实听众那样。老太太看看阿莉，像是才准备好好地打量这个年轻的听众似的。阿莉抿了抿嘴，放松了面部神经，她深深吸了口刚刚拂过扬起的浪花，又拂过她脸庞的海风。

"生活果然每天都会给人惊喜啊！"她没头没脑地说。

这话却是她的真心所想。她专心致志地听了一个多钟头的故事，没去想自己的任何事，就算有，也仅是从记忆库里搜寻出相似的人和片段而已。如果不是在这艘船上相遇，她们或许都不会看对方一眼。老太太说了这些话，也许过后会后悔，明天，下午，或者是两小时后。第二天再见她就当作不认识，在自助免费餐厅吃饭时遇上了，顶多打个招呼。

那种游离、涣散的情绪慢慢地从她身上褪去，她变回了那个好奇而又精干的老人。

"你怎么一个人出来玩啊,不叫上男朋友。"

"我没有男朋友。就一个人。"阿莉说,配合了一个摊手摇头的动作。

"那也可以叫上个女伴啊。你们年轻女孩子不都喜欢一块儿出来吗?"

"没有女伴可叫啊。"阿莉笑了,用一种调侃的语气回复。

"那怎么会。"

"你也一个人嘛。"

"老太太和你们姑娘家怎么比。我的那些朋友,有的走不动,有的心疼钱,有的去不起,还有的要在家带孩子。这不一样啊。你看看这艘船上,不是年轻人多嘛。要么一对一对的,要么都是年轻姑娘家结伴的。"

"各有各的原因嘛。我女伴少,她们都忙。加班,晋升,谈恋爱。"阿莉说。

老太太会意一笑:"你是个明白人,懂得享受生活。"

"玩好了再去加班嘛,先犒劳一下自己。哈哈哈。"阿莉又说。

"是这么个说法，我女儿和别人也这么说。有时候她要出去玩，想找个伴，就这么给她的闺蜜打电话。她不当我的面打，也很少当着我的面接电话，吃饭时接电话会起身，走到阳台或是别的地方。你看，她就这样，什么事情都喜欢藏着。当然啦，在公司这是个好习惯，但她把这习惯带回家了。就算是些无关紧要的电话，她也这样。人还没走到阳台呢，就挂了，再回到客厅，和我说，推销的。打电话约朋友去旅游吧，人家拒绝了她，她也不太和我说。"

"她不叫你陪她去？"

"不会。带着妈妈去旅游也就不放松了对吧，你们年轻人不喜欢。没伴她就不去了。她要是出去会和我说的，她要出远门了肯定会提前和我说。"

说到这，她瞟过前方的一根漆成黄色的柱子后又回过神来。

"不说了不说了。哈哈哈。"她拍了拍自己的腿，"你会陪着你爸妈去玩吗？"

"我爸妈在我很小的时候都不在了。"阿莉平静地说。

"啊。对不起。"她十分惊讶，眉头皱了皱。

"后来一个亲戚把我带大的。"阿莉笑了笑。

"这样啊。"她还没从这个消息给她带来的震惊中回过神来，"你看起来真的不像……"她的目光开始充满了同情。

这样的"谎话"阿莉不是第一次编，对方的反应大同小异，因为性别、年龄、身份会有一些差别。如果是和对她有好感的男人说，他们则恨不得抓住她的手，说一切都过去了，以后我来照顾你。和同龄的女孩说，她们的优越感会瞬间提升，而对她的嫉妒则会在那一刻降到最低点。

年轻时她说这样的话，除了掩饰身份，更多是出于玩笑目的，进而判断对方是什么样的人。伪装出一种合适的情绪，合适的语气是需要训练的。对方事后会怀疑，可当时却信以为真，阿莉本来也不期待一段长久的关系。至于一段关系终止后，即使之前对方说的是实话，也会被当成是谎言。

要换作以往，聊到现在，她会利用一些契机主动结束闲谈，把话题引出去，拐到了别的地方，就好比快速地在街道上行走，从一个巷子拐到另一个巷子，将一个悄悄跟踪在后面的人甩掉。直到对方觉得索然无味，不想再聊为止。

现在，她觉得没有必要这么做。

慢慢地，两人的话都淡了，各自躺在躺椅上，闭目养神。过了一会儿，老太太回去了，她仍然待在那里，直到另一位陌生的男士坐到了躺椅上她才离开。

阿仓把阿莉在途中拍的照片和视频做成了动态相册，放在 HELLO 社区上，还配上了阿莉的声音——阿仓让阿莉每天录一段音，话题随她心情，她照做了。阿仓离开了他原来的公司，不过他仍然拥有那个元老级别的 ID，只是被去掉了几项权限。他仍旧可以像一位技艺高超的装修工人那样将阿莉在 HELLO 社区的小屋打理得像昌平路 288 号那般温馨、舒适、完美。阿仓离开之前已经将 HELLO 社区做了一次升级，人们可以在里面拥有自己的独立小屋，按照自己喜欢的风格装饰，可以领养宠物，可以养花种草，也可以拥有一份职业。那里有学校、商场、酒吧、医院、公园，也有斗兽场、星际旅行体验馆。社区里四通八达的街道是按照他们居住的那个城市为蓝本建造的,你可以驾驶着自己的交通工具在道路上飞驰。但还是差一点,阿仓说,你不能在那里面有真实的感觉,没有触感。这是他接下来要做的事情。建造一座比 HELLO 社区还要完美的城市,为那里的居民配备上合适的虚拟现实技术装备,这样,他们可以体验到真实世界里他们能体验到的一切,甚至更多。在保证身体安全的情况下,尽可能地去体验速度,还有激情。

她希望阿仓可以成功。既然这个世界早晚都会变成那样,那么,让它改变的那个人为什么不是阿仓呢?学会接受也是一种美德。

"人们有权选择。在这个世界得不到的,可以在另一个世界得到。真实世界总是不尽如人意,有许多既定成型无法改变的规则。自然规律,物理定律,全都会发生作用。可在虚拟空间,也许就会不一样。那是一种完全不同的体验。"

那时,阿仓站在阿莉的身边,离她只有一个苹果的距离。他们在刘老伯家的菜地里,看着清晨已经升到山顶的太阳。菜地里叶片上挂满了晶莹的露珠,那些调皮的水珠把他们的鞋子和裤管弄得湿漉漉的。

阿莉走前一晚住在刘老伯家。晚饭后，阿仓没打招呼急匆匆地赶来。阿莉用剩下的饭给他做了一份蛋炒饭，又给做了个蔬菜汤。他感谢她给他这个饥肠辘辘的不速之客提供了美味的晚餐，把她做的东西吃得干干净净，似乎还意犹未尽。他说一整天没好好吃过东西，除了一袋苏打饼干。她说可以再做一个炒年糕，放点肉丝，再加点刘老伯地里种的蔬菜。

"好吧，我很久没吃炒年糕了，尤其是你做的炒年糕。"他嘿嘿笑了笑。刘老伯像看个孩子一样看着阿仓。弥漫着整个屋子的沉闷的离别气息被搅乱了，至少刘老伯笑了。阿莉去做炒年糕时，阿仓陪他下棋。炒年糕吃完，他们继续在棋盘前大战。

他们偶尔说几句话，聊一些琐碎的事。阿仓每次来，刘老伯都很高兴，要是可以说"假如"，他一定希望自己能有一个这样的儿子。

第二天早晨，他们不约而同早早地醒来了。阿仓感叹说，在这里仍旧可以听到公鸡打鸣的声音。说他少年时期的无数个假期的早晨，就是在这种声音中醒来的。那声音催着他早点从床上爬起来，绕着整个村子玩耍。

他们到菜地的时候，公鸡此起彼伏的叫声还未停歇。太阳已经将整个村子的轮廓全都照亮了。晨雾弥漫。轻烟一般，从东头缠绕到西头，<u>丝丝缕缕</u>，缓缓前行。

他们得帮行动不便的刘老伯准备些蔬菜。不能太多，菜会烂、蔫，会不新鲜，也不能太少。他可以就着家里的咸菜辣酱对付上一段时间。麻烦别人的事他总是不情愿做。这段时间，菜地是房子西边那户人家帮忙照看，他家的菜地就在隔壁。

"刘老伯，你帮我多照顾着点吧。"她知道阿仓最近有点忙，可还是要拜托他。

"放心吧，再忙我也会来的。"阿仓说。

阿莉想，真实世界令人留恋的，恐怕就是这种简单的温情。如果没有这些，那个世界就好比失去了灵魂。

以往，刘老伯行动自如的时候，阿莉每次从城里带东西过来，他都会非常开心。把吃不完的拿去分给别的村民，脸上的表情带着家长式的光荣。而如今，他腿脚不便，那些东西却只让他觉得自己是一个需要被照顾的老人。他意识到了自己的老，忍不住叹气，又觉得不该如此。她和他待在同一个屋子里超过半个钟头，气氛很快就会沉闷无比。他们需要阿仓，的的确确。

晨间的景致是如此美好。他们被朝阳、晨露以及那些时不时热心加入伴奏的鸟鸣声环绕，随意聊着。

她问阿仓，他的设想是否真的可以实现？阿仓说可以，因为真实的世界总是不尽如人意。这句话，那天早晨他前前后后说了三遍。

裤管和运动鞋被露水沾湿却仍然显得自得其乐的阿仓，和往常的阿仓的确有些不一样。他不再像一个籍籍无名的创业者，而像一位踌躇满志的诗人。他的才华可以令他的作品流传千古，人们念着"两个黄鹂鸣翠鸟，一行白鹭上青天"这样的句子时就会想起他。

"它叫什么名字？"

"什么？"

"你要创建的世界。"

"其实我还没想过名字。名字总会有的。"

"想一个吧。"

"现在?"

阿莉点点头,随后她蹲下来,拔了一株青菜,将根部湿润的泥土敲干净,放进那只呈棕黄色,年代久远的竹篮子里。

阿莉用一棵棵菜将那只篮子装满的过程中,阿仓始终在菜畦间踱步,不时抬头看看已经变得湛蓝的天空。他还从一片菜叶子上抓了一只菜虫,皱着眉头想着要如何处理。后来他将它扔到了一旁的田埂上,等着它自己爬走,或者被路过的鸟儿吃掉。

他处理完菜虫便朝着阿莉大声说:"九州,就叫九州吧!"

九州,九州。他念叨着这个名字,绕着种了西红柿和胡萝卜的菜畦走了三圈,最后又停在了阿莉的身旁,看着她,等着她的回应。

"好,不错。生气勃勃的九州。"她用她那只沾了泥土和露水的手拍了拍阿仓的肩膀,说,"那你到时候也得给我一个厉害的 ID,VIP 的那种,女王级别的。"

阿莉的笑声比布谷鸟的还清脆，惹得在附近农田里劳作的大叔循声而来看了她几眼。

"好啊，你也想个名字吧。"

阿莉看着他因为熬夜而略微发黑的眼圈，以及眼睛里此刻几乎可以与朝阳媲美的光彩，想起了另一个诗人，那位亲手结束自己生命的年轻作家，想起他在乡下劳作的日子。她去看他时，他身处困顿却依旧清澈的眼神。他的梦想仍在，却亲手结束了自己的生命。

她想起那些繁茂得要命的水生植物。艳丽的蓝色花朵，星星一般的眼睛。

"凤眼姑娘。"阿莉说。

"好。九州的女王，凤眼姑娘，你好！"

充满仪式感的握手之后，泥土和露水的气味永远留在了他右手的掌心。

梦想如朝阳，如晨露。阿仓梦想建立一个与真实世界不一样的世界。阿莉想起几年前，她对与那个世界有关的一切都充满排斥，甚至仇视。"都是它们让我落到了如此的境地。"如今，回忆起这些，她并没有取笑自己可笑的偏见。学会接受是一种美德。

她学会接受过往的自己，好的，不好的，勇气以及恐惧。也许，这一点，能让她在面对这世界的真实时，会变得不那么焦虑和畏惧。不用去讨论到底是真实世界更真实，还是虚拟世界更虚拟的问题。每个人都希望手握权力之剑的手柄。与历史和时间的长河相比，她这不算漫长但也绝不短暂的一生里，所经历的阴谋、战争，风雷之变与血雨腥风，皆归因于此。虚拟世界依然充满暴力，人人手握权杖，是否要给无辜之人以致命痛击，有时只凭当时心情。社死和网暴好比对人精神上的凌迟。当年的围满刑场的看客，如今成了行刑者。

真实世界的法律和秩序，来自无数先驱者的努力和鲜血。而那个新世界，又要如何成为人们的心灵家园？

也许，还要有无数个阿仓为之付出毕生之力才行。而她本人的何去何从，也显得无足轻重了。

也许他会失败，会再也不相信梦想而将其抛弃，或者又重新追逐与之毫不相干的其他目标。那又怎么样呢？即使他抛弃了这个梦想，他也依然与之相关，每个人都是，她是，刘老伯也是。

在游轮上，阿莉和那位老太太——她叫陈美琴——曾谈起收养自己的亲戚。

那是一次热闹的酒会，她和陈美琴在人堆里喝酒、跳舞——作为一位广场舞高手，陈美琴把这里当成了他们公园的大广场。很会跳舞的陈美琴跳累了，就和阿莉躲在一个角落里聊天。陈美琴端了一盘诱人的花色点心过来，她们一边吃着各色的慕斯蛋糕、水果布丁，一边聊着不着边际的天。

那位既真实又杜撰的人物就是在这种甜腻腻的鲜奶水果香中被烘托出来的。阿莉谈起他，说那是个非常好的人，把她从城里接到乡下，给了她无微不至的照顾。没多久，那位她叫作婶娘的女人就去世了，他就一人照顾他自己的儿子和她，供他们上学，把他们培育成人。他对她比对自己的亲生孩子还好。那位她叫作哥哥的男孩并不是很喜欢她。他在村子里有自己的玩耍圈子，拒绝她的加入。她过了几年独自玩耍的日子，每天和稻田里的秧苗，菜地里的豆角花，还有爬进豆角花的大黑蚂蚁一起待着。在她长到足够大后，她也建立了自己的圈子，将那些年龄比她略小的小姑娘都集结到了一块儿，还有一两位与她年纪相仿的男孩。每次她带着这一群人马浩浩荡荡地走在上学路上或是放学路上时，她都高昂着她漂亮的小辫子——她自己梳头发，每天扎漂亮的辫子——看也不看一眼她那个哥哥，即使他主动过来攀谈她也爱理不理。他气坏了，不过，他也不能把她怎么样，他父亲如果发现他欺负她或是使坏心眼，准会修理他一顿。后来她考上了重点高中上了大学，而她的这个哥哥最终只上了个三流大学。上大学后他们极少联系。那哥哥毕业后留在了外地，连家也很少回。

陈美琴认认真真地听了她的讲述，中间发了几次感慨。

"养父难当啊！一人带大两个孩子，比我那会儿难多了，可真不易。"

阿莉谈到了几个细节，比如步行去村子附近的街上的小超市买香烟和牛奶，以及到快递服务部寄自己晒的笋干和梅干菜，还有大雪之后那位亲生儿子不太及时也无关痛痒的问候。刘老伯的身影随着船舱外偶尔掠过的海鸟的影子时隐时现。游轮之行快要结束了,她们为对方讲的故事却还没有结束。阿莉的眼睛一度被海风弄得干涩无比而此刻终于湿润,眼角沁出的泪水润湿了睫毛,她用无名指的指腹轻轻蹭了蹭,以免它不小心汇成流。她不想自己在这个时候落泪。

这个环节还是出了点状况,再多再美味的甜品也阻挡不了,陈美琴的眼泪汇成了流。她从随身的小包里掏出了纸巾,抽出两张,一张递给阿莉,另一张小心地将眼眶周围弄湿的皮肤擦干。她说她很少在听别人说他们经历的时候抹眼泪,只在追剧的时候抹眼泪。

宴会正进入高潮,宾客中的某位歌手自告奋勇上台献技,那是一首大家都耳熟能详的老歌,老歌的魔力就是,它能在最热闹的人群中击中你,让你感受到自己孤寂的内心,又感慨那些热闹的所在。许多人因此热泪盈眶,没人留意这对看似母女的宾客,没人在意她们即将止住的泪水,因为他们的才刚刚落下。

两人坐在低处,面带微笑看向高处的舞台,平静地欣赏,赞叹她到了如此年纪,声音依然如初。

曲终之时,陈美琴夸阿莉是个好女孩。说在船上认识她是缘分,同坐一艘船也是缘分。

在渐沉的暮色中,海鸟从船舱窗口那片蓝色的领域中时隐时现,它们逐浪而行,乐此不疲。

她不明白自己为什么会在故事中放入那几个她已经很久没想起来的细节。她的记忆库挤挤攘攘,横跨多年的各种故事在里面,像浪涛一般此起彼伏,如海面上变幻莫测的天气那样让阿莉束手无策,总在某个平常的夜晚突然响起一声惊雷,引发一阵疾风骤雨,搅乱了阿莉的睡眠。她只能通过外出游荡来平复情绪。在船上的几个夜晚,她的记忆库都挺平静,可刘老伯出现在了她的故事里。

陈美琴说,人生就像航海旅行,绕一大圈,又回到了原点。跑那么多地方,还是家里好啊。旅行还未结束,她已经想家了。看着那茫茫大海,和海一样蓝的天,就有很多人和事钻进了自己的脑子里。

阿莉说她能理解。她也一样。

陈美琴说她要不是想家了,是不会说那么多话的。她没有找陌生人搭讪聊天的习惯。她一边解释,一边撩着从额前垂落的头发。她们端着甜点,拿着气泡酒，一起出了舱室，来到甲板上。

她们把东西放在地上。陈美琴取下了发圈，将松散的头发重新扎了一遍。那头发染了色，整体偏深褐色，部分带着红棕色的光泽。她烫了个这个年纪的女人都喜欢的那种卷。她没把头发扎紧，还是和之前一样，只要一站到甲板上吹风，不多久，额前的头发就又要挣脱松垮的橡皮圈随意游荡。不过，她喜欢松了又重新扎，喜欢重复这样的动作。将皮圈捋下来，甩甩头发。

她扎头发的时候阿莉悄悄地观察她。要是在聊天，她会停下她的话，等她把头发弄完再回到之前的话题。这个时候，阿莉会忘记她已经是一个上了年纪不断在回忆往事的老太太。

快乐之中会出现忧愁，世故之中也许会闪现片刻纯真。风烛残年的老人，也能看出他少年时的模样。

阿莉看着陈美琴，心里却获得了淡淡的愉悦。

她们喝完了杯中的酒，却没吃完那些甜点，陈美琴将它们都带回了自己的房间。她说她最喜欢这些美丽又好吃的小玩意儿，她拿起一块正方形上面放了半个草莓的多层彩虹慕斯，对着舱室里的灯光感叹："真美。"

那一刻，一切缠绕周身的烦恼，仿佛都消失了。

游轮之旅结束时她们已经像一对忘年好友。每天早晨一起吃早餐，一起在甲板上散步，一同在足够安全的方位欣赏开阔的海景，一同去参加旅行团成员举办的派对，相互提醒对方酒不要喝太多。陈美琴喜欢喝那种粉红色的樱桃气泡酒，她说她一次可以喝大半瓶，不过每回都控制好，只喝两杯。在家的时候，女儿只让她喝一杯。游轮之旅结束前的那个派对上，她喝了两杯半，有点晕晕乎乎了，有位啤酒喝过头的男士碰到了她，她杯底最后那点粉红色的液体洒了出来，将那件米色丝质长裙弄脏了。她说没事，能洗干净。一会儿去问船上的工作人员要些盐、醋和肥皂，随后她哈哈大笑，说洗衣服她最在行了，什么污渍都能去除。

"很快的，一会儿我就去弄，盐和肥皂。"她又吃了块抹茶加芒果的方形双层小蛋糕。

之后她就不见了，她是真的去找盐和肥皂了。

随后阿莉也回船舱休息了。

陈美琴喝了酒，睡了很久。只在快靠岸时才和阿莉匆匆打了个招呼，她说女儿来接她了。她挺高兴，笑得像个孩子，旅途终于结束了，可以回家了。

几天后，陈美琴给阿莉发了消息，说她报了个烘焙班，好好学学烘焙，本来想去学插花的，细想，还是烘焙好。她在阿莉进驻的HELLO社区注册申请了账号，将自己的房子装饰成了蛋糕房。她很快就交了不少年轻的朋友，她请他们去参观她的烘焙小屋，并和朋友们互送礼品。她送出去了许多榴莲千层蛋糕，芒果提拉米苏，还有蔓越莓抹茶曲奇，收到了五花八门的小玩意儿，什么动漫手作，陶艺罐，小盆栽，还有会说话的小鸟。阿仓离开前，像个要离家很久害怕孩子饿坏的家长那样，把那些道具都做得详尽齐全惟妙惟肖。她说HELLO社区真不错，感谢阿莉推荐。

她们每天都可以在HELLO社区见面后，陈美琴就不再给阿莉的手机发信息打电话了。离开了游轮、甲板和涌动的海浪，那些毫无障碍的对话也就消失了。天下没有不散的筵席，没有什么好遗憾的。陈美琴很快在HELLO社区交到了新朋友，她的广场舞朋友们也依然每天在广场等她。

这样也不错。想到这，阿莉心里突然有一种难得的轻松。

在之后的探访旅途中，阿莉也认识了几位朋友。一起聊天解闷，开开玩笑，逛街、购物，探访小巷、村落以及不知名的树林，但没有一个像陈美琴这样的旅伴。其中有的也成了HELLO社区的一员，他们相互拜访对方的小院，相约到某人的家里打牌，到HELLO社区的酒吧里聊天，聊累了就跳个舞。不过，就像阿仓说的，有形式而无实质，你尝不到主人招待你的糕点的味道，闻不到对方花园里玫瑰的香气，在酒吧和喜欢的人跳舞时感觉不到对方手心的温度和呼吸的节奏。

"迟早有一天是可以的。即使我做不到，未来也有人可以做到。"阿仓说。似乎火热的生活总有一天会像炭盆里的余烬那样凉透，但会随着这一伟大目标的实现而得以重新点燃。

不管怎样，阿莉在称赞他对理想的执着时也不免觉得好笑，这样一个看起来善良，健谈，时时能为朋友考虑，热爱生活的男人，毕生致力于使更多的人变成宅男宅女。回想起当年，她的整个世界就是一个小小的绿色邮筒。四通八达的邮路，即使是偏僻山区的老妇，也能收到身在炮火连天前线的孩子的平安信。好比遍布这个世界的河流及溪水，滋润着人们的心灵。

但愿阿仓能将干涸的河网注满水。阿莉的内心为之一振。她的生命即将走到尽头，而阿仓的，才刚刚开始。

夏季来临时，春天是否会有不舍？可季节轮换已经发生了。物种随着气候迁徙，生存，消亡。她第一次拿到那个黑色小方块手机后不久，在上面刷到一篇文章，自一九〇〇年以来，近五百种动物已经灭绝。五百种，多到她无法记住它们的名字。

她甚至不那么确定，春天是否一定会在冬天之后再度来临。

第八章

陈列柜

顺便去找找他们。阿莉最初是这么想的。

不过，随着旅程的延伸，不知道是不是孤独感在作祟，慢慢地，却变成了她非常想去见见他们。

寻访是体力活儿，得花时间和精力，打无数个电话，走遍一条又一条的街道、一个又一个的门楼，她的那些故人，有的改名了，有的去世了，还有的老得根本就不记得她了。可笑的是，不仅对方不记得她的名字，连她自己，也会想不起认识对方时她用的是哪个名字了。她信口胡诌的名字实在是太多了。

幸好，她的长相并无太大变化。

"你母亲和你长得很像。"

"你外婆和你长得很像。"

这是她最愿意听到的话。她还被人记得。好像，她满世界地奔跑，就是为了听不同的人讲这样的话。

他们之中，有位长卧病榻的老人，身边还站着老人的子女，面露狐疑和警惕。阿莉想和老人多聊聊以前的事，可对方却觉得这是对他们父亲的打搅。

他们不清楚阿莉为何要来。如果是私生女的话，认祖归宗倒显得十分有必要。他们也的确怀疑过阿莉是来分走爱和财产的对手。阿莉不介意对方这么误解她，她留在那个老人房间聊天时，对方的耳朵就挂在门缝上。阿莉年轻时那股子耍人的劲儿又上来了，他们越是这样，她越要用各种办法留下来多待会儿。比如掏出手机点个高级餐厅的外卖，让对方送来几个老人家年轻时喜欢吃的菜。人的容颜会改变，口味却不容易变。风烛残年，故人都走得差不多了，还有人记得他当年的癖好，这是多珍贵的际遇呢。老人高兴，阿莉便也顺顺当当地被他邀请留下一起共进晚餐，有时候是午餐。一同吃饭的时候，阿莉与他谈起往事，那时，老人家的记忆也会发生混乱，搞不清楚坐在他对面的是他曾经认识的那个人的孙女，还是那姑娘本人。

他感谢她,让他在即将迈入坟墓之时,又有机会再活一次。原本,他觉得自己像是死了,只是躯体还在,苟延残喘,那些故去的往事,越美好,越不敢回忆,好不容易鼓足勇气,却发现记忆像是被洗劫过,一片狼藉,不忍触目。他感谢她,让他又能想起曾经的一些人,一些事,想起他也曾那样活过。

"一开始并没那么清楚。慢慢地,就清楚了起来。"他说。

趁着他还有力气回忆,在往事冲破时间的禁锢扑面而来时,阿莉和他都一起变年轻了。她像年轻时那样毫无顾忌咯咯咯笑个不停。

"就好像看到她本人一样。"他微笑着,似乎身体的动作也不那么滞缓、吃力了,他甚至想从床上起来,陪着她一块儿出去散散步、晒晒太阳。他可很久没晒过太阳了。

她说她可以推着他出去。"前提是你们放心。"她转头看着对方的子女。

他们面面相觑,没有马上作答,都等着另一个先提出反对意见,可谁也不想先得罪自己的父亲。

窗外,十月的天气舒爽怡人,常绿乔木仍旧伸展着它引以为傲的碧绿枝干,随着微风轻轻摇摆。远处公园里的银杏叶却已经变黄了,慷慨地将它的小扇子不急不慢地纷纷撒下。

"姐,要不你也陪着去,有个照应。带上爸爸的药。"老人的小儿子说。

那位才赶来的姐姐讪讪一笑,勉强应了下来。随后,她对着弟弟悄声说:"你也没说清楚什么情况,让我急急地赶来,家里还有一堆事呢。你帮我去接小儿子下课。保姆今天回老家了,你姐夫又出差。"

他弟弟有些不情愿,低声说:"我自己的孩子都是保姆接,你让我去接你的孩子,老婆知道又要抱怨。烦不烦。"

"你一次都没接过。我说小俊。"

"我忙,哪像你那么空儿呀。"做弟弟的沉着脸,不想在父亲面前与姐姐多说。

阿莉微笑地看着正交头接耳的姐弟俩,老人的表情则显得有些严肃。

这是阿莉香港之行期间发生的事。

老人是阿莉许多年前的异性朋友之一,追求过她一段时间,在他打算放弃时她又同意了,最终只和他交往了不到两个星期。他那时爱去天津的圣安娜舞场跳舞，阿莉最初是他一位朋友带去的女伴。和他玩在一块儿的那些公子哥身上的毛病他都有，不定性，浑身上下洋溢着无所不能的浮夸。他慢慢意识到了他的一些习惯不讨她喜欢，她也不贪恋钱财，不需要他之前追求别的女孩子的那一套——漂亮衣服漂亮首饰和法餐。他以为她和他一样，衣来伸手饭来张口，从小不知柴米油盐贵，可她带着他逛集市的时候和小贩讨价还价的架势简直比任何一个家庭妇女都要勇猛。她有她的理由，比如：那糕点铺的摊主太无良，看人下菜，遇见老实人就抬高价格，东西还缺斤少两。不仅如此，还背着老婆勾引人家不谙世事的小姑娘。他仗着自己长得周正，手指修长，粉面浓眉，专门搭话来买东西的年轻女孩，承诺免费送货上门。时间一长，总有上钩的。阿莉就用她那一套随时就能触犯他的方式和他讨价还价，常常是他应了下来她又突然不买了，气得他破口大骂。

他觉得阿莉这种时候最迷人了。

"没见过她这样的。"谈起往事，他依然忍不住哈哈大笑。他本来已经把她给忘了，匆匆过客中的一员，年轻时做的无数傻事中的一件。可能还后悔过、反省过。他就是在一次又一次的反省中变得成熟、精明、世故，最终成就如今的他。然而，这熟悉的一切又不可思议地回来了，也是他自己打开闸门放进来的。

他坐在轮椅上，乖乖地任由她掌握他的方向，左转，右拐，在树下休息，或是穿越草坪到对面看喷泉，又或者是在滑梯边看几个小朋友大喊大叫地玩耍。他不知道她此行的目的。阿莉稍稍表露出一点与他本人匹配的精明和世故，他立即会关上闸门，她瞬间变成了他曾经对付过的许多种人中的一个，他知道该怎么打发她。可时光倒流，闸门已开，眼前的这个女人依然像他年轻时遇到的那个她一样令他捉摸不透。他会想起他的青春，以及这一路走来的所有不甘心。

他女儿跟在一旁，不时看手机发信息。她的孩子还没接到，弟弟的车子在半路堵住了，她心情不好，用语音信息埋怨他为什么不找一条更畅通的路。她觉得他是故意的。她又打电话给她的孩子，让他再耐心等待一会儿，等舅舅来接。他孩子问她为什么自己不来，她解释说外公家里有事情。外公家的事情舅舅怎么不管？——这句话他说得很大声，也许树上的鸟儿都能听见。他一说完，灰色的麻雀便飞走了。她说小孩子别管这么多大人的事。她挂了电话，又给她的弟弟打了电话，叮嘱别带他去不该去的地方，接着推荐了两家吃饭的餐厅，说吃完饭后立即回来。这番对话双方都有些不耐烦，很快便不欢而散。大概弟弟说了句：你就不该年纪这么大了还搞出个小儿子来。

老人半闭着眼睛像是睡着了。等周围安静下来，他睁开眼睛，和阿莉说，这个公园以前更大。那边那幢高楼就是占了这个公园的地建的。阿莉看向他手指过去的一幢已经显了旧态的楼。阳台都晾晒了衣服，整幢楼看起来像一个巨型的晾衣架。他说，这楼有他的投资，赚了一笔，那之后生意就开始顺风顺水了。后来，有人想要把另外半个公园也拿去盖楼，他觉得不好，想了些办法，把那件事给搅黄了。

"这半个留着多好。你看，现在还能出来散散步。"

他女儿突然笑了。阿莉有些莫名其妙，严肃古板才是她的拿手好戏。但很快,她的表情又恢复了原样,严肃之中带着几分疲倦和不耐烦。从她被弟弟叫来到现在,她的脸上都没有露出一丝发自内心的笑容,她的笑只是短暂的表皮活动,笑容即使不显得做作,也十分难看。

阿莉推着他,在公园里绕圈,每当路过的孩子礼貌地和轮椅上的老人打招呼时,他都会露出慈祥的笑容。他的头发仍旧像年轻时那样一丝不苟,稀疏的白发自额头发际线往后梳,服服帖帖地附着在头皮之上。年轻时的他,独处时会显露出他严谨的一面,他把自己的房间收拾得整整齐齐,所有的物件各就各位,线装书、英文典籍、文学杂志、稿纸、钢笔,似乎随时等候他的召唤。她去他那里随手从书架上抽出并且随便翻了几页就摆在一旁的书,很快就会被他放回原位。他们在那间宽大的房间里相处,从来都不会受到打扰。后来,等她接受了他的求爱,答应做他的女友,他便会在窗前亲吻她,他那扇窗户对着后园的僻静处,被一些高高瘦瘦的竹子挡住视线。第一周是亲吻,第二周便隔着衣服触摸她。第二周还没过完,就分手了。他看起来是个计划周详的人。她觉得他并没有那么爱她，也没有那么急不可耐地想要得到她。似乎有些事情让他犹豫了。她不知道是什么，他没透露一分一毫。

他断断续续地和阿莉说着。说这幢楼盖完后不久，他曾经派人去找过她的外婆，不过没任何消息。

他的女儿依然在看手机，仿佛刻意不去听他的话。阿莉知道，她在听，一字不差地全都听进了耳朵里，女儿在分辨他话的意图。也许，他所说的派人去找"你的外婆"也只是一种试探。

他变富有了。赚了钱，又亏了钱，在商场上几经浮沉起起落落。他的家人也陪着他经历这些。他给予他们一些东西，又从他们身上拿走一些东西。现如今，虽不是他最好的时候，也不是他最差的时候。他珍惜自己身上最后的权力，最后那点可以继续作为筹码的东西。他考验着孩子们的耐心，在这其中似乎自得其乐。

他不知道她此行的目的。她来了，这件事对他就是有利的。不论从哪方面来讲，他都很高兴。

"您后来有再去找过她吗？"阿莉又问。他的女儿从手机上抬起头来，向她投来了略带不满的一瞥。

老人没有立即回答,他的喉咙里发出轻微的咕噜声。

"我听说,很多六七十岁的老人都通过一些中介机构来寻找他们的初恋情人。我的一位朋友就是做这方面工作的,他说,人到老了,念念不忘的,还是他们在最美好的年华遇见的那个人。"

老人笑了,那阵笑引发了一阵咳嗽。他女儿上前一步,用一种十分专业的手势轻拍他的背部,直到他的咳嗽停下来,呼吸顺畅,她才又退回原来的位置。

他女儿看着差不多五十岁。化了妆,尽管脸部表情严肃僵硬,却也还是个有些风韵的人。年轻的时候估计是个讨男孩子喜欢的女孩,只是,那些追求她的男孩不一定能得到她父亲的首肯。最后她可能陷入了一段她并不想要的婚姻,因为她身上没有那种被美满婚姻所滋润的光彩。

一片银杏叶飘落到了他的头顶,他陷入了沉思,也可能打起了瞌睡。她伸手取走那片叶子。

"别扔,给我。"他突然睁开眼。

阿莉惊讶于他的反应能力,也许他只是等着谁,帮他把叶片取下来。他拿着叶片把玩，最后让阿莉帮他收在轮椅后面的收纳袋中。那里面有个黑色带拉链的尼龙小袋子。里面有一粒弹珠，还有一个有些磨损的黄色口哨。

她不得不怀疑那些东西的来源——都是在路上捡来的。

他什么时候有了这样的癖好？她脑中浮现出保姆推他出来散步，他路过马路上这些不起眼的物件时闪光的眼神。叫停保姆，让她捡起那物件，帮他用布擦干净——收纳袋里有一小块柔软的深蓝色法兰绒布。

"他有一个陈列柜，专门放这些东西。"一直未和他们说话的女儿突然开腔了，不带评判，只是向一位不了解情况的外人说明。说明物件都是被珍藏起来的，享受博物馆藏品的待遇，不像街头那些喜爱捡垃圾的老人，将一堆乱七八糟的东西搬回家，乱糟糟地堆满各个角落。

阿莉将银杏树叶小心收入袋子。他女儿看着阿莉做这些，仿佛担心她会不小心遗漏什么关键步骤。看她做完这些，她又低头看起了手机。

"您那个柜子,我能看看吗?"阿莉问,一边留意他女儿的反应,她始终低着头。

"很少有人对它感兴趣的。"他没说好,也没说不好。

"您不喜欢别人去参观您的收藏?"

"那柜子我们都看不到。"他女儿终于抬头看了阿莉一眼,又继续说,"柜子很大,爸爸找人用上好的花梨木打造的。物件分门别类,每件都有牌子,还有写了字的卡片。"她说着,又看了阿莉一眼,那一眼极其迅速,却是从上到下重新将她打量过,似乎阿莉也是她父亲从路边收集来的一个不起眼的、正准备放入柜中的物件。

老人看了他女儿一眼,接着对阿莉说想喝水。

阿莉从置物袋中拿出一个水瓶给他。水瓶是出门前保姆放好的,还有他日常备用的一个小药盒,一副眼镜。他需要眼镜来看什么?远处高楼上的广告牌,还是路过的学生胸前校徽上的字,抑或是路牌?兴许他心血来潮会要求去走一条僻静的不常走的路。她猜想保姆应该是一个好搭档,搜集和陈列藏品不是他一人能完成的任务。她每天为他收拾,用小型吸尘器处理灰尘，帮他将物件放在合适的位置，为他放上号码牌和卡片。也许她还会提出些自己的意见。她是经验丰富的保姆，知道许多老人的特殊癖好。

喝完水，他指着前面一株巨大的榕树，说那后面有供人歇坐的长椅。他让她们过去休息一下，坐一坐。

"坐一坐我们就回去了。"他不再提他的陈列柜，情绪似乎受到了影响，好比秘密被人窥探了一般。

下午的阳光以一种恰到好处的角度照耀着整个公园，整片土地，他们头顶的树木，闪烁的光线在他们的衣服上起舞。老人在她们两人的中间，他闭目养神，不再说话。他的女儿收起了手机，用一种放松的姿态四下张望着。她似乎在等着，好像阿莉这时会趁机和她多聊几句。对于一个像阿莉这样以寻访故人的理由找上门来的人，不是会找准一切时机多聊聊吗？聊天之中，就容易揣摩出她的目的。如果她不是来转交物件的，也不是来讨债的，更不是来澄清事实的，那天知道她是来干吗的。

两人谁也没有先开口。阿莉将身子靠在椅背上，双手环抱胸前,眼睛忽睁忽闭,以一种既放松又疲倦的姿态迎接这下午三四点的娴静时光。

阿莉的沉默让她感到失望。沉默的时间越长,她反而越不好主动说些什么。这不是倒过来了吗?好像她有求于阿莉似的。她和阿莉一样做着双手环抱胸前的姿势,陷入了一种与自己过不去的情绪之中。

罗老先生依然安静地靠在他的轮椅上。没人知道他在想什么,是在浅睡还是只闭目养神。阿莉觉得,他一定常常出来,而不是像之前和她说的"我已经很久没出去了"。

罗待翔——这个她年轻时认识的人。在那个时候,她对他那种自认为的"非常了解",也只是冰山一角罢了。

阿莉在香港的第四天,贝蒂来找她了,还带来了她在澳门认识的新男友。两天后,那位叫林嘉伦的北京人回北京处理他的公务去了,贝蒂继续留在香港,和阿莉讨论下一站应该去哪里。据说她接下来的目标是周游世界。

她说这话时似乎想要表现一种脱胎换骨重新生活的勇气,及将所有烦恼都已抛之脑后的舒坦,带着一点点的好奇和十足的兴奋,以至于根本就没想过阿莉会反对成为她的旅伴。

看起来,贝蒂的生活有了不少变化。她说我再也不是以前那个我啦,开心的日子又回来了。她还是个二十岁出头的年轻女孩,总得需要这样的自我宣言。

那个时候阿莉每天还要去见罗待翔。贝蒂到的那天,她只抽了点时间出来和他们匆匆吃了一顿饭。贝蒂迫不及待地要好好和阿莉说说和林嘉伦是怎么认识的,林嘉伦是一个怎么样的人,以及她为什么会喜欢他,还有林嘉伦对她还真是不错。见面的那两个小时,就光这些话,就占满了整个餐桌。

"我自己的事,过两天再给你细说。"

"明白,任何事情都没有你的新恋情重要。"阿莉说。

"你最重要。你看,我这么急着来找你啦。谁也没你重要。"贝蒂哈哈大笑,一边笑一边拉扯着男友的胳膊,不时把头靠在他的肩上。林先生有一副宽阔的肩膀，贝蒂的这种秀恩爱的癖好，大概是她一直找不到永久的闺蜜，也没人愿意和她完成"周游世界"新生活计划的原因吧。

贝蒂对阿莉，也许有一种说不清道不明的莫名其妙的信任，而这种信任又恰恰来自她对其他人的疑虑重重，甚至是不安。阿莉和他们不同，连阿莉的狗也和别人的不同。贝蒂很高兴遇到了这样的不同。阿莉的花园，让她闻到了和以往不同的味道。空气清新，令人心旷神怡。花园里的伙伴，也让她感到新奇。尽管她有的时候，不知道该和他们说点什么。遗憾的是，其他的伙伴并没有那么快把贝蒂当成一个可以信赖的朋友。不过，他们也不介意她身上那种年轻女孩特有的小毛病，可以足够宽容地接纳她。那些是阿莉的朋友，阿莉花园里的朋友，仿佛也是花园的一部分。贝蒂进到那个花园，他们也就是她的朋友。她从没想过要从花园带走什么。欣赏那些大花香水月季的妖娆身姿，看一看蜜蜂采蜜时腹部抽动时的可爱模样，伸手弹走花瓣上的一颗圆滚滚的露珠，呼吸混合着花香的清新空气。也许她想要的，仅此。

倘若是这样，她会感到幸福。因为这些她全部都能得到。

"你看起来很幸福啊！"她们坐在一家顾客盈门的茶餐厅喝早茶，阿莉对着贝蒂说。

"是的，很幸福，太幸福了。"贝蒂热切地重复着。

林先生搭飞机回北京后，第二天贝蒂与阿莉一起喝早茶，她似乎有一大箩筐的话要和阿莉说。她点了一大桌子爱吃的，一边和阿莉说话，一边回复林先生的信息。她的语速很快，嘴里还咀嚼着食物，另一边手指头急速翻飞。阿莉提醒她，她们可有足够的时间，慢慢来。她可以晚点去看罗老先生。

"对啊。足够的时间，其实我也没什么事。"贝蒂突然停了下来，像是回过神来，又哈哈大笑起来。

她在这一群食客中显得如此与众不同，甚至引来了注目。有时候她会吐吐舌头，觉得自己说话太大声了，有时候她毫不在意，一边将吃相调整到十分淑女的状态，一边露出一副"没听过别人说话吗，那么八卦盯着我看干吗"的神气模样。实际上，她们就餐的地方只是比菜市场好那么一些，几乎每个人都在说话，只是互不干扰。

　　过了一会儿，她说的内容转到低分贝区域，慢慢潜入这个餐厅的背景音。贝蒂很善于用形容词，还有比喻。要是她想把一件事情说清楚，便会十分投入，把身体的每一个细胞都调动起来。她用一种甜蜜可人的语调和阿莉又重复了一遍和林先生的相遇，说他们坐在餐厅专门为顾客设立的等待区，喝着餐厅准备的柠檬苏打水，他坐在她的隔壁，那时，一位比她晚来却又先于她就餐的宾客引起了她的不满，她操着一口标准的普通话去和服务生理论，得到的解释却是，那位女士是订过位的。于是她气呼呼地回来了，随便找了个人聊起天来，她选了左边的林先生，跟他说这件事让她生气，可她还是决定在这里吃饭，因为她不想饿肚子，这个区域，她还想不到别的更好的地方。林先生说还有一家，也不错，两人便就那家餐厅的特色菜聊上了一通，林先生一口标准的普通话让贝蒂的心情立即好转了。他们还没把那个餐厅聊完，林先生的等候时间就结束了，于是他邀请贝蒂一同进餐，吃完饭他们一同去看了会儿夜景。接下来的事情就像那些司空见惯的恋爱版本一样，他为了贝蒂在澳门多留了一天，又随着贝蒂来香港见了阿莉，直到行程不能再延期，才搭飞机回北京。

这个相识过程，第二遍谈起来时和第一遍略有不同。叙述上大体一致，区别只在音调和神态。说第一遍时，林先生在场，贝蒂的脸上洋溢着甜蜜、兴奋，眼睛里闪烁着星星，她把他们相识的每一个令人难忘的片段，动人的细节都详细复述，不肯遗漏一处，目的似乎是为了下一次能够复述得同样详细，通过不断重复来加深自己的记忆。那样，这些记忆就变成了实实在在的，而不是虚幻的。趁着新鲜，马上提取出来，加工定型，让它成为永恒的工艺品。那时，她没有像现在这样吸引整个餐厅的注意。要说是有人注意她，那也是因为她穿了一件酒红色低胸连衣裙。第二遍是在茶餐厅，第一遍是在西餐厅。阿莉认为，茶餐厅更适合贝蒂。她整个谈论的过程都很享受。那简直是种发泄，似乎这几天和林先生在一起的她不是她熟悉的那个自己，而是不知道从哪里来的另一个她，十六岁，十九岁或是更年轻时的她，甜腻脆弱银光闪闪浑身散发着热带的花卉气息。

而进到茶餐厅，没有林先生陪伴的贝蒂重新在阿莉面前坐下，当各式各样她喜爱又能让她饱腹的茶点接二连三地上桌，她又变成了阿莉熟悉的那个贝蒂了。这个贝蒂在讲上一个贝蒂刚刚经历过的恋爱，并且品头论足。

贝蒂说他是喜欢她，可他也在尽力克制他的不耐烦。男人都会不耐烦，尤其是长久地面对一个女人时。很多时候她都不知道他心里想的是什么，即使她问了，他也不会诚实地告诉她。可女人为什么非要在意这些呢？

"女人就爱在意这些，女人在意的事情多着呢！"贝蒂哈哈大笑，"男人迁就我们，是因为爱吗？天知道啊。"

不过，她很快又会说上几句林先生的好，说她想他想得不行，恨不得马上跑到他身边去找他，可她不会再像以前那样做这种傻事，分分钟都要黏在一个男人身边。然后她又说起林先生并没有那么老道，和她在一起的几天，他几乎是被她引导的。贝蒂对训练一个男人并不是很有兴趣，女人喜欢技巧纯熟的男人，而男人喜欢一张白纸的女人。贝蒂说这话时，脸上又露出了阿莉熟悉的神情，就是他们第一次见面时，她说起她那个要分手的男友时的神情。

"哎呀，怎么是这样呢！"她之前突然压低的声音又重新升高，接着，她和阿莉说起另一件事。

她的父母在一个月前办了离婚手续。她说那话的语气，好像是她的情人办了离婚手续一样。问及原因，她也不知道，不过总算散了。她不用再踏进他们俩一同营造的泥潭了，她似乎不关心他们为什么做了这样一件事，似乎这么多年早就放弃了探究的欲望，她只关心这个结果。

她的语速又开始变快，脸上甚至洋溢着急于表达的迫切和兴奋，好像绑在她身上的绳子一下子解开了，压在上面的石头一下子滚落了，而石头下长了雪白的长长茎须的草本植物一下子暴露在阳光雨露之下了。

贝蒂谈论的父母，形象一点也不具体，像两个虚无缥缈的人。他们两个完全是贝蒂情绪的一部分，模模糊糊的，又总是会在某个午夜梦回令她心有余悸。她说她有多不想回家，又不得不回去，她母亲总是给她打电话，用着什么样的令人无法拒绝的语气。

她说他们家的餐桌是一个令她多么不想待的地方，坐在那里就没胃口吃饭——她明明曾说过，母亲做的菜多美味。餐桌上，他们总是沉默不语，也许在她来之前大吵了一架——这只是她想象的，他们从来不当着她的面争吵，正因如此，餐桌才成了恐怖的所在，所有的情绪都在那上面流动，漫过杯杯盏盏、盘盘碟碟，在所有的食物上留下痕迹，把食物最诱人的部分先消耗殆尽。

"你们的父母吵架吗？"每当有朋友问起这个问题时，她就觉得头痛欲裂，她可以清楚地回答邻居小胖子的父母吵不吵架，就是不能谈论自己的。也许她得去问问邻居小胖，你有没有听见我父母吵过架？小胖一定会认为这是个傻问题。她这么聪明，怎么能在一个她觉得比自己不聪明的人面前问这样一个傻问题呢。贝蒂在自己的家里听到邻近的房子里传来断断续续的争执声时居然会觉得开心，好像在欣赏一首激动人心的交响乐，不管他们是草草收场，还是绵延持续一整天，她都高兴地待在角落里竖起耳朵。人们吵架的时候会说些什么话，她从此一清二楚。她心情好了，就会去安慰小胖。可小胖的父母吵归吵，也有甜蜜的时候，那甜蜜也是贝蒂可以看得见听得到的。他们一起在餐厅吃饭，她从窗口就可以望见他们的餐桌，他们一边吃一边聊，偶尔争论几句，他们也带着小胖去吃饭、逛动物园、外出旅游，他们三个是串联在一块儿的，有一根看不见摸不着的绳子。她觉得她自己并没有被这根绳子穿过。她常常会和他们一家三口打照面，她简单打个招呼就闷闷地走开了。后来，小胖长成一个瘦高的小伙子时，他们也搬离了那幢房子。她再也听不到那样的交响乐了。等到她高中毕业，在那个没有作业的暑假她和她的母亲说，你们离婚算了。

"我妈说我脑子坏掉了，好好的干吗说这样的话！"贝蒂耸耸肩。

"所有的大人都不希望自己的孩子窥探到他们的秘密，更不愿意被牵着鼻子走，告诉他们该怎么做。"阿莉说。

"没错。我讨厌这样的虚伪。太虚伪了。这事我再也不提了。他们爱怎么样怎么样，他们结合在一起不是因为我。现在嘛，不在一起也不是因为我啦！"贝蒂又耸了耸肩。她那细而精巧的锁骨像两座小山一般挺起，那上面拖着一根银色的项链。

她说她都没有找到可以让别人信服的证据，那种他们"不怎么样"的证据。她没法去和别人说她父母很不怎么样，没法去和别人证明她生活在一种糟糕的境遇之中，那些所谓的"糟糕"的证据一定只掌握在他们各自的手里，用黑胶带密封在铁盒之中，不漏半点光，不散发一丝一毫的气味，埋在某个她永远也找不到的角落，而且，就在他们每天朝夕相处的家中。不声不响无色无味的铁盒子，好比一个大铅块，永远都压在她那小山似的纤细锁骨之上，锁骨越来越细，越来越美，等她过了十八岁，长成了一位迷人的女子，它依旧岿然不动。她想找个人去搬开它，可不论找的是李先生还是赵先生，他们只会亲吻被铅块压制成型的美丽锁骨，却始终无法搬走那个铅块。

"一个大铅块，巨沉的那种。"这是阿莉的形容。在贝蒂的描述里，那是灰色的家庭魅影。她一开始说是黑色的，后来觉得像惊悚电影，就改成了灰色。

"你看，我现在可以开这种玩笑了，铅块的玩笑。哈哈。就为这个我就该高兴。"

贝蒂说她曾经想象过很多他们的故事。高中时期，还把故事写在了笔记本上。

"就像写小说那样。"她说。

她认为她父亲不像是什么专一的人，要是喜欢女人，很可能会喜欢两个不同类型的，A 和 B，和 A 闹矛盾时就去找 B，和 B 有摩擦时就去找 A，他买礼物一式三份，当然还少不了她母亲的这一份。至于为什么要给她？他既然买得起，为什么要在这种事情上小气呢？他不是个小气的人，不论贝蒂问他要什么，他都同意，甚至都不问原因，他起码得问一问，哪怕是问过后拒绝了，她也不会那么生气，因为他至少考虑过，这样的东西是否适合她，她是不是有权利拥有。可他有时会拒绝他的女朋友一些不合理的要求，所以才有摩擦才闹矛盾，矛盾积累到一定的程度他就会换人。他也不是个长情的人，也许只是想要一种陪伴，她母亲给不了的那种。男人需要女人，就像女人需要倾诉。她们没有把电话打到家里来，但母亲一定知道她们的存在，说不定还找私家侦探去拍了照片。母亲可以给他们钱，让他们去拍照片，也许她还会和某个长得不错又殷勤的侦探谈一场恋爱。她母亲长得漂亮。贝蒂说她长得不像母亲，更像父亲。这点一直令她郁闷。

为什么不能长得好看点呢。"你真是一点也不像我。"她母亲总说这样的话。

贝蒂觉得她可能还有兄弟姐妹呢，父亲的种。也许父母离婚是因为这个。母亲不会有，因为她从没看到母亲的肚子大起来过，永远腰肢纤细。女人生孩子是种消耗，母亲不可能这么傻。对于有点钱的男人，他们像积攒财富那样积攒自己的后代，为男人生孩子的女人依然留不住男人。她觉得母亲没一天真正高兴过。

"小时候，我就想，我以后是不是也是这样。真恐怖，那些女人，她们是嗅觉听觉都十分灵敏的动物，像野猫一样，我一靠近，她们就散开了，连分享秘密的机会都不给。我把这些都写了下来，就是那些他们不肯告诉我的秘密。"

阿莉不知道，原来贝蒂曾经还是个写故事高手。那些不能与别人说的话，无法与他人分享的秘密，无处排解的情绪，都被她糅进故事里。她悄悄地写着，没有任何人知道。在那些故事里，她身边那些人都撕去了伪装，变成了另一副模样。她爱她的每一个人物，这种爱，有时候会消解对生活中具体真实的某个人的厌烦和愤恨。

故事写了好多，贝蒂开始把它们发给杂志社，经历了多次退稿后居然发表了。慢慢地，她发表任何故事都不再有难度，可那个时候就不再把她的故事给别人了。上了大学，她连编故事的兴趣都没有了。她觉得还是去找个男朋友更能缓解她的情绪。至少让他们亲吻她的锁骨，她能感受到快乐。那时，她觉得她的青春结束了。为此她狠狠地哭了一通。

"你知道我在哪哭吗？"她问阿莉，用一种自说自话的语气，"在医院啊，大姨妈超出一周还没来，验孕棒还没反应，我就去医院抽了管血。拿到报告时我很高兴，哎呀没中。要是中了，我就一定和他分手。而没中，我们就还像之前一样，至少我还喜欢他，喜欢他亲吻我的锁骨，喜欢和他做爱。我想到那时我那么快乐，连风险都愿意冒。我早就不是少女了，我的青春没了。还没长大，就变老了。想到这里，我就大哭了起来。"

她开始咯咯地笑："护士说你没怀孕啊为什么要

哭。我不理她，走到医院的走廊继续哭。别人都以为我怀孕了，或者是有什么亲人走了。"

她顿了顿，说："医院真是一个可以尽情大哭的好地方，可以哭到爽。"

接着，她把杯子里的丝袜奶茶一口气喝完。

"说累了，出去逛逛吧。这些烦心事以后再说。"她的表情，还真是涌上来一股愁容。不知道，她是不是后悔说了这许多。

第 九 章

女同学

贝蒂带着林先生来找阿莉的那天，罗老先生问阿莉什么时候离开香港。他说走之前带她去看看他的陈列柜。

只是，阿莉还没去参观那几个柜子，罗老先生就住进了医院，再也没有醒来。他的子女勉强同意她去看了他一次，连葬礼都没有通知她来。如同所有有钱人去世的剧本上演的那一幕，他们在乱糟糟的撕扯中又悲伤又气愤。因为，从罗老先生留在律师那的遗嘱里，他们并没有分得什么东西。能捐的都捐了出去，罗老先生给自己留下了一笔办丧事的钱，什么也没剩下。这是街坊邻居告诉阿莉的，那些很早就认识罗老先生的人，比如便利店店主，大楼楼管员。她问起了罗老先生的那几个收藏的柜子。他们说不知道。

直到阿莉离开香港，都不知道那几个柜子的下落，也再也没机会看到它们，更不知道他两个没能如愿分得财产的子女会如何处置它们。

离开香港的前一晚，贝蒂带着阿莉去酒吧。嘈杂声中，阿莉接到了李明亮的电话。对方就只简单和她说了两句。他不打算离开了，既不离开公司，也不离开C市。

"一切如常。"他说，"这事有了个结果，想着还是告诉你一声。"

"解决了？"

"算是，"他说，"副总进去了。隔壁的一个经理举报了他。他现在是我的新上司。"

李明亮在电话那头笑了笑，带着些许无奈和释然。

阿莉宽慰了他两句，说她正和贝蒂在喝酒。他说他也准备去喝两杯，新上司请客。

说再见的时候，他像是想起什么，又说："副总虽然进去了，但他老婆却不和他离婚了。因为这事，他们又不散了。同事说我们的新上司干了件好事。"

说罢，他挂了电话。很快，他又发来一条信息："琴琴带着孩子回老家了，要住一段时间，想必你已经知道了，不过，还是再和你说一声。"

阿莉回了个"嗯"。

她不知道，琴琴没告诉她。

酒精开始上头，让阿莉有点犯晕，她迷迷糊糊地靠在路灯杆上，直到贝蒂找到她。

之后，贝蒂成了阿莉的旅伴，她们一起去了不少地方。贝蒂时时刻刻都待在阿莉的身边。一块儿游览风景，一块儿吃饭，一块儿回宾馆睡觉。

和贝蒂同住的日子，阿莉才发现贝蒂爱说梦话，几乎是每晚都说，有时候是喃喃呓语，有时则是惊恐呼喊，几声之后就过去，并不会持续太久，有时候，一晚上要反复好几次。她不知道贝蒂知不知道自己的这个习惯，第二日，贝蒂对此事只字不提。阿莉想，如果这是贝蒂长期以来的习惯，那么亲近的人或许会告诉她。她想，至少，那位北京的林先生应该不会对此事像阿莉一样沉默吧。

也许，贝蒂自己不觉得这是什么大不了的事，就像睡觉磨牙一样，是阿莉少见多怪了。

有一次，阿莉悄悄起身，持着一支柔光小灯看向熟睡中的贝蒂，发现了枕头上未干的泪痕。她叹了叹气，又回床睡觉了。

她们并非总住一间，很多时候，贝蒂会说，莉莉姐，我今晚一人住，说万一艳遇了喜欢的男人，和你一间多不方便。那时，她会表现出异常开心，耸肩，挤眉弄眼，原地转圈。好像，她真的遇上了一位多有魅力的情人似的。

旅途和艳遇总是相互缠绕的双生之花，贝蒂是个讨人喜欢的姑娘，对此，阿莉从不多说什么。贝蒂可能某一刻对她身边的某位异性非常热情，可她也常常在热情过了头的时候突然抽身离去。阿莉不会像一位老母亲一样留心这些，她还有许多自己的事情要处理。除了共同喜欢做的事，大部分时候她们各做各的，各走各的。阿莉独处惯了，如今多了个旅伴，可以避免旅途中的孤独，不过，也有费神的时候。

阿莉每当说要出去办点事，或是见个什么熟人时，贝蒂都会表现出一种不可思议的惊奇："你怎么有这么多熟人可以见呢？好像你活了一百年而又周游世界广交友似的。"

"是啊，我就是活了一百年然后周游世界广交友。"阿莉用一种十分认真的语气回答。

"啊，那我也要活够一百年才行啊，哈哈哈。那时我也可以带着小朋友去见识啦。"

贝蒂就是这样，大部分时候活力四射，看起来有的是精力，却总是让自己陷入空虚无聊的境地。在她没有别的地方可去，或是不想费脑子去想，又不愿意去见新认识的朋友时，便会央求阿莉带着她一块儿去。她总是表现得真心实意，哪怕她其实对阿莉要做的事并不感兴趣。

留给阿莉的困扰便是：如何拒绝她，以及如何带着她去。阿莉没有和一个姑娘相处这么久的经验。

年轻时，阿莉在女子大学读书，周围全是女孩，她也交了几位朋友。那其中，令她印象深刻的是一位相貌平平的姑娘杜晓珍，来自一个富裕的商户家庭，家里经营一家颇具规模的餐馆。杜晓珍有时候会请女同学到她家开的餐馆和家里吃饭，她会做菜，总是亲自下厨烧一些家常菜来款待她的同学。那几位娇气又任性的小姐对她的手艺总是赞不绝口，吃光了盘中的菜，说比她家餐馆里的厨师烧得好。那些女孩出生于富裕家庭，吃惯了各式各样的菜，再怎么好也不足为奇。杜晓珍没有餐馆厨师那种出神入化的刀工和精美的摆盘，也少用大量的油和调料。她的菜式都很朴实，不过，食材绝对新鲜，是她一早起来亲自去菜场选购的。质量上乘，比餐馆的要好。对于菜式口味，她会根据到来的客人的口味做一些调整。供应的量既不多也不少。每一次到场的女同学都能高兴地把白瓷盘里的菜吃光，纷纷说，谁要是娶了她可真是有福气。

杜晓珍有一位未婚夫。她的未婚夫小她一岁，在另一所学校上高中，相貌和才华都普普通通。女同学们私底下都认为，这样一位夫婿不要也罢。至于杜晓珍为什么会来上大学，她是这么说的：与她有婚约的那个家庭认为，娶一位女大学生是很有面子的，既然她的成绩不错，就供她读大学吧。她不一定能在学校待到毕业，结了婚就休学了。正因为如此，几位莫名其妙和她成为朋友的女孩都对她充满同情，嫉妒的火苗也从未燃烧起来。她长相平平，个子小小，又是那样淳朴善良，像所有古典文集里描绘的好女人那样——当然，那几位富家小姐自己不屑成为那样的人，不屑成为她们母亲或是祖母那样的人。一方面不屑成为，另一方面却对这样的人充满喜爱。喜爱的同时，又想各种办法想要改变她，开化她。新时期的新女性——她们爱用这类的词汇标榜自己。

遇上杜晓珍之前，阿莉认为这世上是不会有这样的女孩，那种故事里才有的，如星辰一般明亮又不灼人的姑娘。阿莉遇到过不少贤良的妇人，将女人的善良、质朴，将她们的母性发挥到了极致，为着各自的家庭操劳。杜晓珍和她们不一样，她身上有她那个家庭的言传身教，她的母亲，祖母教给她的那些，作为一个女人应有的美德，可她也接受了现代教育，接受了这个世界当时最新潮最时髦的思想。她接受了，却没有像别的女孩那样，立即寻求自由，寻求解放，寻求属于自己的真正的生活。女同学在某些公众场合下发表激情演说的时候，她只是众多热情观众中最为普通的一名，用她的笑容和掌声去支持她的朋友。女同学因为婚姻和自由的问题和家里闹别扭时，她将对方接到自己家中暂住，亲自下厨奉上可口的饭菜，以至于有些女孩因为一些小口角就谎称和家人闹翻而住到她那里去。她的父母平常都忙于餐馆的生意，对她和女同学的交往基本都支持——那些女孩大多家境优越，甚至出身名门。

阿莉觉得，一个极少抱怨，极少说别人坏话又极少发脾气的姑娘就像一潭深深的清泉，平静、幽深、不可测。一旦问起对未来的想法，杜晓珍就会用她那如蒲公英滑过手臂一般的温和调子回答：结婚，生孩子，把他们培养成人，没有别的更多的要求了，过好我的日子。

不久后，因为时局动荡，杜晓珍的夫家急匆匆地将她迎娶进门，他们夫妇二人不久后就离开了这个城市，辗转了一些地方，最后去到了美国，和当时许多有钱人一样。出国是杜晓珍的提议，她丈夫起初想再观望一下，杜晓珍说此事宜早不宜晚。那个时候，她已经怀了孕，据说是个男孩。

"晓珍很有眼光、谋略和想法，只是大家都没有看出来罢了，以前也没觉得，但现在事实证明，她比所有的女同学都厉害。看起来普普通通，最后生活得比我们这些人要好呢。"杜晓珍女同学的话语中一半羡慕，一半嫉妒。战乱之后，那位女同学的境遇也不那么好，不论是家庭，还是身体。

杜晓珍的事情，仍然会从别人的口中传出。阿莉觉得这甚是好笑。杜晓珍是她们同学的时候，人们把她当成同学之中那种最无关紧要的角色，只在有需要的时候想起她，请她提供点帮助。她是那么一位普普通通的姑娘，长相普通，家世普通，连结亲的那一家也不是显赫的家族。有机会为她们提供点帮助，可能还被认为是她的荣幸。

后来，她却被人当成一个传奇——一位普通得不能再普通的女子不知怎么过上了她们眼里不那么普通的生活，并非是通过嫁入豪门做阔太太这样的捷径。在美国得州的一个小镇，她和丈夫经营着一家卖生活用品的商店，后来，这家商店变成了当地有名的连锁超市。她的名字，后来出现在她家乡修建的名人堂里，连带她老年时期的一张照片，穿着中式盘口的衣服，烫着时髦的头发，带着和以前完全不同又有迹可循的笑容。曾经的女同学带着孩子参观名人堂时就会说，这是你奶奶当年的同学呢。哇，好厉害。是啊，很厉害。

有时候，她又刻意被人忘记。那些之前风光后来不甚如意的女同学，更愿意把早已不在她们生活中的杜晓珍给隐去。

阿莉带着贝蒂在美国得克萨斯州的某个农场见到了这位厉害的杜晓珍。

在阿莉看来，杜晓珍最厉害的地方不是她成了这片土地上的零售业女王，而是她曾经的女同学大多数都去世了她仍然活着，活得足够久。她当然已经很老了，可她不需要住家管家的帮助仍旧能自由活动，沿着玉米地中的土路走上好一阵子，到更远的玉米地去看夕阳，看云彩在天边燃烧，感受云彩燃烧的天空之下穿越玉米地的一阵阵凉风。她的眼睛依然明亮，和阿莉开着玩笑："你可真是一点都没有变老，只是变老成了。"

说罢她哈哈大笑，那笑声像穿过玉米地的风，并不激烈，却足以推动叶片像波浪一样起伏。她说她很久没这么笑过了，她说这话时，她的管家微笑地着看她，会意地点头。杜晓珍指了指那位四十岁出头的女人，说她总是会提醒自己，什么可以，什么不可以。

"你们长得一模一样。"她说，"要是可以，我真愿意把你当成她。"

所以接下来的几天里，她叫阿莉以前的那个名字。阿文、文锦。

她不止一次更正，说她叫阿莉。杜晓珍笑笑说，阿文好，阿文好听。

"叫你阿文，我就还是杜晓珍，叫你阿莉，我就真的变成了个老太婆了，祖母，太奶奶，老得都要进坟墓的人喽！"她感叹，迈着缓慢而依旧稳当的小步子，用一根伸缩拐杖辅助，从屋子里走到走廊，坐在廊前的长凳子上，看她的玉米地，她如今的养老地。

她说玉米真是一种神奇的植物。在世界各地都能生长，就看你愿不愿意种。贫瘠的山地，如果种不了别的，玉米也可以长在一片参差不齐的矮灌木之中。被宇航员带上太空的是玉米，要是哪天这个蓝色星球上的植物即将濒临灭绝，玉米应该会是最后消失的粮食。

杜晓珍正说着，一只黑斑狸猫跳上了长凳子，趴在了她的膝盖上。她伸手细细地抚摸着猫光滑而柔软的皮毛。

她的玉米已经出穗了，到了收成的时节，她一定还得花不少气力在这些金色的棒子身上，雇人采摘、打理，但这对一位曾经的零售业女王来说一定不是什么难事。杜晓珍在做超市生鲜生意时，一定考察过不少的农场，知道哪里产的玉米是最好的，哪里的番茄是最新鲜甜美的。她的足迹踏遍了无数农场。

她丈夫生命的最后几年是在收费昂贵的养老社区度过的。她每周都去看他一次。她的身体还很好，他却柔弱得像一个婴儿。护工们都很不错，既专业又温柔，可他仍旧郁郁寡欢。

"我每次去的时候都会想，很多年以后，我是不是也要在这地方度过最后的日子呢？我对他充满同情。好像他不再是我的丈夫，而是一个病人，老得要走进坟墓的人。每天什么有意思的事情也做不了，不能钓鱼，不能养花，偶尔玩玩纸牌。他玩纸牌是因为只有这个他能玩好，玩别的，五子棋、黑白棋、象棋什么的，输的次数太多了，几乎都没有赢过，年轻时，他倒不是什么争强好胜之人，可越老越争强好胜了。他没那么多精力像年轻人一样通过研究棋谱和实战来提高技艺，他只能退步。不过，只要我来了，他就和一块儿玩纸牌的老人说，我太太来了，不玩了，不玩了。我们去他的房间坐一会儿，天气好的话我带他去花园里走一走。他从牌局离开的时候是最开心的，就像个孩子那样。之后，他的高兴劲就一点点消失了。就像一个气球漏了气，最后变成软塌塌的一小块。

"他不停地和我说那地方的坏话。他不明白自己为什么要待在这里，和这些红鼻子在一块儿。他们又老又奇怪，很多胖得像个怪物，走起路来摇摇晃晃，每一个都像是随时随刻会压在他的身上。他们觉得他很奇怪，瘦得和个麻秆儿似的。他们会问他东方人都是这么瘦吗？说你为什么不住在你儿子家，你们是有这个习惯的对吧，一大家住一起？他们调侃他，让他觉得自己是个被抛弃的人，好像他们自己不是似的。他说他就不该来到这个地方。我不知道他说的是养老院还是这个国家。他不会那么具体，就说这个地方。他怕惹我生气，可又要惹上一惹。他曾经说过，我是这个世界上最贤惠的妻子。但他也说过，我是这个世界上心肠最硬的妻子。

"他说我当年扔下我们的父母来到美国，一开始他并没有很赞成。他不是胆子很大的人，他担心到了异国他乡会饿死，但同时又担心当时动荡的时局会要了他的命。他怕死，哈哈，晚上听到枪声他的身体都会发抖。每次他一发抖，或是他认识的哪个人出了事，我就说，走吧。后来，他扛不住了，我们就走了。他有个多年没走动的远房亲戚在美国，给了我们很多帮助。后来我像孝敬自己的父母那样孝敬他们，直到他们去世。我丈夫有时候会酸溜溜地说我。我给他亲戚的孩子在自己的公司安排工作的事，他也不太赞成。他总有他的想法。再说，我之前曾拒绝了他一个朋友到我们的公司来。那人不可靠，却想要谋得一个重要的职位。但那个年轻人，他亲戚的孩子，做的只是一份普通的工作。那个孩子那么年轻，做人也踏实，为什么不给他机会呢？我丈夫说我不公平，差别对待。我知道他只是不知道怎么去和他的朋友解释。要面子，男人很多时候都这样，同时又讨厌我手里掌握的权力。

"在住养中心也是一样。他说这地方太糟糕,落叶归根,他连根都没有。他让我给他送中文报纸和杂志。他以前对报纸杂志没那么热衷,到住养中心以后,哪怕这些晚到了一天他都会不高兴。他生气地把报纸扔到地上,然后又费力地蹲下去捡起来。

"他其实可以上网看那些内容。不过,网络和杂志还是不一样。我也是一样,我对纸质书更感兴趣,上网是为了工作。说到网络,也真是今非昔比了。农场的运作全靠它,电脑,网络,GPS,智能化操作。"

说到这里,她的脸上露出自豪的表情,说可以带阿莉她们去参观一下。片刻后,她带她们去看了那间并不是很大的控制室。

她们跟在她的后面。这是位精神矍铄,白发苍苍却依然对工作充满能量的老太太,迈着小小的步子,虽缓慢,却稳健。在控制室,杜晓珍介绍着农场的枢纽。

"这是农场的大脑,控制着一切,噢,除了我们。"杜晓珍笑着说。

"电脑可以用来做什么？"贝蒂问。

"播种，收割，除草，喷洒农药，玉米脱粒，打包翻草，人能做的它都能做。"杜晓珍说，"农场现在已经不需要工人了。很早以前就这样了。"

阿莉想到了刘老伯，和他的村子。他的村子依然需要农民来耕作。机器能派上用场，但是没有那么大作用。只不过，村子里已经没有什么农民了。刘老伯的地在刘老伯去世后，刘老伯的村子在许多个刘老伯去世后，不知道会由谁在上面劳作。

杜晓珍带着她们去了工具间，一间独立的宽大的屋子，里面停满了七七八八的农用机械。玉米收割机，玉米脱粒机，玉米拣选机，犁，拖拉机，圆捆打包机，翻草机，撒料机，条播机，马铃薯播种机，马铃薯收获机……这些无人驾驶的战马此刻安安静静地停在它们的休息室里，休养生息，在需要的时候开足马力在农场的土地上驰骋，那样的场景一定十分壮观。

在工具间，阿莉和杜晓珍谈起她熟悉的农村，说他们依然用传统的方式耕作，自力更生，勤勤恳恳，在或贫瘠或丰饶的土地上收获。她不久前刚度过一段难忘的乡间生活，借宿在农村的亲戚家里，每天听着鸡叫起床，踩着露珠去散步。在田间地头流连忘返，听一听从稻田和山林间蜿蜒流过的溪水的声音。她说她也曾去过平原地区的农村，成片成片的蔬菜大棚，麦子地。

"哦，也是我曾经熟悉的乡村。"杜晓珍说。

接着她叹了叹气，说："都和我一样，年岁大了，也不知道能维持多久。年轻人都喜欢往城里跑。找机会，找出路，和我们当年一样。我们是因为战乱。他们是因为想要更好的生活。不是人人都想在农场里干的。"

她拄着她的拐杖，小心地在农具间走动，不时伸手摸摸那些冷冰冰的色彩鲜艳的大家伙。红的，黄的，绿的，蓝的，花园一般。

"不过，它们不能让你变成富翁。"杜晓珍说，"农民们从土地上种出东西来，总得靠商人去卖掉它们。以前，我专门卖这些东西。我超市里的生鲜时蔬比别人的更好。同样的价格，他们会来我这里，甚至更贵一点，他们也愿意来。我们卖东西有技巧。当然，种东西也有技巧，只不过这是两种完全不同的技巧。同土地，农作物，还有动物打交道比和人打交道要单纯得多。"

杜晓珍在说这些话的时候，阿莉不断在脑中回忆杜晓珍少女时代的模样。她那时的年纪比同班的同学略小一点，却更显沉稳，那时她几乎不发表观点。也许她只是将她的想法关在了肚子里，和她吃下去的东西混在一起，又重新被她的身体吸收了。

"这里像个机甲战队。"贝蒂凑在阿莉的耳边悄悄地说。

"这些家伙全都在农场上跑起来时，一定是件有意思的事。"贝蒂说。那声音刚好能让阿莉听清楚，又不让杜晓珍听见。

贝蒂在一件件农场机械间穿来插去，她喜欢这些工具鲜亮的外表。与她印象里灰头土脸的农具很不一样。杜晓珍倒是很高兴看到贝蒂对这些机器感兴趣，偶尔看向贝蒂的眼神里带着老祖母式的充满怜爱及赞赏的目光。

阿莉原以为贝蒂对农场不会有什么兴趣，就像之前的几次，对所到之处，所见之人，都表现出了一种强忍的无聊。

贝蒂刚到农场时，说这地方搞BBQ可是太棒了呀。之后就很少说话，她表现得像个礼貌的姑娘，从不打断阿莉她们的闲聊。有时候，她们说着说着，贝蒂就悄悄走到外面去了，去摸一摸黑斑狸猫，或者去看看玉米地。她们三人互不干扰。

这很难得，她似乎已经自得其乐了。这样一个年轻的女孩，在她们身边晃来晃去，身上慢慢地散发着一股年轻人特有的气息，与农场植物和牲畜的味道融合在一起，散发着果实的甜香。

阿莉开始觉得贝蒂是个不错的旅伴，至少她对农场和农具感兴趣，还有BBQ。她说她烤的东西可好吃了，说这是她唯一一会做的食物，开水泡面除外。

"我很熟悉烧烤调料，几乎所有的种类。意外吧！"说这话时贝蒂一副自豪的神情。

她把阿莉和杜晓珍都逗笑了。杜晓珍说烤架和食材她这里都有，找个时间叫上她的外孙女一起来。

参观完工具间杜晓珍打了个电话，阿莉和贝蒂趁着她打电话的时间去屋子周围转了转，她们发现了鼹鼠洞，比田鼠洞要大，湿润的小土堆，以及停在玉米梢头又很快飞走的鸟。大概是乌鸦，黑色的。

"我看起来是不是就像只知道吃喝玩乐的人，一无是处是不是？"那只像乌鸦的鸟从贝蒂头顶飞过时，贝蒂问。

"为什么要这么说呢？"阿莉说。

"你看，我只对吃感兴趣，"贝蒂说，"在这里，我是唯一看起来游手好闲的人，其实在哪里都是，你早就看出来了。"

阿莉蹲下身，揪了根路边的杂草，想着怎么回答她。她看起来有点忧郁。

阿莉没有回答她是还是不是，贝蒂也蹲下身，学着她揪了根杂草。她将草绕在手上，深绿色细细的草茎很快就断了。她似乎有点失望，将草扔在了地上。

"我一直就给人这种感觉。从小到大。不干什么事，也干不了什么事，除了玩。"她说。

阿莉伸手拔了一根长着长长的穗子的野草递给了贝蒂。贝蒂开始用手指缠绕着草茎。她绕得很紧，草茎将她的指头卡得发白，整根绕上去后又欻地松开，被缠过的指头又变红了。

贝蒂绕着草茎，开始说她在乡下度过的童年生活。她的奶奶家有成片的麦子地，她每年都去奶奶家过寒暑假，像每一个从城里到乡下过假期的姑娘那样开心，也在那里交到了朋友。她家里有钱，她手上有许多那些孩子喜欢的东西，小玩意儿，糖果，他们没见过的零食。他们总会变着法子逗她开心。当然也有不喜欢她的，远远地躲着，看着，和别的孩子说她坏话。有的孩子把将坏话转告给她当成是一件可以换得奖赏的功劳。

"我还是个孩子。虽然他们也是孩子，可他们还是和我不一样的孩子。"贝蒂说。

她奶奶不太管束她，也不觉得别人会对她的孙女怎样，可贝蒂还是被两个孩子骗进了麦子地，然后他们不见了。他们玩捉迷藏，也许他们是故意不见的。这样她才能轻易落到那个从来都不和她玩，只是偶尔远远看着她的大孩子手里。他很用力，把她都弄疼了。他抱了她亲了她，还摸了她，然后就听到了别的孩子的声音，他放下她就走了。那两个孩子在不远不近的地方叫她，等她应声才过来，像是商量好了一样。她被找到了，游戏结束。他们一起从麦子地走出来。那两个孩子一直跟在她后面，一句话也没说。

后来的几天，她病了一场。接下来的寒暑假，她就再也不去奶奶家了。她主动要求她的父母给她报了才艺班，去学原来讨厌上的钢琴、舞蹈和绘画的课程。

草茎又将她的手指勒得通红。

"我想过和我妈说这个，可她一点也没问起我在乡下的事，她问的问题都是我不想回答的，没意思透顶的问题。哪怕她问一句，那边怎么样？有些什么好玩的事？那我就会和她说。有一段时间，我是真的很想和谁说一说。好几次面对我妈，话都到嘴边了，可是机会却突然失去了。后来我要去学钢琴了，不再去奶奶家，她就只是高兴。好像这是理所当然，女孩子长大懂事了。女孩子都是这么长大的。"

贝蒂一屁股坐在了地上，松开了绕在手指上的野草，扯了一大把的野草，把它们排在脚边，再一根根将它们弄成一截一截。

"他其实也没把我怎么样。很长一段时间里，我都在想这个，想说服自己——他没把我怎么样。也许是不敢，可又非得干点什么。我不太了解那些人，不了解那个村子。我总是把事情想得很简单，有时候觉得自己真是活该。"

贝蒂用英文说了句脏话，仿佛在异国他乡用英文才能更恰当地表达自己的情绪。

"我一直在等机会，等我和我妈聊天时有什么机会可以切到那件事，是不是有条小路可以通往那个方向，可她没给我机会，而我一人又不敢朝它冲过去。那里有条蛇在扭。她嫌我和她讲话心不在焉。没错，我对她和我说的那些不感兴趣，我心里只想哭。

"后来，我自己去找了心理医生。那都是上高中后的事情了。我没变得更好，也没变得很坏。就这样凑合着过。我话变少了后，就会悄悄地观察我爸妈。我有时候配合他们完成他们想要营造的氛围，有时候会破坏。不过，我不想暴露我自己，我还是装作什么都不知道。除了在高中毕业时故意和我妈说了那句——你们为什么不离婚呢。

"他们现在可算是离了。我说我不想管他们，不想理他们，可我比谁都想弄明白他们，他们会想要知道我在想什么吗？他们可能只是想着——现在的年轻人的脑子里不知道在想什么。年轻，任性，这些标签和他们无关，是这个社会把我变成这样的——现在的年轻人，都这样不着调，和他们那时候不一样。他们喜欢这么说。

"他们给我钱花，这是他们唯一能表达出来的爱我的方式。他们不缺钱，大方得很，他们也不管我工作。我每一份工作都干不长，不高兴就不做了。没必要受气，他们这么说，多练练手，多点社会经验。他们认为这是好事。我愿意去工作——这点值得他们高兴了。私下里，他们在别人面前夸我，说我比很多人家的孩子强。那些败家子，他们这么说，提也不要提。

"我说我要去游历。他们也没反对。也许哪天他们觉得我该结婚了，又会想办法把我抓回去。他们就是这样。"

贝蒂在草地上躺了会儿，看了看天上的云朵。那些云朵移动得非常慢。

"我也做了些坏事。我用陌生的号码给我妈妈发消息，用一些挑衅的话语，她会以为是我爸爸的情人，可她的反应总是让我失望。后来我在我爸衣服口袋里放东西，比如从我同学头上偷偷揪下来的长发，或者一支用过的口红。我把口红粉底蹭在我爸换下的衣服上，他们有时会因为这个争吵。当然都是很隐秘的，因为我没看见。但家里的气氛不一样了，我能感觉出来。

"你看，我真是个坏姑娘。"

"嗯，不错。你是。"阿莉说。

"我以为你会安慰我几句。"贝蒂看着她，把草扔在了地上。

阿莉拍拍她的背，什么也没说。

"这几天我梦见过他们。"贝蒂说，"我很久没梦到过家里的事了。"

"你梦到他们什么？"

"忘了，很模糊。我睡得很好，在这里居然有难得的好觉，我应该没做什么噩梦。"贝蒂看了她一眼，又看向远处的地平线。

"可我总是会想起他们。我会想我妈妈在做什么，她独居后每天会和谁在一起，想着这个时候那边是几点钟，她每周是不是还要煮一大锅桂圆银耳莲子汤，她可能会减量，毕竟一个人，她有时候会放燕窝，但我不喜欢她放燕窝。我爸其实不爱喝甜品，可每次都会盛一小碗。他们很少给我打电话，现在我们三个都自由了。爸爸可以再找个女朋友，他和女朋友在一起的时候，他会用什么样的眼神去看她呢？"贝蒂转过头来看阿莉，"你说，这到底是好奇还是想念？"

"你觉得呢？"

贝蒂低头笑了笑，下意识地摇摇头。她站了起来，扔掉了手里的草茎，拍了拍裤子上的尘土，说要回去了。

她们一起朝那个长廊走去，路上，贝蒂提起了林先生，这几天，他们每天都打电话。

阿莉每回开玩笑说到"你的林先生"时，她会说："噢，那不是我的。谁的也不是。"

某个早晨，阿莉被掠过玉米地的鸟群吸引，独自出了卧室，穿过前庭，来到了空旷的原野。鸟儿盘旋在她的上空，似乎并不介意她的存在，也不会受她的惊扰。满眼是绿色灰色白色，她穿了件湖蓝色的上衣。这件衣服一直伴随着她的旅途，老老实实待在旅行箱里，这似乎是在昌平路288号就被赋予的使命，尽管当时，是随手被她塞进箱子里的。之前她只穿过一次。

现在她突然喜欢上了这件衣服，保不准它还有些别的寓意，很多时候，物品和事件都带有未解的密码，由一个人漫长的一生来解答。

她为什么会突然喜欢上这件上衣？仅仅是因为它被忽视的美？因为随着行李和她周游世界而显得特别，又或者它带有那幢房子的气息？还可能是其他带来的衣服因为各种原因——破损、弄丢、不合适，被中途丢弃，也有可能和这些表象的原因毫不相干。它就是此时此刻穿在了她的身上，而此时此刻，她突然感觉到了喜欢。这个喜欢包含了更多，她喜欢那个"更多"的部分。那说明，她的路并没有走到尽头。

李明亮给她发了一条信息。"琴琴怀孕了，她要拿掉。我说服不了她，因为不在她身边。"

琴琴回老家了。李明亮去看过她两次，想劝她回来，不过是徒劳的。

阿莉没有立即回复他的信息。一切都显得很遥远，不论是李明亮和琴琴，还是她和他们。天上的飞鸟离她更近了，几乎要紧贴着她扇动翅膀。羽翼的振颤幻化成风，吹过她的颅顶。她盯着离她最近的那只，羽毛呈蓝紫色光芒。是大尾鹩哥，有的地方称作乌鸦。

它们自由，散漫，肆无忌惮。好似，是她无礼地擅闯了它们的领地。

回到屋子里，女管家已经在餐厅摆上了食物。杜晓珍用农场自产的东西来招待她们。新鲜的蔬菜、牛肉、蛋、奶。杜晓珍说她其实挺怀念家乡的口味，只不过年纪大了，实在是不方便再下厨了，大家将就一下，得州风味也不错。

这不是客气也并非托词。阿莉从中分辨出了一些些无奈，是那种对大部分事情都无能为力却依然有期待的愁绪。

杜晓珍感叹说，舌头都快忘记中餐的味道了，幸好脑子还记得。

"那是记得很清楚的，越来越清楚。"杜晓珍说，"我记得学校右边巷子里的面馆里的细面，素浇头的最喜欢，青菜腐皮面筋香菇。我家出门右拐到瑞祥街街口的包子铺,那里的冬菜包子做得好,我总买来当早点,冬笋上市的时候他们会做一种蒸饺,据说是老板娘家乡浙江义乌的口味,一种荞麦面蒸饺,素馅的,里头有蘑菇、粉丝、冬笋,那味道我至今忘不了,还有德宝楼的麦芽塌饼。这些你们现在恐怕都吃不到了。会做的师傅早就不在了,手艺很难传下来。麦芽塌饼是用麦芽和苎捣烂做成饼,豆沙做馅,辅以枣泥猪油,美味得很。我一次也吃不多,不过我们有个同学许曼丽,她很厉害,每次到我家做客,我以甜食招待,她一口气能吃很多,花生酥糖,芝麻酥糖,可可糖,粽子糖,桂圆糖,摩尔登糖,连八宝饭也很爱吃啊。"

"天哪,晓珍奶奶你说的那些我都没有吃过,原来还有这么多好吃的。我一直以为你们那时候,好吃的没现在多呢。原来是我孤陋寡闻了。做你的女同学好幸福,我好想穿越呀!"贝蒂惊呼。

杜晓珍笑了,拍了拍贝蒂的肩,继续说道:"那时爱做的许多菜到美国后都不太做了,心情不一样了,我丈夫很快就适应了当地的饮食。我还没嫁给他时,他也就喜好西餐。他爱吃烤鸡、猪排。喝牛奶。爱啤酒胜过于黄酒、白酒。他喜欢和朋友骑着自行车去找地方搞野餐，带的也都是啤酒，面包，三明治和烤鸡。那时我就说，你那么爱吃西餐，不如去美国定居吧。那时候是玩笑话，后来，我们真的去做了。要是他像我一样留恋瑞祥街的包子，隆马巷的咸牛肉，德宝楼的麦芽塌饼，他说不定就像他的很多朋友那样留下来了。

"他这人很矛盾。到老了提起这件事又总是埋怨多。埋怨我把他骗到这个鬼地方来了，埋怨我扔下了我们的父母，他连他母亲的最后一面也没见到，埋怨我狠心留下老人，让他们在那里经历了那么多磨难。多少年来音信全无，让他牵肠挂肚。他年纪越大埋怨得越多。很多人是年纪越大越通透，他却相反。年纪大了，就完全像个孩子了。我的道理在他那行不通。"

杜晓珍笑了。像在说一位故去的老友。她把土豆切成小块，蘸了酱汁，小心翼翼地塞到嘴里。她装了一口假牙，它们齐心协力与舌头一同将土豆送进胃部。阿莉庆幸自己没有一嘴的假牙，也不用借助拐杖走路。相比较这些，脸上的皱纹和皮肤上的斑点又能算什么呢？那些与自己同时年轻过的人老的老死的死。只剩下自己光鲜亮丽，这是件悲哀的事。

假使她的身体如同普通人一样，拥有着那种循序渐进的衰老方式，她说不定会在自己离开这个世界之前想明白她存在的意义。但更大的可能是，如同这世上千千万万的普通人，终其一生，对这问题索求未果。普通人，也只有到了杜晓珍这个年龄才能真正进入那个幽暗的，被死神控制的领域，去窥得人生的秘密，而那个时候她不得不借助假牙和拐杖，不得不应付身体的各种病痛，以及依然纷繁复杂枯燥无聊的日常琐事。

阿莉看着坐在餐桌对面优雅进食的老妇人。这位曾经的同学中活得最长久的，以不被她们所知的方式度过人生的起伏。

阿莉已经没有了那种窥探的欲望，她不会再像以前那样，变成一片纸片从别人的窗缝里溜进去，只为了看看对方的睡姿，听一听对方梦中的呓语。她不会再用这种近似作弊的方式去探究一个人。那只是为了满足好奇心。

你无法通过偷窥的方式与一个人心灵相通。因为那缺乏坦诚。

她回想往事，那些将邮筒塞满的信件，那些真心倾吐的秘密像泥土和雨露滋润一株植物一样滋润着她，让她枝繁叶茂，繁花似锦。那些秘密，就像旷野里的飞鸟，从那些纸片上跑了出来，成为她身体的一部分。造就了她，影响了她。某一天，它们又悄然消逝。

有很长一段时间，她都把杜晓珍遗忘了。杜晓珍就像她记忆之中的一粒普通的沙砾，当她惊觉时，沙砾已然成了珍珠。

杜晓珍叫她阿文，不叫她阿莉。阿文也许在杜晓珍的记忆里也消失了很久，而今突然出现了。想想真是可笑，她成了她自己的替代品——阿莉成了莫文锦的替代品。

甚至连阿莉这个身份也不是真实的。但现如今，它存在于贝蒂的记忆里，也存在于刘老伯、阿仓、李明亮、琴琴、李小嗳、雪儿的记忆里。而莫文锦，如今只存在于杜晓珍的记忆里。

贝蒂在叫她："莉莉姐。"

贝蒂在和杜晓珍聊着事。她们要办一个小派对，烧烤派对、农场聚会。杜晓珍打算邀请她的孩子们前来，儿子、女儿、儿媳妇、女婿，还有孙女孙子外孙女以及他们的男朋友女朋友。

阿莉在想莫文锦的事，现在被贝蒂给拉了回来。她又变成了阿莉。

"农场派对。想想吧，一定很有趣。晓珍奶奶说要欢迎远道而来的客人。"贝蒂兴奋地说。

在一个空闲的上午，阿莉给琴琴打了个电话。琴琴最近几乎从社交平台上消失了，阿莉问琴琴最近在忙什么，为什么都没看到她的任何动态。

琴琴说太忙了。母亲身体不好，已经到了需要人长期照顾的境地。她说了一个疾病的名称，语速非常快，那名称太过专业太过拗口，阿莉想它可能有一个通俗点的名称。大概琴琴已经和很多人谈论过那个病了，疲倦得不想再过多提及。病的事，李明亮倒是没有和阿莉提过。

琴琴的父亲，在母亲身体慢慢变差、没办法保障他以往的舒适的生活后，倒是早早地住进了老人院。母亲仍旧在家里，保姆换了几个，一直不理想。

对于琴琴父亲去老人院的决定，她一方面理解，另一方面又感到委屈、落寞。

琴琴陷入了两难的境地。她不能无限期地待下去。

说到怀孕的事，琴琴解释说是虚惊一场。

"没有，是我搞错了，但是我现在还没告诉他搞错了。我想看看他最后的决定。"琴琴的声音很轻，带着一种不容置疑的坚持。

阿莉说："别把简单的事情搞复杂了。"她甚至不知道琴琴说的是真还是假。她的肚子里，到底有没有一个未成形的生命？而这又预示着什么？

她曾经是一个伟大的母亲——让丈夫折服、敬仰的母亲。当然，现在也是。她听到了身边那个小人儿软软糯糯又甜脆的声音了。

最后，琴琴让雪儿讲了一会儿电话。在那短短的十分钟里，小姑娘把一切都带到了从前。带到了那个微风习习、蝶飞蜂舞、洒满阳光的月季庭院。

电话讲完的时候，阿莉感到了一阵晕厥。她倒在了离她最近的一张靠背椅上，在那里昏睡了两三个钟头。

大家都在为农场派对的事忙碌,阿莉却显得心不在焉,贝蒂很投入,和管家丽萨配合默契。贝蒂和丽萨,听起来真像一对好朋友。初到农场的两天,阿莉与杜晓珍聊天时,贝蒂在房前屋后走来走去的,拉拉玉米叶子拔几株鼠尾草什么的。她有时候会去找丽萨聊天。她们总有东西可聊,那只属于她们的话题帮她们建立了友情。BBQ派对说不定就是丽萨送给贝蒂的礼物。她会和杜晓珍提议的。

杜晓珍的外孙女在派对那天下午回到农场。她叫小玲,长着一副东方面孔,她父亲是美国人,她只遗传了他褐色的眼睛和高鼻梁。她那辆蓝色皮卡引擎声戛然而止时杜晓珍早已站在门廊上等她了。

小玲下了车,快步走上回廊,给了外婆一个结实的拥抱。接着她去车里取东西。她从上面搬下了两箱果味汽酒和一桶生啤,还有一个黑色行李袋。贝蒂和丽萨上去帮她把东西拿到了屋子里。

"我本来早就想回来了,公司的事情牵住我了,外婆。"小玲用一种无奈的眼神看了看杜晓珍,"你下回还是和我妈说说,把我在公司的职务给免了吧!"

杜晓珍笑了，上前拍了拍小玲的额头。

"我觉得我更适合经营农场。"小玲又说，一口标准的普通话。这点令阿莉感到惊讶。

"你看，我还是比较适合这样的打扮。"她指了指自己的身上。白色印花T恤，热裤。

"职业套装让我水土不服，外婆。"小玲耸了耸肩，歪着头看了她外婆一眼。

"小玲穿着这身去公司都没问题。"杜晓珍说。

"外婆，要是妈妈也像您一样开明就好了。"小玲说。

"等她做了外婆就会开明了，至少对她的外孙女会开明的。"

"是，您说得对！"小玲笑了。

小玲毫不费力地就将一箱果味汽酒放在了第二层的置物架上，放好东西，她又拥抱了每一个人，说有客人来实在是太好了，烧烤派对已经很久没有搞了。她说以前喜欢在农场开派对，邀请她的朋友们过来。只是母亲不太喜欢她这样，对她提出了要求，要是她总是在农场做派对主人，让母亲的屋子周围停满各种各样的卡车，就禁止她再去了。她不想母亲那么不高兴，毕竟母亲生她的时候是难产，差点没挨过。所以，她现在只偶尔去参加朋友们的派对，在自家就不再折腾了。

"你们得保证丽萨不去告密。"她偷偷地在阿莉的耳边说。

"丽萨是个和善的女人。"和小玲一起准备室外的桌椅时，阿莉说。

"对。她很和善，对我们也很好，把外婆也照顾得很好，农场的工作她也做得很好。可是母亲问起我的事，她只是选择不撒谎而已，即使我说这是我的秘密，请她别告诉母亲，但她也没理由像外婆那样帮我保守秘密，做我的同盟。"劳动的时候，那姑娘说话语速很快。

"再说，她也许觉得这不是什么大不了的事。也有可能，她本来就不太喜欢那么频繁的派对，觉得这打扰了外婆的清静。谁知道呢？她不会告诉我。费心去猜也没什么意义。现在，我已经不是当年的小丫头了，没那么热衷于热闹和聚会，还有许多更重要的事情要做。"

一阵来自玉米地的风从她们之间穿过，柔软的发丝扫过小玲光洁的额头。

"感谢这些风,我们不至于搞得满头大汗。"小玲说。

"风吹过玉米地的声音很好听。"

"没错,这是这个世界上最好听的声音。"小玲望了一眼远处的玉米地。

"你很喜欢这里?"

"是的。外婆买下这个农场有一部分原因是为了我。"小玲在清理烤架,那东西看来是有一段时间没人使用了,需要好好擦一擦。

"小时候我跟着外婆和妈妈去一位墨西哥人的家里参加一个农场派对,那主人是我外婆的朋友,我和他们家的小孩子一起玩,在玉米地里捉迷藏。对我来说,那就像一片原始森林。我把自己藏在里面,以为他们发现不了,可是很快被找到,但我每次都找不到他们。他们是这片玉米地的主人。玉米地总是会把主人藏得好好的,我羡慕他们有自己的玉米地。我觉得在那里比去游乐场玩得更开心。外婆摘了新鲜的玉米叶给我扎了一只小马和一只长颈鹿。我把它们都带回了家,放在我的书桌上。小马和长颈鹿现在还在我城里的家中。我从母亲那儿搬出来的时候，把那两个小玩意儿塞进了行李箱里。"

"为什么不带来这里？"

"我有不少时间住在这里，所以它们更应该放在城里的家，这会让我感觉更好一些。"

小玲笑了，她已经把烧烤架弄干净了。她将木炭放在烤架边上，又去布置彩灯了。她把那些好多年没用过的灯从贮藏室取出来，扫干净灰尘，挂在院子里的灌木和小树上。

"到了晚上，会散发出五颜六色的光芒，很美。人造的东西也会很美。"小玲说。

阿莉想到那个温馨的场面，面露笑容。她看了看贝蒂，贝蒂正和丽萨小声说着什么。贝蒂喜欢热闹，那能让她忘记忧伤——它有时候也像暴风雨一样不受控制。

杜晓珍在房间里休息。她得小睡一会儿，晚些时候才有精力来接待客人。平常这个时候她不会刻意去睡觉，她大部分时间都坐在长廊上，看着远处的风景，喝着咖啡。有时候也会在不知不觉中睡去，丽萨会过来给她盖上一条毯子。

阿莉想起小玲对丽萨的评价，她告密也许只是出于职责。那时她刚刚接手这份工作，那么做只是出于公事公办。现在的小玲也不是当初那个热衷于农场派对的少女，她承担了许多农场的工作，和复杂的机器、电脑软件、操作系统相处愉快，和它们成了相互信赖的伙伴。她把这当成了家，不再是一个玩乐的场所。

不管怎样，这里常年待着的只有她们三个人。

丽萨和小玲的聊天大多是关于农场的事，关于这座房子的事，以及即将要办的派对的事，谁要来，谁不来，来几个，为什么不来，顺便说两句他们的近况。小玲的父亲，母亲，父亲的女朋友——从这些对话里阿莉才知道小玲的父母在小玲上中学时就分开了。丽萨会发表几句看法，关于那些事的，和其中某个人的。

丽萨和贝蒂说话时声音更小一些。如果不是离得非常近，就听不清楚她们到底在说些什么。说到兴头上，她们也会忍不住大笑一下。

阿莉和杜晓珍聊天，回忆过往，陷入时间的漩涡时，她们的身边，某些微妙的化学变化也正在进行。贝蒂和丽萨也许只是从一场寒暄开始,一场突如其来的凉风,或是一只从她们眼皮底下飞过的鸟。

"它叫什么名字?""某种雀。""有什么习性。哦,我喜欢鸟。""是吗?比你更年轻时我也喜欢。我那时住在一片树林边,那里有很多鸟。"就是这样,一只鸟就改变了一切。她们说了会儿鸟,又去拿了喝的。丽萨煮咖啡的水平很高。贝蒂喜欢在红茶里加柠檬汁,还得加点糖。她喜欢加赤砂糖而不是白色的方糖。她有弄点糖到舌尖上的习惯,丽萨也会说起自己的怪癖,两人哈哈大笑。鸟的话题没有了,很快又会有别的,直到阿莉和杜晓珍说完了话,从某个地方走出来。贝蒂说,她得去找阿莉了。丽萨则说,她还得去准备晚上的比萨面团。从对方的表情里,她们可以确定,今天是愉快的一天。到了晚上,睡前的某个时刻,她们会突然想起对方,然后会意地笑一笑。

"丽萨最近似乎很高兴,好像和以前有点不一样了。是因为你们来了?"小玲对阿莉说,"这样挺好的。"

天边最后一缕云彩消失的时候,小玲的母亲赶到了。阿莉可以从她身上看到杜晓珍中年时的样貌。杰西卡是杜晓珍的小女儿。杜晓珍过了四十岁才生下她，她看起来更像一个美国人，没有杜晓珍身上的那种属于东方女性的婉约、优雅、隐忍。不过，她依然讲一口流利的中文。

女儿上中学的时候，杰西卡和丈夫分居了，一段时间之后，他们就办理了离婚手续。他们依然定期带着孩子来看望杜晓珍，他们看起来没什么问题。他们有各自的工作，杰西卡在杜晓珍的公司上班，她丈夫马克在自己的诊所工作，互不干扰。杜晓珍对这位有一技之长的全科医生很有好感。他对待任何人都有着医生般的耐心，每一次杜晓珍有什么不舒服，他都会耐心地替她检查，替她开药，并嘱咐她按照正确的方法服药。来探望她时，他也会时不时地关心一下长辈们的身体。除此之外，他还会陪着她在厨房聊天。而杰西卡则跟着她父亲在客厅看电视及闲聊。杰西卡几乎不来厨房帮忙，她顶多进来从冰箱里拿一瓶饮料或者看看他们晚上吃什么，说一句"妈妈辛苦了""妈妈我爱你"之类的话。当然还有专属于女儿的那种亲密的拥抱、贴脸亲吻。可马克不一样，他总有一些适合他们聊的话题。他关心他们的身体，也关心他们的其他状况，这倒不仅仅是因为出于他的职业敏感度。他关注自己岳父的更年期反应并悄悄向杜晓珍提供专业的意见，在厨房而不是在他的私人诊所。杜晓珍说，丈夫是绝对不会去马克的私人诊所看这方面问题的。他们夫妻两人都经历了一段难以适应的烦恼时期。那段时间，她很感谢马克的理解和帮助。可杰西卡对这些并不太知情，马克也许没有告诉她，也许提过，可她没有太在意。杜晓珍不清楚杰西卡是怎么想的。马克比别人的丈夫都有耐心，杰西卡还是不满意，又从来不说具体哪里不满意。有一天，她告诉母亲自己决定和丈夫分居。她说，小玲长大了，可以自己照顾自己，他们分开不会对小玲造成生活上的不便利。杜晓珍不清楚杰西卡到底想要什么，一件衣服穿久了要换个新款式？也许没那么简单。她后来又连续交了几个男朋友。马克后来也有了女友。家庭聚会时，他们曾经带了各自的伴侣过来。

"作为旁人，我们有时会觉得一团糟。"杜晓珍笑着说，"杰西卡和马克没感到有何尴尬，他们两个，至少杰西卡，从没认为结束婚姻是什么错误的事，她说这是她这辈子做的最正确的决定。我希望她不是装的，不要一个人回家，又躲在厕所里偷偷地哭。小玲理解和尊重母亲的决定。杰西卡对小玲没有马克那么有耐心。马克在的时候，她们母女俩的一些矛盾提前就被马克给消解了。马克知道她们矛盾的爆发点，会尽力避免。杰西卡喜欢绿色，小玲喜欢黄色，他们家的厨房就用了这两种颜色搭配进行装修粉刷。小玲做了一些无关紧要却会让杰西卡生气的事，马克总会替她保守秘密。可能某种意义上，杰西卡被孤立了，但这肯定不是离婚的理由。小玲说他们分开了也好，对各自都好。她已经长大了，会用一种宽容的姿态对别人谈起这些。杰西卡和马克离婚前分居的那阵子，杰西卡住到我这里来，她让小玲过来。小玲待了两周就走了，她说想寄宿。马克同意了，杰西卡却不同意，她不想小玲这么早在她的监管范围外找男朋友。她可真矛盾。她自己要逃离婚姻，解除束缚，对女儿又这么严厉。小玲找个男朋友并没有什么问题，只要是个好男孩。杰西卡说男人并没有那么简单，很多都是草包和无聊的家伙。我不知道她为什么要和小玲说这个。她们一吵起来，说话就没遮拦。杰西卡说完没多久，她自己又交男朋友了。小玲上了高中后也交了男朋友，杰西卡从来都没喜欢过他们中的任何一个。小玲也一样，从没喜欢过她母亲的任何一个男朋友。

"前前后后已经有三个男朋友了，要记住他们每一个的名字都困难。每次我和杰西卡说这些，她就说我先生可从来不唠叨她的这些事。对，她爸爸不是那么喜欢马克，马克只是个医生。他希望杰西卡可以找个银行家或是律师。他就喜欢和那类人打交道，他在高尔夫球场或是晚宴上结交的都是那类人。

"可他当初也没反对他们在一起，他和马克一起去钓鱼，一起去打球，看起来像是一对相处和谐的翁婿。小玲出生之后，他们一家三口每周都会到我们家里来吃一顿晚餐。杰西卡在公司的工作让她爸爸很满意，他觉得女儿简直棒极了，以后女儿会是一位商业奇才。他总是这样得意洋洋地和我说。他说可惜马克只是一个医生。那时，我感觉他在讲一个笑话。他说也许有一天杰西卡会看不上马克然后把他甩了。我说不会的，我女儿不会因为他是个医生而把他给甩了。他说没准儿,那是他的女儿,他知道她想要什么。

"后来,他们真的分开了。"杜晓珍说。

"活到这个年纪,就像濒临灭绝的物种,正处于旺盛生命期的年轻人会觉得惋惜。我们迟早要走,该淘汰的自会淘汰。就像黑白电视机和双缸洗衣机。"

"生命的最后那两年,我的丈夫总是后悔他当初的决定,也后悔听从了我的建议。那时,他在一座养老院,周围人的头发和肤色都与他不同。实际上,他的后半生就在一座又一座这样的城市里奔波,辗转。那时,他是自由的,他没说过要回去。进了养老院,他的身体不自由了,他开始说他之前从不说的话。怎么来到这个鬼地方?这个鬼地方。他唠唠叨叨地重复这样的话。他说的鬼地方是说那座养老院?还是说我们生活的这个地方?这个城市?也许一开始只是说养老院。后来,他的思维就完全不受控制了。他的脑子把一切都想得那么糟糕,他之前努力建立的世界,全都崩塌了。

"他的身体下滑得太快。过多的抱怨和越来越怪异的脾气,慢慢地让孩子们也不太愿意去看望他了,包括杰西卡。这让他受不了，他说他们不孝顺。说这个国家这片土地，就没教会他们孝顺。百善孝为先，他说不该在这个地方生下他们，不该来这里。不来这里他就儿孙满堂，床前床后都会有人服侍，就像他的祖父祖母那样。

"他在养老院也没交到特别好的朋友。他之前的朋友，有的去世了。没去世的，和他一样进了养老院，在不同的地方。没进养老院的，也没那么多体力来看望他了。除了我。可他从没把我当朋友。"

说到这，杜晓珍停住了。

"我很少和别人说这些。"她叹了叹气，"不要让自己陷入这类烦恼。"

这段谈话是在派对开始之前。客人陆续到场之后，他们都围着杜晓珍问候，她在人群中具有绝对的地位——受人尊敬的老祖母。

像每一位老祖母一样。

派对开始后，所有人看起来都很快乐。小玲打开了音响。她选了几首适合今晚氛围的，带点乡村风格的爵士乐。杰西卡觉得可以再乡村一点，就像她年轻时烧烤派对常常响起的那种音乐。

"不过算了，这样也行。"后来她又说。

"真是怀念那段时光啊！"她对着远处黑沉沉的玉米地感叹的时候，马克看了她一眼，拿起啤酒瓶子，喝了一口。他好像在笑，又好像没有。他们偶尔会说上几句。

"这一周都没下过雨。"丽萨的声音从爵士乐中冒了出来。三三两两的并不大声的闲谈似乎因这个声音中止了。所有人都看了看天空，乡村夜晚昏暗宁静的天空，呈现出一片暗紫色，远处的天边是玫瑰色和粉蓝色。

"恐怕下一周都不会下。"有人说。

"雨水是天空的恩赐，玉米是大地的恩赐。"马克说，"他们久经考验。"

众人都笑了。之后他们开始谈起了农场的收成，谈起了马铃薯和甜菜，以及儿时对于谷仓和腌菜房的记忆。贝蒂主动去找小玲聊天，她们用中文交流。贝蒂说起了她儿时的那个大农村，也说起了麦子地。那其中不再有不快的经历。她们时而窃窃私语，时而捂嘴大笑，就像许多关系要好的女友那样亲密。

第十章

夕阳之下

贝蒂决定留在杜晓珍的农场。既然一直都没有喜欢的工作,不知道该做什么,不如留在这里。这里的植物很好,动物很友善,人也好。她愿意留在这里,和大家一起工作。

"在这之前,所有人都认为我什么事情都干不成。"贝蒂说。

阿莉看着她端着一杯加了奶的咖啡在前廊走来走去,丽萨在远处的草坪上打理,她健硕的背影像一座雕塑,雕塑上洒满了农场的阳光。

"丽萨家里有时候也有点事情,她希望有人可以和她换个手,我也很高兴能帮她。"贝蒂沉默了一会儿说,"我和小玲相处得挺好的,以后也会不错。"

贝蒂笑了笑，放下咖啡杯，将手臂举上了头顶，食指交叉，伸了个懒腰。

停在屋子前面的那辆蓝色卡车不见了。小玲一早就起来，吃过早餐后就出门了。她像个一刻转不停的陀螺。

"趁着心情好，告诉你一个秘密。"贝蒂突然回过头来，头偏向一侧，和阿莉说。

"什么事？"

"我和小玲都干过同一件事。我们都踢过男孩的那地方。她是在中学参加派对回来的路上，在别人的车里。"贝蒂转过头去，看了一眼丽萨那雕塑一般的背影。

"我嘛，就是在那块麦子地。我踢了那人一脚，我已经不太记得了。有时候觉得很清楚，就像昨天的事，有时候又很模糊，就像从来没发生过。我尽量不去想它们，小玲和我不一样，那些事她记得清清楚楚，每一句话，每一个动作，当时的天气，车子经过的房屋上悬挂的亮着灯的招牌，停车时路边的植物。她说她本来不讨厌那男孩，可他做了让她讨厌的事，她就用她的方法对付他。事后她觉得很爽。我喜欢她说这话时的语气。"贝蒂说。

"然后，就像一种魔力。我喝了一罐啤酒，和她说，我也做过这样的事，在麦子地。我那时上小学，在那里踢了一个男孩。我没告诉我的父母，他应该也没有，这事就这么过去了。"贝蒂说。

"后来我们就大笑起来，觉得我们可以做朋友。"贝蒂端起了她的咖啡杯，喝了一大口。她喝完咖啡后，说要去给丽萨帮点忙。

"农场的活儿，得慢慢熟悉起来。"她背对着阿莉大声说。

黑斑狸猫作为忠实听众，正以它最舒服的姿势蜷曲在前廊的长椅上。贝蒂走后，它站了起来，弓起了优雅的后背，伸了个懒腰，轻巧地跳到了地面上，绕过阿莉的左脚，丝绒般光滑黑亮的皮毛像风一般滑过左脚踝。

她想起胖胖。在想起胖胖的那一刹那，阿莉几乎要流出眼泪来了，从玉米地吹来的风将她即将溢出的泪水吹干了。

她将那只高傲的白猫抱来时，它只是一只走路踉跄、惧怕陌生人、时不时还瑟瑟发抖的小猫。

阿莉想起那些独自在城市街道游荡的夜晚，胖胖悄无声息地跟在身后。黑夜白爪，她有个忠诚的侍卫，有着只属于女王的荣耀。那些无人知晓的秘密，无人理解的情绪，随着雪白的猫爪，在黑暗中，在那片熟悉的土地上烙下印记。墙头的芨芨草，樟树伸向道路的枝干，一只顶着被露水沾湿早已熄灭的烟头的垃圾桶。邮筒空空荡荡，无人在那里传递信息，寄托思念。

那是蜘蛛和蜈蚣的安乐窝。它们占据了那片领地，已经不那么欢迎阿莉了。虽然曾经，她出于道义，时不时收留一下遇到大雨而无处躲藏的墙头居民。

她并不明白胖胖在想什么，可胖胖却好像是这个世界上最能够理解她的。

但愿它没有忘记她，不介意她长时间杳无音信。

阿莉转过了身，看到了杜晓珍。黑斑狸猫正慵懒地躺在她的怀里。

"你打算离开了？"杜晓珍用一种平静却洞悉一切的语气问道。

阿莉有些吃惊地看着她。

"我的老伙计告诉我的。它什么都知道。"杜晓珍抚摸着它光滑闪亮的皮毛。

黑斑狸猫眯着眼,一副不置可否的表情。

阿莉不知道杜晓珍想说什么。有许多东西裹着模糊不清色彩不明的外衣,提示着她它们的存在却又不让她看到。

"它一直跟着我?"阿莉走近了黑猫,杜晓珍叫它黑石。最初听起来像黑狮,那像一只狗的名字。

"这是它的地盘,它想去哪就去哪。"杜晓珍笑了。

阿莉伸手摸了摸黑石那身光滑闪亮的外套。它发出一声清亮的叫声,在杜晓珍怀里伸了个懒腰,以一个极其优雅的动作落地,朝着屋子的南边跑开了。

杜晓珍提议出去走走,说这样的下午非常适合散步。

的确,阳光,风以及天空中的云朵都处于一种稳定柔和的状态,令人不由自主地想往田野的方向走去。

杜晓珍走得很慢,阿莉也放慢了脚步。在农场的这几天，阿莉偶尔看到杜晓珍出来散步，她总是一个人，在周围走一走，并不会去太远的地方。出门前，她会和丽萨说一声，然后，就迈着老太太特有的那种谨慎又稳健的步子慢慢地消失在她们的视野里。不熟悉的人会觉得她这是种冒险，但对于一个腿脚还算利索的老人来说，这是一种享受。

来自玉米地的风拂过她被皱纹侵蚀的脸颊，几缕银色的发丝在耳根处舞动。阿莉伸出手，轻轻地挽住了杜晓珍的胳膊。这是她不经常做的动作——挽住女性同伴的胳膊，就好比，将自己的一部分交予对方。

透过一层棉麻混纺的衣袖，她感受到了对方的体温，和一个早已经失去弹性的清瘦的胳膊带来的触感。

这些天，她所表现出的一切都让阿莉觉得，这不应该是一副可以这样轻易老去的躯体。阿莉不希望她就这样老去，就像不希望自己就这样轻易被时间击败。杜晓珍的身体给她传递了信息——诚实的，自然的，如日出日落一般简单明了的，像露珠滑过草尖又轻轻落下。

她们默不作声地走了一段，拐进了玉米地里。那些绿色的叶片很快将她们淹没。

"阿文。"杜晓珍叫了她。

她似乎总也改不了口，一次又一次地这么叫她。阿莉早就已经习惯，习惯在她的称呼中，跨越时间，与曾经的那个自己连结。

"阿文。我们都老了。只不过，我老得更快一些。"杜晓珍停住了脚步，弓着背，伸手摸了摸一个刚刚长出了嫩黄色穗须的小玉米。

一只长脚的蜘蛛迅速横跨了玉米的腰部，去了它们视线看不到的地方。

另一只蜘蛛又从另一个方向横跨了另一只未长出长穗须的玉米，朝着她们而来，沿着紧挨着她们的那片浓绿的叶片爬行，在快接近她们的衣袖时躲到了叶片的背面。

杜晓珍和阿莉说了一些发生在叶片背面的事，听起来像个童话故事。

比如，她知道阿莉是从何处来，从一开始她就知道。

"知道了许多人所不知道的隐秘的事。这点，我和你一样。"杜晓珍平静地说。

"猫知道的事情我都知道。"她说,"它们是我最忠诚的朋友。"

"很惊讶。我从没想到,没想过我和你的故事会是这样一个结局。"阿莉说。

"什么结局?"

"势均力敌。"阿莉说,"幸好,我们没有守着各自的秘密进坟墓。"

"对,这真是一件好事。我没想过你会来找我。"杜晓珍说。

"你想过来找我吗?"阿莉问。

"没有。"杜晓珍平静地回答。

"对,你不会。"

"种下这些玉米的时候,我想过,如果你来找我,这里会是一个诉说秘密的好地方。"

阿莉笑着松开了杜晓珍的胳膊。她们找了个地方坐下:"我曾经想过,结束生命最好的方式是躺在一片郁郁葱葱的菜地里,变成它们的肥料。"

"我想到的是玉米地。"

接着她们两人都哈哈大笑,就像回到了少女时期，躲在一个谁都找不到的地方诉说贵重秘密。

这是她们的最后一次长谈。第二天，阿莉就离开了。在一万米高空，她又经历了一次晕眩，空姐给她调了一杯糖浆。

在农场，她晕了三次。除了给琴琴打电话那次，有一回是清晨起床刷牙时，另一次是午夜在走廊上散步时。那两次，黑石都在场。

阿莉和杜晓珍谈起了她的家，昌平路288号。那里有一院子的花草，她的大花香水月季，还有经历了风雪洗礼后又长高了一大截的瑞香。

"这是我最后的，也是唯一的家。"阿莉说。

杜晓珍说她一直会留在这里，直到她的身体成为玉米地的一部分。她说也许疾病会找上她，让她经历她的丈夫或者她的朋友那样的痛苦。也许她也会像她的某位朋友那样最终失去意识，不得不任听那些关心她的人摆布。

"摆布这个词用得不那么恰当，但也没有更恰当的词了。我不赞成他们刻意地维持我的生命，我要求孩子们别对我进行过度治疗，在我已经不清醒无法自己作出判断或决定的时候。"杜晓珍说。

"他们同意吗?"阿莉问。

杜晓珍点点头,说她已经立好了遗嘱,安排好了所有的事情。

"见到你,我也不再有别的遗憾了。这辈子,我活够了本。不知道你是不是这么想?"

"我不知道,因为我想做的事情都没有完成。关键是,我根本就不知道我应该做些什么。一直以来,我都在虚度光阴。"阿莉苦笑。

杜晓珍拍了拍阿莉的肩头。

"这个世界经历战争和苦难的时候,炮弹和苦难都不曾落在我身上,我活得比谁都好。炮弹和苦难杀不死我。他们炸掉了一个邮筒,又会有新的。成千上万的人提起笔给他们的亲人写信,希望那几页纸片能够穿过炮火飞到对方身边,希望对方还活着。

"我知道,战争会过去,就人类历史上任何一场战争,总会有结束的一天。我说我过得比谁都好并不是不为那些受难的人们难过。他们是这个世界最强大的物种,新的生命会替代死去的。他们很快就会枝繁叶茂,用不着我来担心。

"只是,当这个世界不再有战争,迈着大步往前飞奔，人们像曾经期待的那样安居乐业时，我的生命突然走到了终点。这有些可笑。"

"而你也不会像年轻人那样大喊一声，让这个世界见鬼去吧！"杜晓珍说。

"会，但不是现在。"阿莉说。

她们各自想象了生命终结的那一天的情形，列举了种种可能。比如，阿莉说她的影子会彻底消失，人也变得半透明，接着，她躺在一片萝卜地里直到从天而降的一阵雨水把她冲洗得无影无踪。杜晓珍则说她会躺在卧室的睡床上老老实实地闭上双眼。黑石卧在她的身旁，用它的皮肤测量她渐渐消失的体温。而后它会大叫一声，跳上了窗台。那窗子外远处的玉米地会传来一阵阵哗啦哗啦的声音。它们最终会接受我。我会让小玲给我立一块小巧简朴的墓碑。

"不过，也许他们最终会让我去墓园和他们的父亲在一起，"杜晓珍摊了摊手，"他们觉得葬在玉米地不合乎规矩。"

后来，她们花了很长时间回忆了各自的少女时期。杜晓珍回忆了她第一次和一只流浪猫交流后的心情，那时她才四岁，还不会说话，她寄住在姑母家，每天无所事事又没有玩伴——对到了四岁仍不会说话不爱笑的女孩来说，找一个玩伴的确不容易。她每天坐在屋子外面的台阶上，等着一只黄白花纹的猫来找她，她准备了食物——悄悄地从一日三餐中省下来的碎馒头块。她们沉默不语地交往了一个月。她在心里给它取了名字，月亮。某天，月亮突然和她讲述了它的经历，用着一种咕噜咕噜的奇异的语言。她高兴坏了。月亮你太好了！她竟然大叫了起来，抱着月亮在巷子里奔跑。那时，巷子里有两个坐在门口摇着蒲扇聊天的老奶奶见证了这一切——她抱着猫在街上奔跑，嘴里喊着，月亮你太厉害了！第二天，别人就说，是猫教会了她说话。

这件事很快就被他们家的大人淡忘了。不久后，她离开了那条巷子，回到了自己父母的身边。他们做生意赚了钱，生活好了起来，为了弥补他们不在身边对她产生的影响——比如到了四岁还不会说话——他们给她吃好的，穿好的，供她上学，就像大户人家的女孩子那样。

后来她认识了阿文——莫文锦。

阿文的秘密是某只流浪猫告诉她的。那只纯黑的公猫是真正的午夜街头之王,有一堆女朋友,它小时候差点被一只狗咬断喉咙时,杜晓珍救了它。

那时候,她们谁都没有干扰对方的生活。因为一切初生,所有的所有,似乎才刚刚开始。

而如今、未来,也不会互相干扰。因为故事,即将终结。

"不会再见了吧?"

"也许。"

"那再见。"

"有些遗憾的。"

"是啊,没有遗憾,我们所追寻的一切,就没有了意义。"

"嗯。再见!"

这是她们对话的最后内容,由几只躲在玉米叶片背后听过她们长谈的蜘蛛作证。

阿莉终于结束了漫长的旅行,回到昌平路288号。几天后,阿仓来看她。

他们在客厅喝茶叙旧,感慨了下时光如流水。阿仓说,生活并非一成不变,你离开的这段时间,这地方到底还是发生了点变化。比如说，他自己谈了场恋爱，分了次手，刘老伯也迎接了人生新篇章。

他从衣袋里掏出一张小巧的结婚请柬。比常见的尺寸要小，上面的图案充满童趣。阿莉不敢相信，这是来自刘老伯的结婚请柬。他怎么会选这样的请柬？

她打开那张小巧的粉红色卡片，里面有新婚夫妇的照片，十级美颜精修后的图片，刘老伯的皱纹都要不见了。他身边的女人看起来挺和善，微微笑着。

阿仓说刘老伯的新妻子是开中医诊所的。之前他的脚是她给治好的。他一趟一趟地去，敷药换药。最开始去得不情不愿，阿仓每次来接他过去，他都推三阻四。不知从什么时候起，刘老伯去看医生就很主动了，方便走动之后，就不再让阿仓陪去了。

半年前，他们扫除了一切障碍，决定结婚。他们需要一个仪式，像所有新婚夫妻一样，他们找了婚庆公司，请了最好的司仪，在城区的酒店摆了宴席。

这一切，刘老伯并没有告诉阿莉。她回想起和刘老伯之前的相处，无声地笑了笑。

"打你电话也不接。后来，发现你已经回来，都不告诉我一声。"阿仓的语气有些埋怨。

其实，这段时间，阿仓总会在 HELLO 社区和她互动。因此，并没有那么强烈的非要通个话说点什么的欲望。各自社交平台上都能看到动态，心里都有一种你在干什么我都知道的感受。

阿莉每个月给刘老伯打个电话，了解一下他的近况。他的回复永远都是那么几句，身体挺好的，村子里也挺好，菜地里的菜也不错，偶尔会和她说某位老人去世了。他总是匆匆挂断了电话，说长途费挺贵的。阿仓送了他一台电脑，说是可以和阿莉视频用，可惜他始终也没学会。那时候他的脚伤了，做什么事情都没耐心，脾气也坏。后来脚好了，他就忙着和陈大夫谈恋爱了，也没工夫理会那台电脑了。后来他也弄了个手机，可以随时随地和陈大夫语音视频。那时，阿莉还是和他保持着每月一个电话的习惯。

距离产生美——她总是想到这样一句话。

两位老人的恋爱遇到一些阻碍，主要来自陈大夫的子女。他们不觉得一位公立医院的退休医生嫁给一位农民有什么好处，他们的母亲不是赤脚医生，是正儿八经上过医学专科学校的，他们的母亲在上大学时，刘老伯在田里犁地。现在他们的母亲老了，这样的一位男人在她身边献殷勤，她就被感动了。

"老了，年轻时的资本就不在了。比如漂亮，比如优秀。一个漂亮优秀的女人老了就得和一个一无是处的老男人在一块儿搭伙过日子吗？还得给他洗衣服烧饭？连带帮他解决健康问题。"陈大夫的女儿这么说。

刘老伯花了很多工夫证明自己并非一无是处。比如，他和一位厨师朋友学烧菜，他不再只擅长烧青菜烂面条了，可他在陈大夫家一展身手做了一桌子的菜款待她的子女时，对方仍旧挑了不少毛病出来。陈大夫说："你们的父亲可是从来不下厨，也从来不洗衣服的。你们什么时候说过他的不对呢？"

"那是我们的爸爸啊。"他们这么回答。

"可他已经不在了，这辈子他从来没照顾过我，只有我照顾他的份儿。到现在他走了这么久了，还高高在上呢。"陈大夫有点愤愤不平。

"你怎么能这么说我爸呢？一日夫妻百日恩，你们做了那么多年的夫妻。现在他走了，怎么就比不上这个认识还不到一年的人。"她女儿也愤愤不平。

阿仓说，刘老伯也就转述到这儿，往后就不讲了。

他们继续交往，只是不再提结婚的事。阿仓那时挺佩服刘老伯。一个不解风情，带着上世纪培养出来的陈旧习惯的老农民，变成了一位勇于追求爱情的老少年。他把阿莉给他添置的压箱底的新衣服翻了出来，定期理发，胡子刮得干干净净，每天走几千步锻炼身体。阿仓感叹说，他被刘老伯给比下去了，他追女孩子从来没有这么坚定彻底过，在遇到结婚的问题时每每都当逃兵。

阿莉笑着起身，从沙发走到窗口。园中的花草依旧和她离开前一样热闹，李小嗳把它们照顾得很好。

阿仓和李小嗳有过一场短暂的恋情，维持了不到半年。是李小嗳告诉她的，阿仓对此守口如瓶。

他们分开后，李小嗳在一次通话中轻描淡写地和阿莉说起这事：你知道吗？我和阿仓谈了恋爱。不过现在已经分了。

阿莉问她为什么现在才说？李小嗳说，那时候就觉得可能不会长久。他们因为合作的事情，有了很多交集。李小嗳没事的时候会去阿仓的公司看看，技术上的事情她不懂，管理上也费不了什么心思，她便尽其所能地在生活上照顾了他一点。带些点心，点个外卖，帮他把外套送到附近的洗衣房再帮他取回来，有时候陪他吃个消夜。阿仓对消夜的兴趣更浓。只有在那个时候，他才表现出放下一切安心享受美味的姿态来，对一道菜评头论足。他有时候会叫上两瓶啤酒，喝完了李小嗳送他回家。有时候她也会陪他一块儿喝，然后叫代驾。喝了酒，阿仓的那部银色大众便留在餐馆附近过夜，第二天李小嗳会来帮他开回公司。出于朋友的道义——她这位朋友正在争分夺秒地创建未来人类的精神居住空间，没有时间顾及他的车子。他们的员工开始开他们的玩笑，在阿仓的生日派对上撺掇他们在一块儿。他们想了想没什么坏处，那个晚上代驾就把他们一起送到了李小嗳的住处。后来，阿仓在那幢江景豪宅里住了半年。

"谈恋爱也不告诉我。"阿莉说。

"你迟早会知道，小嗳会告诉你。她说的总会比我更客观更全面。"

更客观更全面。阿莉觉得他像是在说一个商业项目。

"其实，那个房子，我一直住不大习惯。"沉默了片刻，阿仓说。

"没和她在一起时，我没什么压力。我做的事，只要尽力去做就好了，我没时间想别的，成了就成了，不成就不成。住在那幢房子里，我会想，要是没成，该怎么办。我会怀疑自己，觉得之前做的一切完全是凭着一股莽撞劲儿。我对未来的判断和对自己的信心是不是有点自以为是了？要是她只是投了钱也没什么。我做项目需要钱，有人愿意出钱那最好。我就好好地做。她不只投了钱，她是个好女人。

"我不知道是否可以给她一个好的未来。我甚至没空儿去想这样的事。她在她的房子里照顾我的生活，我不可能让她住到我的那个小地方去。她还有她自己的事，也挺忙，有时候我们一天里也没有时间说上几句话。

"她喜欢做饭，也很会做饭。我会不自觉地拿她和我的前女友去比较，可能你觉得这很不应该。可我就是自然而然会想到前女友。前女友不太喜欢做饭，也会为了我去厨房捣鼓吃的，可最终她还是没爱上做饭，觉得对付它们实在是件很头疼的事。就这样持续了很久，直到她自己放弃。不想吃外卖就在家做点简单的，网上买来的速冻食品，饺子、馄饨、馅饼……稍做加工就行。她不去菜场买菜，偶尔去超市，大部分都是网购。你看，她其实都没有什么机会和那些食材面对面，这就是她和你们不一样的地方。

"抱歉，我把你们几个一起比较。这些是我的真实想法。

"小嗳喜欢下厨，但不是为了我。她做的东西很好吃。常常是我说想吃什么，她就会做好，给我送过来。公司的员工也很喜欢她。她成功地收买了他们的胃。她没时间的时候就是从饭店订餐。她知道哪家店的东西好吃，和很多餐馆的老板都是朋友。她做厨具生意，在这个行业里很多年了。

"我不知道小嗳放了多少心思在我身上，我也不知道她为什么要和我在一起。她很少说那种我爱你的话。可她的的确确给了我很多的温暖,给了我事业上的支持,是一个非常好的伙伴。我需要她。我们在一起的时间不长,却像老夫老妻那样生活。有时候我会觉得我们是因为彼此需要才在一起的。这么想,好像这段感情对我没什么负担。之前,我是担心给不了我的女朋友未来,也不想被婚姻绑住,怕最终辜负了她,她却依旧死心塌地地和我在一起。所以我犹豫,退缩了。可现在,我有了一个根本不需要担心被绑住的女朋友,我依然会苦恼,虽然我忙得几乎没时间苦恼。反正,最后我们是分开了。"

阿仓叹了口气。他的气息在屋子里游荡,徘徊,最终找了个窗户的缝隙,溜到了院子里,消失在大花香水月季繁茂的身影里了。

"你们还是朋友。"阿莉说。

阿仓点点头。

"风从玉米地吹过,还是会留下痕迹。"阿莉没头没脑地说了一句。

接着,她在客厅里来回走动,把那些她曾经花了很多心思购置的摆设来来回回打量了几遍。那些物件依旧和她离开时一样,没有沾上半点灰尘,散发着被时间打磨后才有的动人的光亮。

"阿仓，你可是和我交往最久，关系最好，又不是恋人的异性朋友。"她转头对着他的背影说。

阿仓背对着她点点头。片刻后，他转过头来，笑容慢慢地涌上他平静的脸庞——阳光的清澈，细雨的甜润，以及刚刚开始涌起的晨雾般调皮。他走到了阿莉的身边，轻轻地给了她一个拥抱。他拍了拍她的肩膀，说他得回去工作了。

"好的，小嗳半小时后到。"阿莉看了看挂钟说。

"我知道，她昨天说过的。走了。"

阿莉朝他摆摆手，看着他快步走过大花香水月季旁的卵石小径。

阿莉不由得有些伤感。她觉得自己最近太容易伤感了。

这天上午，她去看了琴琴。琴琴带着母亲离开老家回到这座城市，将母亲转到了本市一家条件还不错的智能化医疗机构。医院和养老院的结合体，家属可以在手机或电脑终端上，实时了解老人的情况，房间可以同步音频和视频，开关就在护理床架上。这个世界总在进步，如果你有钱，就可以办到许多事情。谈到母亲的事,琴琴这么说。

在这段时间里,琴琴失去了她的子宫。她是怀孕了,不是宫外孕,却也是异常妊娠,她独自在老家,并没有照顾好自己,后来手术时大出血切除了子宫。这一次并没有像雪夜产子那样,得到一个幸运的结果,反而是走向了另一个极端。

但这件事,终究还是让她又决定离开了她的老家,就像最初年轻时要为自己争得一方天地一般。不同于当年的意气风发,如今,她陷入一股强烈的沮丧之中。

"不知道从什么时候开始,我觉得一切都开始不对劲,其实那时,什么都还是好好的。丈夫、孩子、我的父母,都还是好好的。"琴琴说,"后来你看,事情是让我自己给搞砸的,你会觉得我是自己作死吧,日子本来好好的。"

阿莉摇头。

"曾经我觉得自己是个十分幸运的人。也许,命运就是如此吧!它会在很多年之后,才来和你完成交换。我甚至想过离婚,但我没和明亮说。他是个好人。我妈那边的费用还是明亮付的。"她叹了叹气,

"我要先找一份工作，面试的时候，面试官问我生不生二胎。我说子宫切除了。我想他们可能认为这是一件好事。"

"我和你一样，我不能生孩子，我也没有。"阿莉侧过身，轻轻地拉过了她的手，按在了自己的小腹上，"我们都一样。"

琴琴看了眼在窗口蹲在地上给芭比娃娃穿粉色纱裙的小可人，再度回过来凝望阿莉。她的脸瘦削、苍白、带着倦容，眼神里却依然残留着往日的光芒。那眼睛眨了两下，眼泪终于掉了下来。片刻后，她抱着阿莉失声痛哭。

在那犹如炎夏雨夜般的哭声中，阿莉再次迎来了一阵晕眩，凉凉的雨滴打湿了她的衣襟，湿润了她的肩胛，她靠在墙上，怀抱着她此刻的盟友，费力地看向前方。渐渐模糊的视线中，那位小人儿却慢慢清晰。她扔掉了娃娃，呆呆地看着她们，仿佛在凝视这人世间永恒的奥秘。

李小嗳比约定的时间晚到了半个钟头。

"对不起啊，有事来晚了。你看不仅没去机场接你，来看你还迟到了。"李小嗳走在阿莉前面，风风火火地穿过庭院小径。

"是呀，你可真不够意思。"阿莉说。

李小嗳抿嘴一笑，轻轻拥抱了她一下。阿莉身上的香水味穿过花朵的香气拨弄了她的嗅觉。那是种植物和动物混合的神秘又撩人的气息。

"香水这么撩人，你去见了哪个重要人物？"小嗳松开她之后，阿莉故作严肃地问了她。

李小嗳先是抬手挡嘴扑哧一笑，很快又大笑起来，大花香水月季的花朵也随之震颤。

"嗯，算重要人物吧，谈个合作。"李小嗳说，伸手去抚摸一朵粉白色正值旺盛花期的月季。

"以后谈个恋爱也说不定。那人事业有成，未婚，就是比我小两岁。你觉得找个小点的男友恋爱如何？"她低头闻了闻花。

"你真是个没心没肺的女人。"

阿莉取了门口工具台上的花剪，俯下身，对着月季花的茎部咔擦咔擦几下。她打算剪一束月季，放到客厅的花瓶里。

"错，你的花儿们可不这么认为。在我的照顾之下，你看，越长越好了。"李小嗳咯咯地笑。

不得不承认，李小嗳在打理这些事情方面，比起一般的女人更有才能。她每天忙于各种事物，不停地维护和拓展她的业务，应付各式各样的社交，但她也肯花时间亲手打理她自己的屋子，甚至觉得是一种享受。

"我可没有洁癖，也没有强迫症。"李小嗳说。可她干出来的家务活儿，就像出自洁癖主妇和强迫症患者之手，可以用完美来形容，手脚麻利得令人咋舌。她对该保留和该弃去的物件的分类从来都不手软，基本没有犹豫过。

插好花，阿莉给李小嗳端了一碟点心，一杯咖啡，在她身边坐下来。

她盯着李小嗳，好像是要她解释似的："说，这段时间，你到底交了几个男人？"

李小嗳吃了几块饼干，喝了两口咖啡，不紧不慢地和她讲起了这些事。条理清楚，思路分明，好像来之前就做足了功课似的。

她说阿仓是那些男人中的一个，最重要的一个——似乎这么说能让阿莉高兴似的。

"你和阿仓交往的时候,没有别人?"阿莉问。

"没有,我保证。男朋友不重叠,处理感情是需要成本的。你是了解我的。"

"是的,我了解。"

"还那么审问我?"

"哦,审问?"

"像丈夫审问妻子那样——你外面有没有人?你看看你的语气。"李小嗳故意面露些许委屈,皱了皱眉,耸了耸肩,之后叹了叹气。

"开个玩笑,你不必介意。毕竟你不常和我聊这些事。"

"那以后多和你聊聊,你也一样啊,从来不说。"

"是呀,我觉得咱们得一块儿努力。"阿莉笑了。

李小嗳伸手捋了捋右侧的头发。她弄了个新发型,头发染成了栗色,齐肩的发尾部分温柔地向内扣。她说是为了来见阿莉,上午特意去做的头发。

"我来见你可比去见我的男朋友更隆重。"

"瞎说,明明是去见了人谈生意。"阿莉不领情。

"非也。我本来打算戴个前几天刚买的发套去见他。他会更喜欢那款,因为更性感。对了,前段日子我给晓光的爸爸介绍了一份工作。"李小嗳将话题从一个毫不相干的男人跨越到了晓光的身上。

晓光来C市时阿仓刚好没时间陪他，李小嗳便带他到这里来看看佳佳，然后开车带他去转了转。晓光的父亲在监狱里一直表现良好，减刑出狱了。李小嗳带晓光去看了他爸爸，那男人在那间很久没人打理的房子里收拾东西，把他的个人物品收拾到一个黑色的旧帆布包里。

"晓光问他打算去哪里，他说也没什么地方可去。后来，我就给他介绍到朋友管理的一个市场，看管仓库，也负责垃圾清运。那地方能提供吃住，还算不错。"李小嗳说。

"哦，那就好。"阿莉若有所思地回了句。

之后，深深的疲乏毫无预兆地来临，阿莉的整体像是被突然抽去了骨架，连说话的力气都没有了。

她头晕目眩，像是突然陷入一丛香气浓烈又叫不出名字的花中。她需要有人拉她出来，离开那些美丽而危险的植物。

"你怎么了？"李小嗳拍了拍她的肩膀。

"大概是时差和旅途疲倦。"缓和了一会儿，阿莉才开始说话。

"注意休息。你气色可不太好。"李小嗳说。

"回来还没看到过胖胖,也不知道跑哪里去了。"阿莉说。

"看来也远行去了。"小嗳说,"每隔一段时间自己会跑出来的。它都快成精了,知道我在埋怨它到处乱跑,它就用那种'没事,我有数'的眼神看我一眼。放心,它比以前更健壮了。不过,我还是更喜欢你的那条狗。它更热情,也更容易相处。"

李小嗳从包里掏出一个蓝白相间的窄长的烟盒,从里面抽了支烟,便独自到了花园里了。

她在花园小径里缓慢地走动,偶尔变换着姿势,有时候叉腰站立,有时候双手抱肩。烟灰落在花下的泥土上。

她背对着阿莉。那个方向的视野更为开阔。

毕竟此刻,天空湛蓝,云朵美丽。楼宇们都像睡着了一般。

刘老伯的婚礼请了一家口碑不错的婚庆公司操办,仪式在一间十分雅致的主题酒店举办。酒店由几座三四层高的跃层建筑组成，非常漂亮的别墅，他们在别墅前的小草坪上举行了仪式。草坪上摆了几排白色的塑料靠椅。粉色和白色玫瑰扎成的圆形拱门，气球，花束，新娘洁白的婚纱和球形的花束，新郎的黑色礼服。这一点也不像一个老年人的婚礼。阿莉几乎不敢相信，那个挽着新娘的手，表情在严肃和微笑间不断切换的新郎是她认识的那个老人。这太不可思议了。

她像是穿越到了另一个空间里，参加另一个刘老伯的夕阳婚礼。那一刻，她甚至感到了一点滑稽。命运果然总是以一种意想不到的方式来向你赠送、索取，或是开玩笑。

"阿伯。"阿莉走上前说，"恭喜恭喜。"

她不知道该用什么样的表情来表达此刻的心情。

"你真是给了我们一个大大的意外呀。"阿莉当着新娘的面开怀大笑，好像是要把憋了这么久没和刘老伯说完的话全都转化成笑声了。

刘老伯也笑。

"人这一辈子，说长不长，说短不短。把该做、能做的事情都做了吧！"笑的时候，他这么说。

末了阿莉感谢刘老伯，说他的婚礼把在 C 市和她相关的人都请来了。

雪儿穿着白色蓬蓬裙和一个新认识的小男孩在草地上玩，他们是今天的花童。琴琴挽着李明亮的胳膊和男孩的父母聊天。

"好像这婚礼是为了欢迎我回来才专门举办的似的。"阿莉对阿仓感叹。

"你也可以这么想。Happy wedding！"阿仓回应。他指了指刚赶到婚礼现场的晓光，他又长高了一些，身体也结实了不少，还带来了女朋友。

那是个文静的女孩，正对着阿莉微笑。不笑的时候，她有些害羞，和人交谈总是用最简洁的句子快速地答完。

阿莉和晓光简单地说了几句各自的近况，他最近一直在忙着毕业实习和找工作的事情。他的父亲也已经出来了，在 C 市的一家市场看管仓库。他们交谈的时候，女友阿薇便会带着恬静的微笑时不时看上他们两眼。

阿薇去上洗手间的时候，晓光对阿莉说，快毕业了，可他们还没想好去哪里。他想回 C 市，不过，阿薇对这里并不感兴趣。

"她不喜欢我的爸爸。"晓光说,"我理解,他们连面都没见过。"接着,他将视线投向草坪中热闹的人群,轻轻地叹了叹气。

仪式开始的时候,阿薇回到了晓光的身边。她去洗手间补了个妆。她的口红换了个更亮眼些的色号,暖橘色,原来是樱花粉。

"等会儿去看看佳佳。我想它了。"

说完这句话,晓光便不再说什么话。他始终面带笑容,看着刘老伯和他的新婚妻子,跟随众人一起拍手,与众人一道,沉浸在这难得的、让人忘却一切愁绪的短暂快乐之中。

阿莉环顾了四周,鲜花,气球,宾客,气氛,礼花的彩色碎屑。他们一边观礼,一边祝福,一边聊天,在为新郎和新娘以及这个特别的婚礼惊叹的同时,也随时随地抱怨自己生活中的琐碎小事。

一位阿莉并不认识也没见过的年轻女人正在和阿仓聊天。女人化着精致的妆,眼角的闪粉在阳光下闪闪发亮。她穿了一身茶色低胸短礼服,和阿仓吐槽快递公司。

"我的居民身份证呀，收件地址写的是我的公司地址，结果送到那天刚好是周六。我们不上班，他们连电话也不给我打一个，到了周一，还是没人联络我。周二我打电话过去，对方说，周一快递员休息。天啊，这是什么快递。我真搞不懂为什么他们非要用邮政公司的快递来送居民身份证。再说，他们以前不也是承诺隔天到的吗？"

"哦，是不怎么样。哈哈哈。"阿仓附和。

阿莉想要说点什么，只是很快又作罢。既然兴衰既成事实，她又何必太过在意。人们经历了太多事物的兴起和衰亡，包括他们甜蜜但早衰的恋情，他们很快又会适应那些新生的事物。

关于邮政快递的吐槽很快结束，他们又谈起了最近流行的一款网络游戏。女孩说她曾经是大学某个游戏战队的成员，这点引发了阿仓的惊叹。他们的相互夸赞形成了一股气流，谈不上有多强大，却让经过他们的人都主动绕开。

阿仓给了阿莉一个 VIP 账号。在第六十八次测试时，这个账号生效，她在里面跟着玩了会儿。老实说，还不错。她在里面是个无所不能的、天神一般的人物，比她许多年前现实世界的巅峰时期还要厉害。他说要把她设置成"九州"的永久居民。永生不灭。这样的人只有两位，一位是她，一位是创始人自己。这似乎还不错。

现在的她更像一个普通人。她已经很久没有变成纸片从窗户缝里钻进钻出。晕厥的次数在悄悄增加，时间也变得更长。她觉得自己的身体结构也发生了变化，那部分与生俱来的能力在逐渐消退，悄悄地从她的身体里抽离，好比阳光用一种公事公办的态度去蒸发万物的水分。

她绕到酒店房子后面。

那里有一小块被三座房子遮挡的僻静空地，靠近赭色砖墙一边种了一堆绣球花。花下面是一片草坪，还有一块平滑的、大约被许多人或躺或坐或抚摸过的青色石块。她在草地上坐下，靠在那堆绣球花下的石块上，盯着房子和房子之间那一小块蓝色的偶有云朵移动的天空。

她把手放在小腹上，隔着礼服轻薄光滑的布料，她感受到了体内的能量，即便是微弱的不易察觉的涌动，也让她觉得，一切都还没有到尽头。就这么想着,然后她觉得困倦。

阿莉快要睡着的时候,似乎感受到了猫爪在绣球花的枝叶间移动。窸窸窣窣,哗啦哗啦。她已经困得不行,无法再撑开双眼。

明天的事,再放到明天。

图书在版编目（ＣＩＰ）数据

邮筒姑娘 / 西维著. -- 上海 ：上海文艺出版社，
2025. -- ISBN 978-7-5321-8971-7

Ⅰ．I247.5

中国国家版本馆CIP数据核字第20259U780N号

责任编辑：江　晔
封面设计：SOBERswing

书　　名：邮筒姑娘
作　　者：西维
出　　版：上海世纪出版集团　上海文艺出版社
地　　址：上海市闵行区号景路159弄A座2楼 201101
发　　行：上海文艺出版社发行中心
　　　　　上海市闵行区号景路159弄A座2楼206室 201101 www.ewen.co
印　　刷：浙江天地海印刷有限公司
开　　本：1092×850　1/32
印　　张：12.25
插　　页：2
字　　数：172,000
印　　次：2025年3月第1版 2025年3月第1次印刷
Ｉ Ｓ Ｂ Ｎ：978-7-5321-8971-7/I.7064
定　　价：59.00元
告　读　者：如发现本书有质量问题请与印刷厂质量科联系　T: 0573-85509555